後宮の闇に月華は謡う

琥珀国墨夜伝　二

紙屋ねこ

角川文庫
24369

目次

序章 7
第一章 対聯《ついれん》の対価は高くつきます 13
第二章 やんごとなき事情とは関わりたくありません 82
第三章 王子たちの華麗なる権力闘争に巻きこまれていた 136
第四章 廃妃の魂曰く、真実の示すところ 205
終章 294

登場人物紹介

藍《らん》夏《か》月《げつ》

代書屋『灰塵庵』を営む名家の娘。幽鬼への関心が高く、彼らの代書も引き受ける。故あって後宮で女官勤めを始める。

洪《こう》緑《りょく》水《すい》

秘書省写本府長官。女官として働く夏月の上司。穏やかな笑みを浮かべる美青年だが、したたかさもある。

イラスト／七原しえ

泰《たい》山《ざん》府《ふ》君《くん》

冥府の王。傲岸不遜な性格。死後裁判を行う神で、禄命簿という人の運命が記された帳面を持つ。

可《か》不《ふ》可《か》

夏月の従者で藍家の使用人。西域の血が混じっている。

序章

夕刻、女官勤めを終えた夏月《かげつ》は城門から出てすぐのところで振り向いた。

このごろは、城を退出する時刻でもまだ外は明るい。

炎帝門《えんていもん》の燈籠《とうろう》にはまだ火が入っていなかったが、その威容はつぶさに見てとれた。黒《こく》曜禁城《ようきんじょう》の南側にある大門である。ここは外廷に通う役人が使うため、南側にある三つの門のなかで、もっとも人通りが多い門だった。二重楼閣を持つ巨大な城門は、まるで門そのものが通る人を選別しているかのような格式の高さがある。

夏月自身、女官として働きだして初めて、この門に『通ってもよい』と認められたような心地でいた。

昼は写本府の女官、夜は幽鬼の代書屋という夏月の二重生活は一見、平穏そのものだった。それでいて夏月は、毎日、この城門を見上げるたびに言葉にしがたい違和感を覚えていた。

鉄板で補強され鋲《びょう》を打たれた門扉は年代を経た威厳が漂い、古めかしい。最近、作られたという雰囲気ではない。門は運京《うんけい》という古鎮に馴染《なじ》みきっていた。城市にも黒曜禁城にも、手をかけ時間をかけて造られたとおぼしき建物の名残があちこちにあり、運京が琥珀国《こはくこく》そのものより古い街だという証《あかし》を示している。

しかし、それはおかしいと夏月のなかで叫ぶ声があった。

百二十余年前、黒曜禁城は天原国《てんげんこく》の王城として琥珀国側に攻めおとされたはずだ。

城市からして堅固な城壁に囲まれ、さらなる内側にあった城は守りやすく攻めにくい。

城が落ちたのだから、そこでは激しい戦闘があったはずだ。

(なのになぜ、この門は昔のままなのだろう?)

二重楼閣の上に『炎帝門』と書かれた扁額《へんがく》を掲げる大門は、まるで夏月になにかを語りかけているようだ。深夜、自分の想いを託しにやってくる幽鬼に似て、声にならない声でもって城に隠された秘密を叫んでいる気がして、つい振り返ってしまう。

「門神はなにを問うているのか……」

人を避け、大路の片隅に立つ夏月は『門神而何問』と竹簡に墨書きしたものの、当然のように答えはない。それでいて、心の裡《うち》では疑問は増すばかりだった。

(――おかしいのは大門だけじゃない)

黒曜禁城のあちこちに、なぜこんなにも古めかしい建物がそのまま綺麗に残っているのだろう。その疑問、その秘密を肯定するかのごとく、長い黒髪に挿した簪《かんざし》が、ちりん、と涼やかな音を立てた。澄んだ響きとは反対に、夏月の耳には不吉な出来事の先触れのように聞こえた。

簪の音が警告なのか、ただの相槌《あいづち》なのかを計りかねた夏月は襦裙《じゅくん》の裾《すそ》を翻した。足早に人がにぎわう通りを抜け、城市のなかにあっても侘《わび》しい山裾《やますそ》へ――自分が暮らす代書屋『灰塵庵《かいじんあん》』へと帰っていったのだった。

「お帰りなさい、お嬢。お早いお帰りでしたね」

「このところは暇なのですって。筆洗いを終えたら帰っていいと早くに追いだされたの」

店にいた可不可《かふか》が夏月にお茶を淹《い》れてくれる。

夏月の管家――いわゆる上級使用人をしている青年・可不可は、夏月が女官勤めでいない間、店番をしてくれていた。動きやすい胡服《こふく》を着た彼は、肩より長い黒髪を後ろに束ね、西域の血がまじった青みがかった瞳《ひとみ》をしている。金勘定は得意だが、手紙を書くほど書に通じていない可不可は、店番と言っても代書はできない。文字が書ける夏月がいないと仕事にはならないが、客の家に出向いてほしいとか、本の写しを作ってほしいといった言伝《ことづて》を伝えてもらう手はずになっていた。そうすれば、夏月は休みの日に代書屋の仕事ができる。

写本府は閑職だと言われていたとおり、先日起きた事件のようなことがなければ、仕事はさして忙しくない。特別な祝い事や節季のおりには仕事が増えるが、いつもの写本の量を抑えるので、定時に合わせて帰り支度ができる。ただでさえ、女性は月に何日か休むと思われているようで、休みを申請しても特に文句は言われなかった。

小上がりに腰かけた夏月がお茶を飲む間に、夕餉《ゆうげ》の支度を頼むためだろう。可不可は

『灰塵庵』の奥、主房があるほうへ夏月の帰宅を知らせに行った。

沓《くつ》を脱いで文机《ふづくえ》の前に座ると、昨晩書きかけの竹簡が残っていた。可不可は店のなかを掃除したようだが、机の上だけは夏月が嫌がるので元に戻しておいてくれたらしい。

「今宵《こよい》もまた、あの幽鬼は来るのでしょうか」

夏月は客の身なりを書きつけただけの竹簡を前にして頭を抱えた。

代書屋『灰塵庵』では幽鬼――死んだ人の代書を引き受けている。

死者の、死んでもなお消えない想いを代書という形で伝えてやりたい。そう思うのに、このところ連日、現れる幽鬼に夏月は手を焼いていた。簡素な麻の袍《ほう》を着た女の幽鬼だ。戸を叩《たた》いてすうっと入ってきたかと思うと、ただ黙って佇《たたず》んでいる。声をかけても無言のまま。なにをしてほしいとも言わない。

夏月の文机の抽斗《ひきだし》には幽鬼を退ける霊符が入っているが、襲ってくるでもない幽鬼を無理やり追い返すのは夏月の主義ではない。それで、この幽鬼はなにを訴えたいのだろうとあれこれ訊《たず》ねているうちに空が白み、夜が明ける気配を察した幽鬼が去ってしまうという日々がつづいていた。

冥府《めいふ》の神・泰山府君《たいざんふくん》からは死相が出るから幽鬼と関わるなと言われたが、夜になれば、夏月はつい鬼灯《ほおずき》とともに看板を出してしまう。鬼の名を持つ朱《あか》い実は幽鬼――死者を呼びよせると言われている。

もう現世に戻れない死者の嘆き、恨み辛《つら》み、心残り――そんなものを訴えるために幽鬼は現れる。その死者の言葉に耳を傾けるのは、夏月のような変わり者くらいで、だからこそ余計に無下にできない。おかげで、夏月は寝不足の日々がつづいていた。

――この夜もそうだった。

夏月はしゃべらない幽鬼を相手に途方に暮れていた。夜半、聞こえるか聞こえないかのかすかな音で戸を叩いただけで、すうっと女の幽鬼が店のなかに入ってきた。幽鬼は真っ白な麻の着物を着て、ただもの悲しそうな風情で夏月を見つめている。

「いらっしゃいませ、お客様……代書がご希望でしょうか？　それとも、今宵もまた夜通し、このままでしょうか」

夏月が話しかけると、幽鬼は白魚のような手で文机を指さして、けれども、どうしてほしいとは言ってこない。言いたいことがあるのに、死してのちはその言いたいこと自体を忘れてしまったかのように途方に暮れて、簡素な袍を着た身なりに似合わない優雅さで首をかしげている。

（ああ……黒曜禁城の炎帝門と同じだ……）

なにかを訴えかけているのに、その声を夏月にはどうしても聞くことができない。

『寂寂竟何待、朝朝空自帰――』

幽鬼の声なき声を知りたいのに、また朝になれば帰ってしまうのだろうかと、夏月の筆はつい虚しさを竹簡にしたためていた――そのときだった。ずしん、と空気そのものが揺らぐような震えが灰塵庵を襲った。夏月の身体から一瞬、魂が抜けでてまた戻ったかのような奇妙な感覚だった。地震だと悟ったときには、棚から巻物がいくつか転がり落ちていた。揺れはすぐに収まり、店のなかに大きな被害はなかったが、幽鬼にとってはなにか影響がある異変だったらしい。

「あ、お客様⁉」

夏月が声をかけるまもなく、白い袍を翻し、慌てて外に駆けだしていった。

——同じ時刻、冥界《めいかい》でもその地震は察知されていた。

泰山府君はぴくり、と椅子に座したまま、白い袖《そで》のなかで腕を震わせた。

その周りを白い式神が災いを告げるように小刻みに震えて舞う。地上で呪術的《じゅじゅつてき》な結界が揺るがされたことはすぐにわかった。

陽界と冥界は隔てられているようでいて、天地の理《ことわり》においては表裏一体のところがある。陽界の大きな結界が揺さぶられた隙を縫って、冥界の戸籍を抜けだした怪異がいることにもまた泰山府君は気づいていた。

「紅騎《こうき》、私はしばらく冥府を留守にする。陽界……黒曜禁城を見てこなければ」

琥珀国は運京の中心——黒曜禁城に、怪異の陰が怪しく蠢《うごめ》いていた。

城の内側で欲望が渦巻き、血が流れれば流れるほど力を蓄えるなにか——ひとたび地上に現れれば災厄を呼びかねない怪異が黒曜禁城に封じられているなんて、そのときの夏月には知る由もなかった。

第一章
対聯《ついれん》の対価は高くつきます

〈一〉


「お嬢、今月も赤字です。その本は買えませんよ」

「え、ちょっと待って可不可《かふか》、この拓本は見たことがない文字があって……」

書店で手にしていた書物をとりあげられた夏月《かげつ》は、いかにこの書物が稀少《きしょう》かを訴えようとして、可不可の一言に封じこめられた。

「構いませんよ。お嬢が代書屋を辞めて本家に戻りたいと言うなら、どうぞいくらでも珍しい本を購入なさってください。さて、旦那《だんな》様にご報告に参りましょうか」

「うっ、それは……待ちなさい可不可！　わかったから。この本は買わないからお父様に報告はなしにしてちょうだい！」

財布を握る青年から半ば脅されて、夏月は泣く泣く書物を手放した。

代書屋『灰塵庵《かいじんあん》』の若き店主、藍《らん》夏月は店の赤字に悩んでいる。正確には赤字に頭を痛めているのは可不可なのだが、夏月だって十分悩んでいた。

藍家という名家の娘としては、家格のふさわしい相手と婚約し、ほどよい期間を経て結婚をするのが当然と思われているが、夏月は結婚などしたくない。それで、ことあるごとに夏月を結婚させて家から追いだそうとする父親の後添い——家政を握る嫡母から逃れ、藍家の別宅で暮らしていた。代書屋をやりながらどうにか生計を立てられないかと悩んでいたところ、灰塵庵を訪れた幽鬼をきっかけに、うっかり死んでしまったのは清明節の少し前のことだった。

冥府の王、泰山府君《たいざんふくん》から「藍夏月、おまえはこの泰山府君の頭を踏んだ罰として冥府に落ちた。現世の罪の申し開きをするがよい」などと言われて、夏月がどんなに驚いたことか。なんとしても現世に黄泉《よみ》がえりたい夏月は、泰山府君の手伝いをする羽目になった。一度は死んだあとで黄泉がえった——現世に生き返ったのはいいが、数日、夏月の意識がなかったのを、父親の藍思影《しえい》は婚約を嫌がって自死したと思いこんだらしい。

「そのぐらいならしばらく好きにしなさい」

というお墨付きをいただき、城に員外の女官として勤めるきっかけとなった。そんなふうにして夏月が巻きこまれた事件のほとぼりがようやく覚めたころのことだ。

——写本府の長官・洪緑水《こうりよくすい》が長官室に夏月を呼びだして言った。

「陛下の誕生日に対聯《ついれん》を出そうと思うのだが……夏女官、ひとつ頼まれてはくれないか」

対聯とは左右に対応した句を門や扉に貼る風習で、門聯なども言う。平時から屋敷の主人の哲学を記した対聯を掲げる家や店構えもあるが、お祝いごとのときにだけ門に貼ることが多い。春節のときに出す対聯は特に春聯などと言い、代書屋にとっては稼ぎどきとなっている。

彼曰《いわ》く、夏月が写本府に書いた『格物致知』などの書の評判がいいから、慶事に祝いの対聯を出して、写本府の名を知らしめたいのだとか。

「対聯ですか……それは」

――別料金です。夏月は頭の片隅に可不可の顔を思い浮かべながら、そう口にしようとした。このところ幽鬼しか客が来ないので、灰塵庵はまた酷《ひど》い赤字なのだと可不可は言う。夜の間ずっと店を開けているだけで油は減るし、書きかけで使いきれない墨は時間が経ったら捨てなければならない。可不可からくどくどと説教されていたから、夏月としても、そんな考えが頭にこびりついていた。

しかし、一方では員外の女官から正式に女官として雇ってもらうときに、俸禄《ほうろく》を上げてもらっており、簡単に断るのも気が引けた。なにをどう交渉しようかと悩んでいると、ちらりと洪長官が夏月の表情をうかがってきた。

なにか自分に有利な切り札がある者特有の、余裕たっぷりの顔をしたから、これはなにかあるなと夏月が身構えたときだ。

「北の大門――北辰門《ほくしんもん》に対聯を貼りたいと提案しようと思っているのだが……この大門

の扁額《へんがく》は譚暁刻《たんぎょうこく》が書いたという噂があってだな……」

「書きましょう。今回は特別に別料金はなしにしておきます。いますぐ扁額を見にいきましょう！」

いきおい、机に手をついた夏月は、洪緑水を急《せ》かすように宣言してしまったのだった。

† † †

黒曜禁城《こくようきんじょう》は周りをぐるりと城壁に囲まれている上に、内部が外廷、中廷、内廷――後宮とに区画が分かれている。外廷の片隅にある写本府から北辰門に行くには一度、城の外に出て、運京《うんけい》の城市をぐるりと回りこむ必要があった。

「え……馬に乗っていくんですか？」

轡《くつわ》をつけた背の高い馬を馬丁が連れてきたので、夏月は驚いてしまった。すっと無駄のない動きで洪緑水が馬に乗る。

（この人は……女官ごときを馬に乗せていいと思っているのだろうか）

閑職だという写本府の長官がどういうものなのか、夏月はよくわかっていない。それでいて、ただのぼんくら官吏と言うには、洪長官の身のこなしは貴人のそれに近い。琥珀国《こはくこく》の貴族をよく知らない夏月の目から見ても、なにかがおかしい。

夏月が躊躇《ちゅうちょ》しているのを見て、洪緑水が鷹揚《おうよう》に言う。

「北辰門まで徒歩で往復したら時間がかかる。さっさと乗れ」

早く前に乗れとうながされた。用意されていた台から不器用な手つきで夏月が馬にしがみつくと、力強い手で体を引きあげられる。

裙子《くんし》は十分な広がりがあるし、二股《ふたまた》に分かれた下着を身につけているので跨《また》がって乗れないことはない。しかし、ここ最近、馬に乗るなんて機会はなかったから、いきなり視界が高くなり、くらりと眩暈《めまい》がした。荷物を手にしたまま馬に跨がるなんて想定外だ。

夏月が落ち着いたのを見計らったのだろう。夏月を抱きかかえて手綱をとった洪緑水は、馬をゆるく歩かせたあとで少しずつ速度を上げた。

「大門でも南側の炎帝門《えんていもん》や西側の窮桑門《きゅうそうもん》ならまだ近いのに、なぜよりにもよって北辰門なんです？」

馬の上で揺られながら、夏月は通りから見える西側の城門を見やった。四角い城壁には東西南北それぞれに三つずつ門がある。そのうち、一番大きいそれを大門と言い、二重楼閣を持つ門は一区画離れた大路からでもよく見えた。

「それはほら……炎帝門のような目立つ場所は中廷が担当するからだ」

「ああ……なるほど」

中廷とは尚書省《しょうしょしょう》などの国の中枢機関のことだ。国王が朝議を行う鵲告殿《せきこくでん》と宣旨を作成する部署が外廷と後宮の間にあるせいか、まとめて中廷と呼ばれる。言ってしまえば、外廷の上位省庁である。出世を夢見る役人の憧《あこが》れの場所であり、琥珀国官吏のなかでも最高峰の、選ばれし者だけが集う。

(閑職などと言われる写本府が、大門に対聯を出せるだけでもありがたいという話なのかもしれない……)

女官として働くようになって数か月が経ち、ようやく夏月も黒曜禁城内の権力闘争をわずかなりとも理解していた。国王に近い役職ほど、強い権力を持つ。いくら国王のお声がかりで作られた写本府といえども、その官衙《かんが》は鵲告殿から遠い。写本府に勤める役人たちにやる気がないというのも、仕方ない話なのだった。

城を中心として運京という街は切りひらかれ、その周囲に外壁が作られている。東西南北のどちらにも街はあるが、やはり繁華街がある南側が一番にぎわっており、人通りも多い。夏月も普段は南側ばかり目にしていたため、正反対の北側の門まで来たのは、実は初めてだった。

「これが北辰門だ。軍の駐屯地と倉への入口に使われることが多い」

南の大門とほぼ同じ二重楼閣を持つ門が聳《そび》えたっていた。

(この門もやはり古めかしい……)

門の近くには軍営地があり、洪長官は慣れた様子で馬をあずけに行く。その間、夏月は大きな門を観察していた。城壁にも門にも大きな破壊の跡はない。それでいて、年代を経た門だけが持つ格式の高さが漂っている。

「天原国《てんげんこく》時代から、この門は変わっていないのですね……」

夏月はぼそりと呟《つぶや》いた。答えを期待した呟きではなかったが、

「黒曜禁城の大半は天原国時代のままだと聞いている。特に東西南北にある大門はかなり古くからあるものらしい。北辰門などは機巧《からくり》で門を開閉しているせいで補修するのも難儀している。なにせ昔の図面はないし、工造司は下手に触らないほうがいいと言う。見てのとおりの立派な門だから作り替える必要はないが、構造を理解できないと困ると思うのだが……」

戻ってきた洪緑水の耳に届いたようだ。とうとうと由来を語られた。

「はぁ……門の構造がわからないと、写本府の長官としてどう困るのですか？」

あまりにも流れるように話をされたものだから、夏月としてはひととおり聞き入ってから訊《たず》ねた。

（なにも困らないと思うのですが……）

という言葉はあえて、のどの奥に留《とど》める。はっという感情が洪緑水の面に浮かびあったが、夏月は気づかなかったふりをした。彼もすぐにいつもの表情をとりもどし、何事もなかったかのように説明をつづける。

「私が困るということではないが、国としては困るだろう。せっかくの高度な文明を理解し、我が国のものとできないことを損失だと考えるということだ。つまり……」

「それが、洪長官にとって天原国の知識を得たいという理由なのですね？」

まだなにか訊《き》きたいことはあったが、夏月はこのあたりが話の打ち切りどころだと考

えた。それに、門の前でずっと見上げていると、やはり扁額が気になる。

北辰門の扁額は楼閣の上部に掲げられていた。下から見上げて文字が読みやすくしてあるのだろう。木製の扁額は下向きに斜めに備えつけられている。門の名前はわかりやすい書体で書かれることが多いが、これは今様ではなく古い書体をあえて崩して墨書してある。浮き彫りで仕上げた文字は独特ながらも美しく、遠くからでも書き手の特徴がはっきりと見てとれた。

(あれはやはり……)

「譚暁刻の書……」

こんなに身近に見知らぬ書があるとは思わず、夏月の目は釘付《くぎづ》けになってしまった。

本来は扁額ではなく門柱を見て、そこに掲げる対聯《ついれん》を考えるために来たはずなのに、完全に目的を忘れていた。

「おい、夏女官……人通りの邪魔だ。脇に避《よ》けろ！」

門のまんなかに立って見上げていた夏月の腕を摑《つか》み、洪長官が強く引きよせる。すんでのところで、夏月は洪長官の腕のなかに転がりこみ、馬に踏みたおされずにすんだ。そのすぐそばを、女官ごときが往来の邪魔をするのかと、馬上から貴人が睨《にら》んで通りすぎる。髪を結いあげ、簪《かんざし》を挿した若い貴公子だ。動きやすい胡服《こふく》の胸には金糸で扇が刺繡《ししゅう》されている。夏月を睨んだ視線は、一瞬、洪緑水へと移り、より険しくなった気がした。

「いまの方はどなたですか？」

貴人につづいて軍服を着たお付きの馬が門の奥へと消えさったのを確認して、夏月は訊ねた。

「第四王子の飛扇王《ひせんおう》殿下だ。いまは北側に駐在する軍部を率いて、この北辰門の守護をしている」

思いがけず、王族の顔を見てしまったことを知って夏月は驚いた。

「第一王子が亡くなったいまとなっては、あの方が王太子殿下に次ぐ勢力だ。くれぐれも飛扇王殿下を怒らせたりしないようにな」

神妙な顔で夏月はうなずいた。

（確か、王太子殿下は第三王子だったはず……）

王子たちの権威は年功序列というより、母親の身分に左右される。第一王子でも身分の低い妃《きさき》から生まれた媚州王《びしゅうおう》が王太子になれなかったように、第二王子の母親も息子が王太子に推挙される身分ではなかったのだろう。そんな王族の事情に想いを馳《は》せたあとで、夏月はいま一度、二重楼閣を持つ巨大な城門を見上げた。

「この大門に対聯を出すというのは、なかなか大変な作業に思うのですが……洪長官」

「なんだ」

夏月にしてはおもねるような声で言ったから、なにか思惑があると察したのだろう。ちらりと向けてきた視線には警戒と好奇心が入りまじっていた。

「あの扁額《へんがく》、もう少し近くで見られたりはしませんか」

城壁の上に上がれば、もっと間近で見られるのではないかと夏月は扁額を指さして訴えた。城市の一般庶民は、城壁の上に気軽に上がることはできない。ある意味、金銭を支払うより高価なものを要求している気もしたが、せっかくの機会を逃したくなかった。

洪緑水は扁額と門と夏月とを見比べて、少し考えこむ様子を見せたが、ややして、

「北辰門なら多少は融通してもらえるかもしれない。せっかくだから、上に上がるだけじゃなくて門の裏側を案内しようか」

身を翻して城壁の内側へと向かう上司のあとにつづいて、夏月も城門のなかへ入った。

大門の扉は大きく分厚い。木製でできた両扉は、やはりほかの四方の門と同じく鉄板と鋲《びょう》で補強されている。それでも、すでに城市を囲む城壁の内側にあるせいだろうか。外城壁に穿《うが》たれた門と比べると、堅牢《けんろう》さより木目の美しさや格式の高さのほうが際立って見えた。

「ちょっとここで待っていろ」

二重楼閣を持つ大門は門衛の詰め所が近くにあり、洪長官はそこへ入っていった。外廷に近い炎帝門と違い、北辰門は人の往来が少ない。倉に穀物などの食材を運ぶのだろう、たまに荷車が行き来していた。それでいて、軍の警戒が厳しいのは、北方から攻めてくる敵を意識しているだけでなく、北側が後宮に近いからだろう。

黒曜禁城を作った天原国は冥府《めいふ》の王——泰山府君を主神として祀《まつ》っており、泰山府君

は、人の運命を司《つかさど》る神であるとともに星を統べる神でもあった。星のなかでも動かぬ星である北辰は特別な星で、方角として北が国王が座す場所とされる所以《ゆえん》とも言われる。

城は太極図を似せて作られており、国王が北から南側――外廷や町民を向いて作られていた。運京という街が広がるにつれ、北側にも街区が広がっていたが、北方の守りは国王を守ることと同じだ。繁華街に面していなくても、北辰門には特別な意味があった。

正直に言えば、夏月はまだ黒曜禁城という城をよくわかっていない。

太極思想に則《のっと》って作られた城だという理屈はわかるし、外から漠然と眺めていたより内側は広く、様々な建物があるのだとはわかっている。城市そのものと同じで区画ごとに仕切られ、別な区画に入るには門を通りぬけなくてはならない。その最奥に祖霊廟《それいびょう》があるという秘密を知ったのはつい先日のことだ。いくつもの結界に守られた祖霊廟は神でさえ、簡単に行き来できない場所なのだと教えられた。

そもそも門というのは、古《いにしえ》より界と界を隔てる役目をになってきた。棒を二本立てただけでも、そこから先は違う界なのだと世界に示す。界を結ぶと書いて結界。結界という守りは門を閉じることで完成すると言っていい。

だから泰山府君はこの城の中心は簡単に侵入できないと言ったのだろう。城は構造上、いくつもの門をくぐり抜けないと中心部に到達できない。神の力で結界をすべて破壊すれば簡単なのだろうが、それはやりたくないと。

（四方を囲む門も泰山府君の言っていた結界のひとつなのだろうか？）

夏月が門を眺めながら思考を巡らせているうちに洪長官が衛兵と一緒に戻ってきた。

「せっかくだから夏女官にも天原国の遺産がどんな形で残っているのか、見てもらったほうがいいと思ってな……許可をもらってきた」

手にした令牌《れいはい》は大門の見学許可なのだろう。そばについた衛兵がうなずいている。

「こちらへどうぞ」

案内されて入っていった場所は暗く、水の気配がした。

(門にあるものと言えば……漏刻?)

一定量の水滴を流し、その水の溜《た》まり方で時刻を量る機巧が城内にあることは知っていた。その仕かけの目盛りが一刻経つと、鐘が鳴らされる。城内で働く人々はその音に従って規則正しく動いていた。

衛兵が手燭《てしょく》をつけると、その仄《ほの》かな明かりに複雑な歯車が浮かびあがる。

「これは……渾天儀《こんてんぎ》? いえ、もしかして……水運儀象台《すいうんぎしょうだい》?」

書物で見て名前だけは知っていたが、実物を見るのは初めてだ。夏月の目は機巧に釘付けになった。水の気配がするのに、意外と静かに水車が動いている。巨大な水車と木製の歯車と、そしてなにより時刻の札を手に持ち、円環にずらりと並んだ人形は壮観だった。機巧という命のない仕かけにもかかわらず、まるでこの場を支配する神のようだ。

その複雑な美しさに惹《ひ》かれて駆けよったとたん、ちりんと鈴の音が響いた。

「一日を十二刻でわけた一刻は時刻ごとに決まった数だけ鐘が鳴り、その半分では太鼓が、一日を百等分したほうの一刻は鈴の音がします」

　すぐそばには記録係が常駐し、門の出入りや衛兵の交替の記録をつけているのだという。見れば、写本府長官と写本府夏女官という文字が見えた。どうやら夏月たちの来訪も記録につけられるらしい。

「時刻ごとの記録をつけているのはここの漏刻が正確だからです。東西南北にある大門は特に頑丈にできていてとても重く、人間の力で動かすのは難しいのですが……漏刻と門が連動しており、水車の力で門を開くのです」

「この水車ですか？」

　時計を動かすための機巧に近づき、夏月はひょいと暗がりをのぞきこんだ。すると、

「近づかないでください！　服が巻きこまれでもしたら体がばらばらになりますよ！」

　鋭い警告に、夏月の体がびくりと身じろいだ。衛兵の注意を守らせるためだろう。洪長官が夏月を後ろに下がらせる。

「以前、あったんですよ……歯車の機巧をよく見ようとした技師が巻きこまれて……それはそれは酷《ひど》い有様でした。おまけに壊れた機巧を直すのに時間がかかり……何人もの首が飛びました」

　その首は、職を失ったという意味ではなく、現実に胴体と首が離れたという意味でしょうかとは、さすがに聞き返せなかった。

「この北辰門は漏刻と連動し、朝になれば自動的に門が開く特別な機巧になっています。

定刻以外に門の開閉をするときは、連動を外し、直接、奥にある水車から水を引き入れて機巧を動かすんです」

手燭を借り、慎重に狭い隙間をのぞきこむと、見上げるほど巨大な水車が隠れていた。

「こんなに狭い場所に水車があったのでは……不具合が出たときはどうやって直すんですか？」

技師ひとり入る隙間もなさそうな暗がりを眺めて、夏月は首をかしげた。

「さぁ……壁を壊すんでしょうか。どちらにしても直すのは大変なんです。いまのところ、ここの機巧の図面がありませんから」

「ああ……」

そういえば、洪長官とそんな話をしたばかりだった。失われてしまった天原国の知識をよみがえらせて活用したいという話を聞かされたときは、もっと雲を掴《つか》むような話だと思い、真剣に受けとめていなかった。女官勤めで俸禄《ほうろく》を稼ぐという目的が優先だったし、洪緑水という人がどういう人間かもわからなかったからだ。

（この上司がなぜ閑職の身でそんな心配をしているのか、いまでも違和感はあるけど、実際にこういう問題があるわけなのか……）

琥珀国の太宗《たいそう》――黒曜禁城を落とした時の国王は、天原国の書物を焚書《ふんしょ》した。天原国をことさら敵視し、その書物を残しておくと残党を勢いづかせるから城からなくすという理由は、当時としてはもっともらしく受けとめられ、国王の求心力にも繋《つな》がったのだろう。しかし、黒曜禁城そのものがこんなにも天原国時代の建物のまま使われているのであれば、図面ぐらいは残したほうがよかったのではないか。

（そう思うこと自体、あさはかな考えでしょうか……）

王朝が変わるほどの大事があったのだから、いっそ天原国に由来するすべてを破壊しても不思議はないはずなのに、書物を燃やしても黒曜禁城は残した。

──そこになにか深い意図があるのかないのか。

夏月のなかで釈然としない感情が渦巻いて、その感情を誰かに話したくて仕方なかった。しかし、もちろん簡単に口に出せるわけもなく、

（誰かに話したい──たとえば城勤めとは関係ない茶飲み友だちのような相手に……）

心のなかに一瞬よみがえった背の高い面影を夏月は首を振って追いやった。

ひととおりの説明が終わると、案内役の衛兵に導かれるままに巨大な水車と漏刻の機巧が鎮座する部屋をあとにした。

衛兵は隔壁の上にも案内してくれた。城門の上には均等に衛兵が配置され、門の外を見張っていたが、夏月たちが見学するのに配慮してくれたのだろうか。城門の上の見張りは離れた場所に立っていた。

門の上に立つと、運京の街が一望できる。北側の隔壁からは後宮の庭が見えるが、建物や築地塀《ついじべい》に隠れてしまうのだろう。霊廟《れいびょう》は見当たらないようだった。同じく城壁に隠れて、炎帝門の向こうに広がる南側の繁華街もよく見えない。ただ、小高い丘の上に建

つ泰廟《たいびょう》だけは頭ひとつ抜けだして見えていた。

見慣れた泰廟の鮮やかな朱色とぴんと反り返る屋根を見ると、まるでいつでも泰山府君が助けに来てくれる気がして、少しだけほっとしてしまう。

この巨大な城壁と泰廟の屋根を初めて見たときのことを夏月はよく覚えている。いくつもの見張り櫓《やぐら》を持ち、二重楼閣を持つ堅固な城壁は見慣れないもののはずなのに、なぜだか少しだけ懐かしい気配がした。


「いまから、おまえは私の娘だ。過去のことは忘れて私を父と思いなさい」

――遠く遠くから歩いてきた。いくつもの丘を越え、川を越える間、何度も何度もそう言い聞かされた。一歩歩むたびに『父』の言葉は呪いのように降りそそぎ、夏月の過去を消していく。まるで孟婆湯《もうばとう》を飲んだ死者みたいだと思った。冥界《めいかい》と現世の間は大きな川――忘川河《ぼうせんが》で隔てられており、死者が生者に転生するときには、川の番人である孟婆から孟婆湯という薬をもらい、それを飲むと前世の記憶を忘れるのだと言う。

ひとつ川を渡るたびに、夏月は孟婆湯を飲んだと思うことにした。自分が暮らしてきた場所、自分が好きだったもの、自分がやりたかったこと、大切な思い出――そのすべてを忘れて、新しく藍思影の娘に生まれ変わったのだ。

藍家にはすでに継嗣となる長男と長女がいて、あとからひきとられた夏月は、周囲からは藍思影が外で作った愛人の子だと思われていた。親を亡くした子どもが親戚《しんせき》筋にもられたり、愛人の子が本家にひきとられたりするのはよくある話で、使用人たちから陰口を叩《たた》かれても夏月は気にしていなかった。

それに、新しく姉となった藍秀曲《しゅうきょく》は夏月を歓迎してくれた。

「私は妹が欲しかったの。だから、夏月が来てくれてうれしいわ」

抱きしめられると、ふわりといい香りが漂う人。そのころの藍家は女主人が亡くなっており、藍秀曲が家のことを仕切っていた。

運京のような大きな城市は初めてで、夏月にはとまどうことばかりだった。使用人がたくさんいる暮らしに慣れず、誰かに話しかけられるのは怖かった。なにかしゃべろうとすると、つい昔のことを話してしまいそうで、でもそれは口にしてはいけないと、藍思影から何度も何度も言い聞かされ、そのうち夏月は無口になってしまった。

他人と関わらず、なにも話さず、その鬱憤《うっぷん》を晴らすように書に没頭した。見かねた姉が、使用人があまり来ない屋敷の奥に場所を与えてくれると、夏月は日がな一日そこにひきこもり、ただひたすらなにかを書いていた。孟婆湯を飲んで、忘れてしまったはずのもの。いくつもの丘の向こう、川を越えた先で記憶に刻んできた言葉。それらはあまりにも膨大で、書いても書いても書いても――いつまでも尽きることはなかった。

藍家の屋敷のなかには傾斜があり、階段を上った先に草葺《くさぶ》きの小さな庵《いおり》がある。そこが夏月の棲《す》み家だった。名家の子女なのに、まともに言葉も話さず、一日中、書に没頭する変わり者。そんな夏月を使用人たちは気味悪がって近づこうとしなかった。

自分のことは話せない。でも、話したい。そんな気持ちはやがて、庭の片隅で鬼灯《ほおずき》の実がなっているのを見つけた瞬間、もう止められなかった。

朱《あか》い実を軒に挿して、夜中にぼんやりと文字を書いていると、

「夜分遅くに失礼します。こちらは代書屋ですか？」

ある夜、すっと扉が開いて、女の声がした。それが運京で最初に代書を請けおった幽鬼の客だった……──。


女官として過ごす日常は、夜に幽鬼の客を迎えるよりずっと平穏なはずなのに、今日にかぎってそんなことを思いだしてしまったのは、いつもと違う行動は危険だと虫が知らせていたのだろうか。

「こちらが北辰門の扁額《へんがく》です」

楼閣部分の中心に風変わりな書体で『北辰門』と書かれていた。間近で見ると、木目を活《い》かした素朴な作りがよくわかる。流れるような玉杢《たまもく》の地に彫りが施され、艶《つや》のある墨で文字を引き立てていた。

「本当に……」

──師匠《かい》の書だ。

手を伸ばして触れたいくらいだったが、さすがに夏月の小さな背では届かない。

文字の自由闊達《かったつ》さを活かすためだろう。金文字や朱金の漆喰《しっくい》で飾るのでもなく、木製

の目地の美しさと書だけで魅せた作りも味わいがある。

「そうだ。写しをとろう」

夏月は隔壁上の石床に膝《ひざ》をつき、荷物のなかから紙をとりだした。墨を摩《す》って文字を似せて書く。

「洪長官……この女官はいったいなにをしているのです？　対聯《ついれん》を書く参考に門を見学したいという話でしたが……」

「この女官のすることは気にしないでくれ。きっと陛下にも満足いただけるような対聯を北辰門に書いてくれるはずだ」

やや呆《あき》れかえりながらも、洪緑水は夏月が満足するまで扁額を眺めさせてくれていた。扁額の写しを書いた紙に文鎮を置き、高い城壁を通りぬける風で墨が乾くのを待っていると、刻限を知らせる鐘が鳴り響いた。同時になぜか簪《かんざし》がちりん、と音を立てた。

「もしかして……どなたかいらっしゃいましたか？」

こんな、なにもないところで簪が鳴ることはない。不吉な予感がして、夏月は手早く荷物をまとめた。すると、隔壁の塀越しに、後宮との間の門から人が出てくるのが見えた。大勢の侍女を先触れに、頭上に天蓋《てんがい》の傘を差しかけられている。天蓋は日を避《よ》けるとともに魔《ま》除《よ》けでもあり、貴人しか使用が許されていない。華やかな襦裙《じゅくん》に領巾《ひれ》をはためかせる姿は遠目にも女性だとわかる。同時に門の外にも身なりのいい男性に指示された一団が現れて、たちまち門の内も外も騒然とした空気にとって変わった。簡易な袍《ほう》を纏《まと》った雑役夫たちは、その手に梯子《はしご》や斧《おの》といった道具を手にしている。

「王妃殿下だ！　なにか嫌な予感がする……夏女官、隠れるぞ」

洪緑水は夏月の手を摑《つか》み、急いで下へ案内しろと言わんばかりに衛兵を見た。

「待ってください、洪長官。いま門前に下りて鉢合わせしたらまずいですよ」

隔壁に上る階段は門の左右にあるが、下からは丸見えだ。顔を合わせないわけにいかない。階下に聞こえるとは思えないが、夏月は声音を抑えて上司を引き留めた。

「隔壁の上に隠れるところはありませんし、あなたたちは楼閣の上に隠れていてください。私は下に様子を見にいってきます」

二重になった楼閣の最上階——そこに向かう急な階段への扉を開けた衛兵は、早口で指示すると、自分は身を翻して階下へと姿を消した。

まさか隔壁の上ばかりか、二重楼閣のなかにまで入る日が来るとは思わずに、夏月は息を切らしながら狭く急な階段を上がった。人が滅多に入らないせいだろう。噎《む》せかえるほどの木の香りが薄暗い空間に満ちており、どこか埃《ほこり》っぽい。見張り用に開いた格子窓から光が入っており、下をのぞくと上がってくる人が見えた。間一髪だった。

「これか？　梯子で届くかね」

「もったいない……こんな立派な扁額を……」

「しぃっ、黙ってろ。俺たちは言われたとおりにしていればいいんだ」

自分たちが黙って階下の声に集中しているせいだろうか。やけにはっきりと上にまで声が聞こえてくる。

「陛下の誕辰《たんしん》を祝して、天原国時代からの門の名前を捨てるのだ。新しい名をつけ、運京も黒曜禁城も琥珀国のものだと知らしめるのがよかろう」

威厳を漂わせた女性の声が響き、夏月ははっと息を呑《の》んだ。さっき見た使用人たちの道具と聞こえてきた台詞《せりふ》とから、いったいなにが起きようとしているのかを理解した。

「扁額が……っ！」

思わず声を漏らしたのを途中から手で覆われる。洪緑水に抱きかかえられるようにして、口を手で覆われていた。

「大きな声を出すな。あれは王妃とその手勢の陸《りく》一族だ」

耳元でひそひそと囁《ささや》かれたが、夏月としては気が気ではない。かたんという木と木が触れる音や職人たちの合図の声、それを見学する王妃と女官たちの高らかな笑い声につづいて、がん、という楼閣ごと揺れるような音が聞こえた。

「刃が入らん……これはまた堅い木だな……」

そんな呟《つぶや》きで斧を扁額に打ちこまれたのだとわかった。

（いくら滅亡した国の遺産が目障りだからって壊そうとするなんて！）

夏月の頭にかぁっと血が上ったのと同時に、ぞくりと震えあがるような怖気《おぞけ》を感じた。

簪がちりん、と小さく鳴る。

すぐそばで大切な書を破壊されそうだという怒りと、なにか不吉だという予感に追いたてられ、夏月はいますぐ階段を下りて止めに入りたかった。しかし、ここに隠れていろという強い意志を持つ洪緑水の腕に留《とど》められている。

「譚暁刻の書など残しておくから、庶民どもがいまも天原国をありがたがるのだ。破壊して薪にしておしまい」

傲岸不遜《ごうがんふそん》な女性の声は間違いなく王妃のものだ。貴人の命令を受けて、また、斧が木を穿《うが》つ音が甲高く響いた。

(あの見事な扁額を薪にして燃やそうとするなんて……許すわけにいかない)

王妃相手に不遜だという考えは、怒りの前にかききえていた。今度こそ洪長官の腕から逃れて楼閣を下りようと夏月が腕に力をこめたところで、

「いったいこれはなんの騒ぎだ」

若い男の声が割って入った。直接、目で見なくてもわかる。あたりの空気に、ぴしりと大きなひびが入ったようだった。

「飛扇王だ。さっき話したとおり、この北辰門を守る軍は彼が率いている」

案内役の衛兵が王妃が来たことを伝えに行ったのだろうか。飛扇王は大勢の足音を従えていた。その音に紛れ、洪緑水は夏月を連れて、ゆっくりと窓際に移動する。格子窓から外を見れば、この門を守護する衛兵たちが、ずらりと隔壁の上に勢揃いしていた。

「扁額を壊すなどという命令は陛下からうけたまわっておりません。手勢を連れて門に刃を立てるなんて……まさか王妃殿下の独断ということはないでしょうが……陛下の令《れい》

牌《はい》か勅書をお持ちなら見せていただけますか？」

　言葉の端々に見えない刃《やいば》や敵意がこめられていた。それでいて、直《じか》に王妃を非難する台詞を吐かないのはさすがと言うべきだろうか。こんなときなのに、手紙の文面の参考になるな、などと夏月は変に感心してしまった。

「陛下の治世に天原国の遺物などあってはなりません……断じて！　敵国の宰相が残した書をありがたがるなど琥珀国の王子として恥だと思いなさい」

「おや……『以此為寡人失』などとおっしゃるならまだしも恥とは。申し訳ないが、私は敵国であっても美しい書を美しいと言える人間のほうが徳が高いという思想を支持しておりまして……太宗でさえ破壊しなかった書を王妃殿下が破壊したとなれば、むしろ陛下の御名に疵《きず》がつくかもしれません。これは天原国の遺物だからという話ではありません。もし、どうしてもとおっしゃるなら陛下の勅書をお持ちください」

　王太子に次ぐ勢力と言うだけあって、飛扇王は弁が立つようだ。『以此為寡人失』というのは、あえて残した疵に自分の非を省みるという故事に由来する言葉である。表立って王妃を非難すれば、歯向かったと見なされるだろうが、ここで国王を持ちだせば、王妃だって引かざるをえないのだろう。

「琥珀国の王子が天原国の味方をするとは……まぁよい。次は陛下の勅書とともに来よう。みなの者、帰るぞ」

　王妃は負け惜しみめいた言葉を吐き、陸一族の手勢を引き連れて階下へ去っていった。

楼閣の上でほっと力を抜いたのは、洪長官だ。ともすれば階下へ飛びだそうとする夏月の口や腕を押さえていた手がゆるんだ。

「夏女官の書への想いは、王妃殿下の悋気《りんき》をも恐れぬのだな……まるで本当に譚暁刻の弟子ではないかと疑いたくなるほどだった」

低い声で、けれども間近にいる夏月の耳には確実に届く声で告げた。なにか警告めいた響きを持つ声音に、どきりと心臓が跳ねる。

「ま、まさか……書家なら誰もが欲しがる譚暁刻の書ですよ？　目の前で壊されるのをみすみす見過ごせるわけがありません」

言い訳めいた言葉で逃れようとする夏月を追い詰めるように、洪緑水が夏月の手を摑んだ。

「うちの部下が言うには、君の字体は譚暁刻のものとよく似ているそうだ。君が書を習ったのは譚暁刻を師とする流派ではないのか」

無我夢中で拘束されていたときと違い、わざとらしく顔を寄せて囁かれるには、顔のいい男というのは性質《たち》が悪い。

（怪異に誑《たぶら》かされる人というのはこういう気分なのだろうか……）

うっかり言ってはいけないことが口を衝《つ》いてでてしまいそうだ。冷や汗が背中に滲《にじ》む。

「それはその……昔のことですので……忘れました」

――そう、すべて忘れたのだ。川を渡るたびに孟婆《もうば》湯《とう》を飲んだ。運京に来たときにはもう過去の自分はいなくなった。

（そのはずだったのに……）

朱《あか》い実を掲げて夜になれば店を開けてしまう。もうとっくに忘れた人が訪ねてくるような気がして――。

言葉を失った夏月が表情をこわばらせていることに気づいたのだろう。洪緑水はそれ以上追及せず、すっと立ちあがった。階下で扉を開く音がして、

「洪長官、下りてきていいですよ」

という声がかかった。また急な階段を下りて隔壁の上に立つ。

華やかな天蓋の傘は後宮への門の向こうに消え、もう見えなくなっていた。

「扁額《へんがく》についた疵は補修したほうがよさそうだな……」

洪緑水が扁額を見上げながら呟いた言葉に、簪《かんざし》がちりんと音を立てる。それが事件のはじまりの合図だったと、夏月はあとから気づいた。この騒動が、黒曜禁城の外廷でもよく見かける、王族同士の権力争いなのだと安易に思っていた夏月はあさはかだった。

無事に生きてその日の仕事を終え、写本府に戻ったあと、城を出るときもそうだ。

――なぜ、天原国から琥珀国へと支配する王朝を変えながらも黒曜禁城は昔のままの形を残しているのか。

首をかしげながらも、つきつめて考えるところまで至らなかった。

運京という城市も黒曜禁城という城も、夏月が見ているものだけがすべてではないと

理解するのは、自分が事件に巻きこまれたあとだ。このときは、第四王子・飛扇王が王妃と対立していること、そのおかげで夏月たちと譚暁刻の扁額が助かったことしか、わかっていなかった。

† † †

節季の祭祀《さいし》とは違い、国王の誕辰を祝うのは最近になって慶事とされたと言われている。一国の王の誕辰といえども、清明節《せいめいせつ》や重陽節《ちょうようせつ》など祖霊を祀《まつ》るほうが国にとってはいまだに重要な行事である。誕辰の慶事は祭祀とは趣が異なり、どちらかというと国王の威光を示す目的で行われていた。

「書をなす部署が対聯《ついれん》を出すのもその一環で、ほかにも品行方正な官婢《かんぴ》、罪人に一定の恩赦が与えられる。現世の御利益を示すってことだな」

写本府で夏月が対聯を書く準備をするかたわら、なぜか桑弘羊《そうこうよう》がほかの役人に国王の誕辰行事について説明している。無精髭《ぶしょうひげ》を生やした彼は、役人の袍《ほう》を着ていても風采《ふうさい》の上がらない人間に見える。それでいて意外と若く学があり、洪長官の副官として写本府を仕切っていた。

（北辰門は繁華街から離れているし、見るのは軍の衛兵か荷を運ぶ商人くらい……でも、だからこそ春聯みたいにめでたい言葉でなくてもいい。ようは国王陛下への贈り物だと考えればいいのでしょう……）

夏月はいまの国王本人と会ったことはない。だが、長子であっても王太子になれない第一王子をかわいがっていたこと。そしてかわいがっていても幾人もの殺害を犯した彼に暗に罰を下したこと。その心の揺らぎは国で一番偉く、尊い身でありながら、ひどく人間くさい。

（そんなふうに考えるのは不遜かもしれないけれど……泰山府君という神の存在を知ってしまったからだろうか）

夏月たち定命の人間たちなど人間にとっての蟻と同じ。とるに足らない有象無象に過ぎぬと言ってのけた傲慢《ごうまん》な神。その神と比べると、国王の心を動かす言葉が夏月にもわかる気がした。夏月の姉・藍秀曲はいまは紫賢妃《しけんひ》として、国王の妃になっている。姉に請われて国王への手紙を代書したことが何度かあり、国王の好みをうかがっていたこともさいわいした。

――『意外に思われるかもしれないけど、陛下の好きなのは大輪の牡丹《ぼたん》や芍薬《しゃくやく》ではなくて……野薔薇《のばら》なのよ』

「紅残緑暗已多時　路上山花也即稀

　藞苴余春還子細　燕脂濃抹野薔薇――……」

――（薔薇の）紅は残りわずかにして、緑は濃くなってすでに久しい。道にも山の花が少なくなった。春の名残が寂れゆくなかにまぎれているからこそ、野薔薇の臙脂《えんじ》がひときわ鮮やかに目に映り、もの悲しさが漂う。

夏月が筆を手に竹簡に試し書きをすると、桑弘羊がぎょっとした声をあげた。

「おまえそれ有名な落花詩じゃないか。慶事に書く言葉はもっとこう……陛下の治世を讃《たた》えるとか国が永遠につづきますようにとか、おめでたい字句を連ねるものだろうが！」

ほかの役人は、きょとんと首をかしげている者と苦笑いを浮かべている者とが半々といったところだ。

落花詩とは晩春を惜しみ、初夏へ移りゆく季節に詠まれる、漢詩では人気の主題である。散る花は過ぎさる春と、人生の無常や滅びゆくものを暗示する一方で、濃く繁りゆく緑は残された生命を象徴する描写となっていて、滅びと生命の対比となっている。

「もし書くのが春聯なら、新年のお祝いだからおめでたい言葉で福を呼ぶのがよろこばれるでしょう。でも、誕辰ですから陛下の好むものを書いたほうがいいと思いまして」

それに、と夏月は思う。国王というのは、いくら罪を犯した者を罰する立場といえ、長年慈しんでいた長子を失ったばかりなのだ。そのやるせない心情をおもんぱかって、花が散る詩に『藹苴余春』――春の名残が寂れゆくという言葉にこめた。

（鵲《かささぎ》の白と同じ……醜く枯れた花にまぎれているからこそ、まだ咲いている野薔薇はひときわ鮮やかに美しい……）

亡くなった者を悼む気持ちと、まだ残された生命もありましょうという気持ちとをこの詩に託した。夏月がこの対聯にどんな想いをこめようとしているのか、洪緑水にはわかったのだろう。非難する桑弘羊を制した。

「北辰門は人通りが少ない。大勢が見るわけでもなし……余興なのですから夏女官の好きに書けばいい。責任は私がとる」

そんなふうにして、夏月の書いた巨大な対聯は北辰門の両柱に掲げられた。本来四行の七言絶句の二行分を一行にして縦書きにし、縦長の赤紙に墨書きした。左右対で詠むとひとつの詩となっている。夏月が書いたあとで表装したため、赤紙の縁には詩に合わせて野薔薇や雲龍《うんりゅう》などの飾りが描かれていた。

「こうして門に飾ってみると、なかなか味わいがあるではないか」

ありがたくも洪長官からはそんな褒め言葉をちょうだいした。夏月も仕上がりを確認しに出向いたが、対聯の鮮やかな赤が古めかしい門の黒々とした木目を引き立てて、詩句の内容にかかわらず華やかに見える。まるで門自身も新たな装いをよろこんでいるようだった。

その一方で扁額につけられた刃の疵《きず》はまだ生々しく、遠目から見てもずきりと心が痛んだ。それでも、扁額が無事だったことにほっと安堵《あんど》する。あれだけ王妃が息巻いていたにもかかわらず、国王は譚暁刻の書を破壊する命令を出さなかったようだ。この慶事が終わったころにはきちんと補修されますようにと祈ることとしか、一介の女官にできることはなかった。

その後、夏月が書いた対聯を実際に国王が見たのかはわからない。黒曜禁城の主要な門は無数にある。国王が出入りする殿宇の玄関に貼られた対聯も含めれば、どれだけの数の対聯が貼られていたのか、夏月は知らない。

国王の誕辰《たんしん》を祝うために宴席が設けられ、王妃をはじめとした位階の高い妃《きさき》や廷臣が言祝《ことほ》ぎを述べる忙しさに紛れたのだろう。対聯の内容について苦情を言われることもなかった。

外廷で宴席にまで招かれない者たちは恩赦の実務や祝いの配りもの——赤い餃子《ぎょうざ》や銅銭を配りに駆りだされ、城市のなかはにぎわっていた。対聯を出す以外、特に行事と関わっていなかった写本府は、洪長官が留守のとき、いつもそうするように定刻前に片付けを終わり、終業の鐘が鳴るとともに官衙《かんが》をあとにした。

後宮を通りぬけた先にあるとはいえ、北辰門は遠い。

「紅残緑暗已多時　路上山花也即稀
囍苴余春還子細　燕脂濃抹野薔薇——……」

祝いの言葉にしては奇怪なその対聯をわざわざ洪緑水が国王に見せていたなんて、夏月には与《あずか》りしらないことだった。

〈二〉

国王の誕辰を過ぎて数日が経ち、平穏をとりもどした運京の夜はいつも以上にひっそりとしていた。

夏月が細々といとなんでいる『灰塵庵』は寂れた代書屋だ。分祀された泰廟をいただく小山の裾《すそ》は城市のなかにあって侘《わび》しい区画である。墓の近くは幽鬼が集まる鬼市が立つなどと言われ、夜になれば人通りはない。

夏月のような物好きでもなければ近寄りたがらない場所だが、藍家の別宅となっているからには、やはり先祖にも物好きがいたのだろう。夏月が店として使っている庵《いおり》のほかに、客を迎えるための居間を備えた立派な主房があった。

主《あるじ》である夏月のほかに、ここで暮らしているのは屋敷内を管理する老夫婦と夏月の世話をする可不可だけだった。藍家の使用人は女の身で書をなし、幽鬼の代書屋をしている夏月を嫌がり、誰も別宅までついてきてくれなかったからだ。

月のない夜、そんなひっそりとした『灰塵庵』を訪れる客は幽鬼ぐらいで、寝不足以外の問題はないはずだった。このところ連日訪れていた物言わぬ幽鬼が来て、なにも進まないまま夜が更けてしまうだけ。

麻の袍を纏《まと》った女性の幽鬼は簡素な身なりのわりに店に入ってくるときのちょっとした振る舞いや、袖《そで》や裾を正す仕種《しぐさ》が美しい。白い麻の袍は喪服だから亡くなったときの服なのだろうが、白魚のような手や整った顔立ちは生前のままなのだろうか、凜《りん》とした気品が漂っていた。町娘という風情ではない。それでいて、身なりに素性に繋《つな》がる手がかりがなく、話のきっかけになるものもなくて困っていた。またなにも話せないまま明け方まで過ごすのかと思っていたのに、この夜は違っていた。

地震が店を襲ったときのことだ。

「あ、お客様!?」

慌てて白い袍《ほう》を翻し、店を出ていった幽鬼に夏月は驚いた。それはある意味、物言わぬ幽鬼が初めて露わにした感情のように見えた。運京のあたりは昔から地震が多い。ちょっとした地震なら夏月は大して気に留めない。

「地震が怖いのかしら……悲鳴もあげずに行ってしまったけど。それとも……もしかして喋《しゃべ》らないのではなく、声が出せないのでしょうか?」

幽鬼の反応は初めて摑んだ彼女の正体に至る手がかりのように思えた。棚から落ちた竹簡の巻物を拾いながらも夏月の頭は去ったばかりの幽鬼のことで占められている。

(もっと訊《たず》ね方に工夫を凝らしたほうがよさそう……)

そう考える一方で、幽鬼がいなくなったら急に眠気が襲ってきた。

「ひとまず今宵《こよい》はもう……寝ていいでしょうか……」

地震で落ちた書物を床に積みあげ、書物に傷みがないことだけを確認して、夏月は店を閉めた。自分の部屋へ帰って、まともに寝るのは久しぶりだ。連日、物言わぬくだんの幽鬼の相手をしていて、ともかく眠たかった。

――翌朝、可不可に手を引かれた夏月はうつらうつらとしながらも、どうにか黒曜禁城への道を歩いていた。

「お嬢、具合が悪いならお休みになったらいかがです？」

「昨日はかなり寝たほうだし、夕方早く帰って眠れば大丈夫……」

そう言いながら、またかくんと意識を失いそうになる。そんな調子だから、夏月にしては珍しく大路の異変に気づくのが遅れた。やたらと人が多いなとか、ざわついた気配がするなとは思っていたが、ここは大路だ。人が多いのはいつものことだと深く考えずにいた。いや、考えないようにしていた。炎帝門に近づくにつれ、体の小さな夏月は人に押され、よろめいたところを可不可にかばわれる。得体のしれない焦りや怒号を耳にして、なにかいつもと違う事態が起きているとようやく気づいた。

「お気をつけください、お嬢。どうやら城門前に人がたくさん集まっているようです」

その言葉で夏月の目がはっと覚めた。見回せば、集まっている大勢の人は大路を行きから町人ではなく、大半が官吏の袍を纏《まと》っている。無理やり人の群れをかきわけて近づくと城門前に柵《さく》があり、城が封鎖されていた。

「ど、どういうこと!?」

動揺する夏月に応《こた》える声があった。

「ようするに今日は出勤できないってことだ」

夏月が振り向いた先に、桑弘羊が険しい顔をして立っていた。その表情はまるで封鎖された門に対して怒りを抱いているようだ。可不可が夏月に追いついてきて、人混みのなかで押しつぶされないように守ってくれる。

「城のなかでなにかあったのか？　外廷まで封鎖することぁ、ないだろ」

「本当にな。一度帰って午後にまた来るか……」

ひとり、またひとりと役人たちがあきらめて帰っていく。

「こういうとき、女官に仕事はない。帰れ。まずいことになった……」

もう一度、桑弘羊は夏月に言って、自分自身も門に背を向けて歩きだした。どこかしら無念を漂わせるその背中が人混みに紛れていくのを夏月は見送った。

（桑弘羊が怒りを抱いているのは、門を封鎖されたことよりも、それに対してなにもできない自分自身なのかもしれない……）

そんなことを考えながら、身の危険を感じた夏月も人が密集した門前から抜けだした。

「お嬢、どうしましょう。灰塵庵に帰って休みますか？　それとも久しぶりに日中、店を開けますか？」

周囲を確認して歩きながら、可不可が訊ねる。

「そうね……店を開けるのもいいけど、せっかくだから均扇楼《きんせんろう》にでも寄って、なにかおいしいものを食べて帰りましょうか……」

夏月としては可不可に話しかけるつもりで言ったのに、想定外の響きのいい声が割って入った。

「それはいいな」

はっと振り向くと、白い着流しを纏う背の高い美丈夫が立っていた。冥府《めいふ》にいたときとは違い、結いあげた髪に簪《かんざし》を挿し、残りの長い黒髪は背に流している。神の力で変装しているのだろう。格好だけは、どこかの貴人が身をやっているよ
うに見えた。しかし、どんなに町人に紛れようとしても、漂う気配でただびとではないと気づかれてしまうのだろう。周囲の群衆は自ら道を空けていた。

「泰山府君……」

街中にもかかわらず、夏月は思わず呟《つぶや》いてしまった。

「代書屋、仕事を持ってきたぞ……城で起きた事件について詳しく知りたいのだ」

冥府の王の言葉に夏月はごくりと生唾《なまつば》を呑《の》みこんだ。夏月は「仕事の話をするから」と可不可を言いくるめて先に帰宅させ、唐突に地上に現れた泰山府君と均扇楼——繁華街の酒楼へ向かった。

†　　†　　†

祝いの行事があって間もない時季だからだろう。案内された席に着くなり、店員が滑らかにおすすめ料理の口上を述べた。

「季節限定の紅餃子《べにぎょうざ》がいま一番のおすすめです。山菜入りの鍋《なべ》にたっぷりの紅餃子が湯に浮かんできたところをあつあつで召しあがるのは箸《はし》が止まりませんよ！」

その言葉に即座にうなずいたのは、もちろん泰山府君だった。以前、この店に来たときも思ったが、食い道楽なのだろう。季節限定という言葉にぴくりと秀麗な眉《まゆ》が反応したのを夏月は見逃さなかった。夏月としても均扇楼に来たのは久しぶりだったから季節のおすすめで問題ない。それでいいですかと常連の夏月の顔をうかがう店員に首肯してみせる。

(苦みのある山菜は山から採ってくるのだろうか。香味野菜代わりにつっくのも悪くないでしょう……もちろん紅餃子も趣向を凝らしてあるに決まってるし……ふふふ)

料理が運ばれてくる間に、味を想像するだけで口のなかに涎《よだれ》が湧いてくる。それでいて、目の前にまた泰山府君という人間を超越した神が座り、早く料理が運ばれて来ないだろうかと箸を持って待ちかまえている姿をちらちらと目の端でとらえていた。

ここ最近、何度も簪が鳴っていたのに、先日の事件以来、神の手伝いをする機会がなかったからだろう。

――『また、おまえの手伝いを必要とするときがあるかもしれぬ』

そう言われていた一方で、もう二度とこの神と会うことはないのではと頭の片隅では思っていた。

(だからなのだろうか……)

夏月は複雑な気持ちで整った顔を見つめる。神が目の前に現れたのは不吉な兆しかもしれないと思いながらも、泰山府君との再会にほっとしている自分がいた。

冥府の王、泰山府君。人間の死後裁判を司《つかさど》る神。泰山府君は、人間の宿業や寿命を記した帳面――禄命簿《ろくめいぼ》を持ち、やってきた死者の罪や徳を量って、ときには地獄に送る裁きを下す。二度ほど死んで黄泉《よみ》がえった夏月にとっては命の恩人――いや、恩神だった。それでいて、この神との会話は夏月にとって妙にこなれた茶飲み友だちかと錯覚するほど、しっくりとくるなにかがあった。

実際には夏月には親しい友だちはいないし、茶飲み友だちとする会話もわからないのだが、そうとしか言いようのない、どこか懐かしい安心感が漂うのだった。

「先ほど、『城で起きた事件について』とおっしゃいましたが、泰山府……いえ、師兄。師兄のお手伝いとは、城門が封鎖されていたこととなにか関係があるのですか」

運京では泰山府君という神の名前は有名である。一見、普通の人間に身をやつして人界にいる相手に向かって神の名を呼ぶのは差し障りがあるだろうと、街中では師兄と呼ぶ約束を思いだし、夏月は言いなおした。久しぶりに口にする師兄という言葉が、どこかくすぐったい。

「そうだな……おまえまで城のなかに入れないのは予想外だった。もちろん関係がある」

話が先に進む前に、店員が料理の皿を運んできて、ぐつぐつと炭火で煮えた鍋のなかに野菜と紅餃子を入れた。ふたりして一瞬、沈黙し、ごくりとのどを鳴らしながら、湯に沈んだ餃子が浮かびあがってくるのを、箸を構えてのぞきこむ。そこに、

「なんでも昨夜、女官が死んだそうで、王妃殿下が大変ご立腹になり、黒曜禁城を封鎖

したのだとか……」

「女官ではなく官婢《かんぴ》だと聞いたが……しかし、女官ひとり死んだところで、なぜ王妃殿下が怒るんだよ」

途切れ途切れに陛下の噂話が耳に入ってきた。泰山府君は城門に現れる前に、均扇楼の予約を手配していたらしい。吹き抜けの奥、階段を上がった中階に作られた座敷は人目につかず、それでいて階下の声がよく響いてくる。

「女官が死んだのは後宮だろ？　それがなんで外廷まで封鎖する必要があるんだ⁉」

「城で人が死ぬなんて……また昨年のように干ばつが起きるんじゃないか……」

聞こえてくる噂はすべて、黒曜禁城の話ばかりだ。どうやら夏月と同じように外廷には入れず、あぶれた役人たちが店に流れこんできたらしい。少し身を乗りだせば、役人の袍《ほう》を纏っているのがよく見えた。

「これで情報収集には困らぬであろう」

泰山府君は、浮かびあがってきた紅餃子を自分の取り皿に入れ、ふーふーと冷ましながら口に入れている。餃子の熱さに顔をしかめ、ふたたび冷まして口に入れる様は酷《ひど》く人間くさい。それでいて、この神の手伝いが城のなかで起きた死にまつわるものなら、きっとまた面倒なことになるのだろうという確かな予感が夏月にはあった。

誰も直接、死者を見た者はいない。それでもどこかから噂が漏れ聞こえてくる。

それが運京という城市の恐ろしいところだ。国王や王妃といった権力者にまつわる噂話であっても、琥珀国の王朝そのものより長くつづく街の人々は容赦ない批評眼で城の綻《ほころ》びを見つめている。

「代書屋、おまえは運京や黒曜禁城について、なにか思うところはないか？」

不安まじりの噂が行きかうなかで訊《たず》ねられると、ことさら不吉な問いに聞こえる。しかし、それこそまさに夏月が茶飲み友だちと話したいことだった。

「師兄こそ……前に黒曜禁城の封印が苦手だとおっしゃってましたが、なにかご存じなんですか？」

泰山府君の箸に負けてなるものかと夏月も紅餃子を蓮華《れんげ》ですくいあげる。鍋の中身が少なくなったのを見てとった神は店員を呼びつけ、おかわりを注文した。

「先日、国王の誕辰《たんしん》に写本府でも祝いの対聯《ついれん》を出すということで、北辰門を見にいったんです……」

夏月は譚暁刻の扁額《へんがく》を見たことや北辰門の開閉時間を管理する漏刻について、そして、唐突に現れた王妃が扁額を壊そうとしたこと、それに第四王子・飛扇王が抗《あらが》ったことを端的に説明した。

「北辰門の扁額が……それが原因だったのか？　王妃とはまた面倒な……」

いつになく深刻な顔をした泰山府君を見て、夏月はやはりこれが冥府の神がわざわざ地上にやってきた理由なのだなと悟った。

「今回の城の封鎖と関係があるかわかりませんが、王妃殿下は天原国の扁額を壊すことにいたく執着されているようでした。それに……わたしは不思議に思うのです。城の城壁もその城門も……天原国時代の建物がそのまま使われているのです」

秘書庫の書物は焚書《ふんしょ》されたのに、天原国時代の扁額はそのまま残っている。古い書が見られてうれしいという気持ちとは別に、なにかがおかしいと夏月の頭のなかでしきりに訴える声がある。

「天原国は……黒曜禁城は、琥珀国に攻めおとされたはずなのに、なぜ城門は破壊されなかったのでしょう？」

そう呟いたとたん、夏月の疑問を待っていたとばかりに泰山府君は口角を上げて艶然《えんぜん》と微笑んだ。

「そのとおりだ、代書屋。黒曜禁城は壊されていない――いや、壊されてはいけないのだ。それがこの城の主《あるじ》になる条件だったはずだからな」

神から言われた言葉でなければ、夏月はその言葉を聞き流しただろう。しかし、冥府をこの目で見て、目の前にいる青年が本当に神なのだと知っている身には、世界そのものの理《ことわり》に関わるような危険な秘密を打ち明けられた気がして、うかつにこの神に相談したのは間違いだっただろうかとちらりと考えた。

（でも、わたしには……こんな話をする相手が泰山府君しかいないのだわ）

また死ぬような目に遭いたくないと思いながらも、神の手伝いは黄泉がえりの条件だ。断るわけにはいかない。

「ただの蟻のごとき矮小《わいしょう》の身がうかがっていい話なのかわかりませんが……わたしの違和感と泰山府君のお手伝いとは関係があるのですね？」

　どうせ城が封鎖されて仕事がないのだから、この際、ずっと気になっていたこの城市と城の奇妙さをつきつめるのも悪くない。夏月が挑戦的なまなざしを向けると、泰山府君は楽しそうに笑った。

「――昨夜、冥界《めいかい》に地震が起きた」

「昨夜……地上で地震があったのと同じころですか？」

　冥界は地の底にあると思っていたのに、地上と同じように地震もあるのかと夏月は驚いてしまった。

「そうだ。地上と同じ時刻、冥界にも大きな地震が起きた……あれはただの地震ではない。地上で呪術的《じゅじゅつてき》な結界が揺るがされたがための界の揺らぎだ」

「それは……黒曜禁城のことでございますか？」

　これまでの話の流れから察して、夏月のほうから口にした。

「そうだ。今回はちゃんと思考を巡らせてよく考えたようだな。陽界と冥界は隔てられているようでいて、天地の理においては表裏一体なのだ。陽界の大きな結界が揺さぶられれば、冥界にも影響がある。特に運京と黒曜禁城はこの泰山府君と縁が深い。それゆえ、冥界の結界が揺らいだ隙を縫って、冥界の戸籍から抜けだした鬼がいてな……その者を連れもどしに来たのだ」

落ち着いて話しているように見えて、泰山府君のまなざしは鋭い。泰山府君自らが連れもどしに来るくらいだ。ただの幽鬼ではないのだろう。

「冥界の戸籍を抜けだすなんて……いったいどのような幽鬼なのでしょう？」

地上では人間はどこかの国の戸籍に入り、死しては冥府《めいふ》の理に従って地獄で苦役に就かされたり、城隍神《じょうこうしん》や土地公の下で働いたりする。

「善も悪もまぜこぜにしたようなあやかしだ……あれはおまえが普段、代書を請けおっている幽鬼とは違う。もし見つけたら即座にわたしを呼べ。おまえのように普段から幽鬼と近く、死相が出ているような人間はうかつに近づけば命を落とすぞ」

ぎくり、と夏月は気まずさに身じろぐ。幽鬼と関わるなと、また釘《くぎ》を刺された気がした。それでいて、わざわざ危険に近づく手伝いをしろと、この神は言う。

（泰山府君の手伝いをしたら、また死に目に遭うかもしれない……）

以前の手伝いで殺されかけたり、実際に死んで黄泉がえらせてもらったりしたことを考えると、今回もまた命を落とすかもしれない。

泰山府君の助言と手伝いをしろと言われることは矛盾している。そこになんらかの意味があるのかさえ、夏月にはわからない。神の視座でなにを考えているのか、矮小な蟻のごとき身で考えても無駄だ。

夏月は死にたくないが、幽鬼の代書を請けおうことはやめたくない。でも、

――泰山府君の言葉には耳を傾けたほうがいい。

そう心の奥底で囁《ささや》く声があった。なぜなら、危険な目に遭わせるくせに、この神は夏月が思っているよりずっと夏月のやりたいことに協力的だからだ。

「泰山府君のお手伝い、代書屋『灰塵庵』が主、藍夏月がうけたまわりました」

手と手を重ねた姿勢をとり、礼を尽くしながら夏月は言う。

「今回も代書屋の働きには期待しているぞ」

ふたりが広い酒楼の片隅でそんな会話をしている間も、階下の町人は仕入れたばかりの噂を囁くのに忙しい。

「死んだ廃妃が現れたとか……」

また不吉な噂が運京を蝕《むしば》みはじめていた。


〈三〉


炎帝門の封鎖は翌日には解けていた。

まだ不穏なざわめきを残しながらも、いつものように通いの役人たちが楼閣を持つ巨大な門に認められ、通りぬけていく。その様子を眺めながら、夏月ははぁ、と自分の背後を確認した。――いるのだ。夏月の背後には白い衣装に身を包みながらも偉そうな大府然とした泰山府君が。

「わかっておろうな、代書屋。城内でなにかいつもと違うことがあれば、調べて私に報をくぐる。

一緒についてきた可不可から荷物を受けとった夏月は、ふたりに見送られながら城門

「承知いたしました……行ってきます」

告するのだぞ」

（神に『行ってきます』と言って登城するなんて奇妙な気分だ……）

昨日、泰山府君から手伝いを頼まれたあと、夏月としては当然、泰山府君は冥府へ帰るのだろうと思っていた。ところが、均扇楼で食事をしたあと、「黒曜禁城を見張るために、しばらく運京に滞在させてもらう」などと言って、藍家の別宅に無理やりついてきた。上客をもてなすのも仕事だと思ったらしい可不可は機嫌よく泰山府君を客房に案内してしまった。

塀に囲まれた屋敷の内側は、いくつもの棟に分かれた造りになっており、運京に来た親戚《しんせき》を世話することもあるからだろう。別宅を管理する老夫婦も食客扱いの神を歓迎していた。

（どうも泰山府君と話していると調子が狂う……）

人間の都合など考えない傲岸不遜《ごうがんふそん》な神。唐突に夏月の運命をもてあそび、神の事情に足を突っこむ羽目になった元凶。ただ、それだけのはずなのに……。

話をしていると、地上に生きるほかの誰よりも親しいような、そんな錯覚に陥る瞬間があり、もう少し話をしていたいという気にさせられる。

「ううん、気のせい気のせい。わたしに友だちが少ないせいでしょう……」

ほかに茶飲み友だちがいないから、神ぐらいしか雑談ができる相手がいないのだ。周囲から落第令嬢扱いされることには慣れているが、真面目に自分の境遇を考えると、少し落ちこんでしまう。しかし、意気消沈していたのは写本府の官衙《かんが》に辿《たど》りつくまでのわずかな間だった。

「おはようございます」

夏月は玄関口で挨拶《あいさつ》をすると、掲示板にずらりと並んだ名札のなかから『夏女官』と書かれた名札をくるりとひっくり返した。表には墨色で、裏は朱書きで文字が書かれており、登城している間は墨色を表にすることになっている。

正式な女官となって、夏月の名前——藍家の出自を隠すために『夏女官』という偽名ではあるが——名札を自分で書いたのはささやかだが、夏月にとってはうれしい出来事だった。その掲示板の出席札をさっと眺めて、『洪長官』の札が朱《あか》いままなことに夏月は気づいた。

「あれ、洪長官はお休みですか？　どこかに出かけておいでですか？」

夏月としては何気ない言葉のつもりだった。ところが、いつもはことあるごとに夏月を辞めさせようとする桑弘羊が近づいてきて、

「ただの禁足ならいいが、もう二度と写本府に来ないかもしれん……」

などと言う。低い声で囁かれたのは、ほかの人に聞かれたくないからのようだった。

「は？　禁足なんてそんな馬鹿な……」

禁足とは処分のひとつで、役人の場合は自宅謹慎である。こんな不測の事態で呟《つぶや》くにしては穏やかではない。桑弘羊の唐突な言葉に夏月はとまどった。

(写本府の長官としてなにか失敗するようなことがあったのでしょうか？　でも最近はそもそも目立つような仕事すらなかったはず……)

「単に昨日、秘書庫に行っているときに後宮に閉じこめられたんじゃないですか？」

そちらのほうが不在の理由としてはもっともらしい。秘書省下の写本府は公文書の写しを作り秘書庫に納めるのが仕事だ。でも、黒曜禁城の秘書庫は後宮のなかにあり、特別な令牌《れいはい》を持つ部署だけが後宮に入ることを許されている。一般の役人は後宮に入ることができないから、写本府は文字の読み書きができる女官を必要としていて、偶然、夏月に声がかかった。心配しすぎだとばかりに肩をすくめると、

「そんなわけがあるか！」

ばん、と強く長几《ちょうぎ》を叩《たた》かれて、夏月は目を瞠《みは》った。苛立《いらだ》つ桑弘羊の様子はただごとではない。その空気が写本府に広がると、ほかの役人たちも不安そうに何事か囁いている。

(なに……この空気は……洪長官はいったいなにに巻きこまれて……桑弘羊はなにを知っているの？)

夏月がとまどっているのは伝わっていただろうに、説明もないまま、桑弘羊は嫌がらせめいた仕事を命じてきた。

「そういえば、昨日の騒動で水売りが来なかったらしい。夏女官、西の井戸から墨を摩《す》るための水を汲《く》んできてくれないか？」

夏月は「わかりました」と簡単に返事をして、差しだされた令牌を受けとる。この瞬間に仕事を命じたと言うことは、洪長官の不在となにか関係があるのだろう。桑弘羊は写本府のなかでは洪長官の副官だ。城の外でも情報収集をしていたようだし、夏月が知らないことを知っているはずだ。

西の井戸とは、以前にも、場所を教えられないまま使いにやらされた井戸で、後宮の奥にある。墨を摩る水は朝露がいいなどと言われているが、それは膨大な手間がかかる。官衙の水瓶に水を満たすのは女官の務めだが、運京は場所によって湧きでる水に違いがあり、飲み水や墨に適した水を水売りが売りに来る。ずっと人手不足だった写本府では、本来、水売りが水瓶を回って満たしてくれるはずなのだが、桑弘羊は夏月に面倒な仕事を命じるという地味な嫌がらせをつづけているのだった。

もっとも夏月としても興味はある。外廷の封鎖は一日で解放されたが、後宮はどうだろう。写本府の一員だからというだけでなく、泰山府君の手伝いは城と深く関わっているのではないだろうか。

夏月は令牌を強く握りしめて、外廷から後宮に入る門に向かった。

「写本府の夏女官と申します。西の井戸に水を汲みに行くため、通行の許可をお願いします」

令牌を見せたところ、門衛は夏月の顔を覚えていたのだろう。困った顔をして首を振った。

「写本府が後宮と行き来する仕事があるのはわかっているが、現在、後宮に入るのは禁じられている」

「弱りましたね。昨日、水売りが来なかったせいで、なにがなんでも水を汲んでこいと命令されているのです……たとえば、ぐるりと城市を迂回《うかい》して、北辰門から入れば西の井戸に行けないものでしょうか」

予想どおり、後宮がまだ封鎖されていると知って夏月は小芝居を打った。もちろん、桑弘羊はそんな命令はしていない。しかし、外廷付きの女官が役人に無理を言われることなど日常茶飯事なのだろう。門衛は気の毒そうな表情をして、一言、夏月が欲しかった情報を漏らした。

「北辰門も通行止めだ。水がなくて墨が摩れないなら、今日の写本府の仕事はあきらめるんだな」

どうせ閑職なのだから、それで問題ないと言わんばかりに追い払われる。

（やはり、北辰門もまだ封じられているのか――）

王妃と第四王子の諍《いさか》いの様子がまざまざとよみがえる。譚暁刻の扁額《へんがく》はまだ無事なのだろうか。あるいは、あの扁額が原因でまた諍いが起きたのだろうか。

（この水汲みの命令はわたしになにを伝えるためだったのだろう）

一日くらい洪長官がいないなんてよくあることだ。しかし、桑弘羊の動揺からはなにかただならないことが起きたのが知れる。心なしか、いつもより人通りが少ない外廷の回廊を通りぬけ、夏月は急ぎ足で写本府に戻った。

「申し訳ありません、後宮には入れませんでした。北辰門も通行止めになっているそうで、回り道をして入るのも無理そうです……明日《あした》もまた後宮に入れなかったら、どうしましょう？」

夏月は探りを入れるように、桑弘羊の顔色をうかがった。水が本当にないという話ではない。水瓶をわざわざ確認しなくても、まだ十分な水が残っていることは、城が封鎖される前に確認していた。

「そうだろうな。もし洪長官が明日も来なかったら……写本府は最悪なくなることになるかもしれん……」

夏月の答えは彼も予想していたのだろう。難しい顔をして視線を逸《そ》らした。その態度がまた彼らしくなく、夏月の意識の片隅を、ざり、と気持ち悪く引っかいた。

「桑弘羊、ちょっと話があるので時間をください」

夏月は二階を指さし、顔を貸すように桑弘羊にすごんでみせた。女官の立場を考えれば不遜《ふそん》な態度である。しかし、反論するでもなくついてきたところを見ると、彼なりに思うところがあったのだろう。無人の長官室の扉を閉めたとたん、夏月は矢継ぎ早に質問をくりだした。

「女官が死んだという話ですが、それが後宮を封鎖するほどの問題なのですか？　昨年の夏、あんなにたくさん女官や官婢《かんぴ》が亡くなったときでさえ、こんなことはなかったじゃないですか。それに、洪長官は普段から仕事でこの官衙にいないことが多いのに、たかが二、三日見かけないくらいで写本府自体がなくなるなんておかしいでしょう!?　知ってることがあるなら詳しく話してください」

なにかがおかしい。城の雰囲気もそうだし、桑弘羊の態度もなにかを知っていて隠している者特有のぎこちなさがある。その秘密を暴いてやるとばかりに、夏月は語調を強めた。

「……俺も人伝《ひとづて》に聞いた話だが、亡くなったのはただの官婢や女官ではなく、身をやつしていた王妃殿下腹心の侍女だったそうだ。しかも、遺体は無惨な状態で……王妃殿下はこの事件は自分の権威を傷つける行為だと大変ご立腹になり、事件が解決するまで後宮を封鎖すると宣言したんだとか」

やはり桑弘羊は昨日、夏月と別れたあと、ほかの役人相手に情報収集していたようだ。人伝に聞いたと言うには、やけに生々しい説明をしてくれる。夏月の頭のなかで扁額を壊せと命じた王妃の高慢な声がよみがえり、またしてもなにかがおかしいと軋《きし》むように頭が痛んだ。

「遺体が無惨な状態でというのは……」

――『近づかないでください！　服が巻きこまれでもしたら体がばらばらになります

よ！』

北辰門の水運儀象台を見学したときの言葉がぱっと頭をよぎった。

「昨日の朝、北辰門の門扉が途中から開かず、技師を呼んで機巧を確認させたところ、遺体が見つかったらしい。正視に耐える状態ではなかったそうだが……清掃に入った官婢が巻きこまれたのだろうと……そういうことがたまにあるからと言われていたが、官婢にしては上等な服を着ていておかしいと検屍《けんし》に回されたらしい。そこに、王妃殿下が侍女がいないと騒ぎだして、よくよく調べたところ、身につけていた佩玉《はいぎょく》から王妃の侍女だと判明したという話だ」

――侍女が死んだのは、おそらく地震が起きた時刻だ。

夏月のなかに確信めいた直感がよぎった。

（この話は、一刻も早く泰山府君にしたほうがいい……）

城の封鎖と同時に泰山府君が現れたことには繫《つな》がりがある。その原因を作ったのが侍女の死なら、この一件の裏にはなにか不吉な秘密があるのではないだろうか。

（でも、いまの説明と洪長官の不在と写本府がなくなるかもしれないという話のどこに繫がりがあるのだろう？）

説明を求めるように夏月がちらりと桑弘羊の顔をうかがうと、やはり気まずそうに視線を逸らされてしまった。どうやら一女官には話せない深い事情がありそうだが、夏月だって員外の女官として雇ってもらったことで黄泉《よみ》がえりの条件としての泰山府君の手伝いができたという恩がある。

（俸禄のおかげで実家に戻らずにすんでいるんだし……写本府がなくなったら困る）

「洪長官は無事でいるんでしょうか……」

ぽつりと呟《つぶや》いた言葉にまた桑弘羊の眉間《みけん》のしわが深くなった。

「おまえは……代書屋をやっていると言っていたな」

「え、ああ、はい」

一瞬、藍夏月という自分の正体がばれたのかと思ってどきりとしたが、格言を写本府に書いたときのことを思いだした。夏女官が代書屋をしていること自体は写本府のみなが知っているはずだ。

「以前、太学と連絡がとれないときに洪長官が『頼むと不思議と手紙が届く』という代書屋に頼んで、どうにか資料を送ってもらったことがあったが……おまえのことか？」

ぎくりと身をこわばらせたのは失敗だった。

（運京ほど大きな城市であっても、その噂と灰塵庵とを結びつけられたら、藍家のことを知られてしまうかもしれない……）

しかし、桑弘羊が次に口にした言葉で夏月の恐れは杞憂《きゆう》だとわかった。

「もし明日も洪長官と連絡がとれないようなら、おまえのその『頼むと不思議と手紙が届く』という代書で連絡がとれないだろうか」

写本府に女官などいらないと嫌がらせをしていた桑弘羊がそんなことを言いだすとは

思わなかった。重たい沈黙が長官室に流れたあとで、桑弘羊は背を向け、

「後宮に入れないなら、今日はもうおまえの仕事はない。とっとと帰っていいぞ」

夏月にそう言いはなった。その背中は洪長官と写本府にとって危険な事態が起きているとありありと告げていた。

†　†　†

「泰山府君！」

帰宅した夏月は、客房の呼び鈴を引っ張るやいなや、室内に足を踏み入れた。一番上等な客房である。季節が夏に向かっているとあって日中は暑いのだろう。窓は開け放ってあった。

白い衣服を纏《まと》う神が円卓の前に座し、書物を紐解《ひもと》いている姿が真っ先に目に入ってくる。気軽に話しかけようとして、神のそばに紅《あか》い着物の青年がいることに気づいて、夏月は顔を歪《ゆが》めた。泰山府君の従者の紅騎《こうき》だ。泰山府君の左手に白い巾《きん》を巻いている。

「代書屋か。めぼしい情報は手に入ったのか」

冥府《めいふ》の王は書物から顔を上げずに問いかけた。居場所が冥府でなくとも泰然としている様はさすがに神だ。夏月が調べてきた情報など、本当は先に知っているのではないかと思わせるほど落ち着いた佇《たたず》まいをしていた。

「その手……怪我でもしたのですか？」

夏月がじっと見つめると、泰山府君は左手をすっと袖《そで》のなかに隠した。

「たいしたことではない……紅騎、茶をふたつ。代書屋はそこに座って黒曜禁城の様子を聞かせるがいい」

紅騎はあいかわらず夏月のことが気に入らないようで、じろりと睨《にら》んだが、主《あるじ》の命令には逆らえないのだろう。備えつけの茶釜《ちゃがま》から湯をとり、夏月にもお茶を淹《い》れてくれる。

急いで帰ってきたからのどが渇いていたし、お茶をありがたくいただいてから、今日聞いてきた話を手早く泰山府君に話した。

「北辰門の扁額を刃で欠けさせた上に、門に血が流れたか……おそらくそれが地震の原因であろうな」

「人間たちはなんと愚かな……泰山府君との盟約も忘れて」

冥府の王の言葉に紅騎が怒りを露《あら》わにした相槌《あいづち》を打つ。

「泰山府君との盟約……とはなんでしょうか？」

夏月が訊《たず》ねると、紅騎はしまったという顔をしたから余計な発言だったのだろう。

「紅騎、おまえは先に冥府に帰っておれ。おまえまでたびたび地上に来る必要はない」

ぴしゃりと厳しい口調で従者をやりこめた。渋々という様子で立ちあがった紅騎は、泰山府君に見られないように、顎《あご》で夏月に話があると伝えてくる。

「あ、そうだ。わたしも可不可に帰っていると伝えて、ついでに着替えてきます……泰山府君、少々お待ちください」

　空気を読んで夏月も客房を出ていく。玄関を出たところで、紅騎が冥府へ帰らずに夏月を待っていた。

「いいか、藍夏月。泰山府君の手をあまり煩わせるんじゃないぞ」

「はぁ……でも、手を煩わせるというより、わたしが泰山府君のお手伝いをしてると思うのですが」

　この従者が夏月につっかかってくるのはいつものことなので、話半分に聞くだけで通りすぎようとすると、

「そうではなく、おまえを二度も黄泉がえらせたことだ。泰山府君はいまあまりお加減がよくない。なるべく大きな力を使わせないように気をつけろと言っている」

　背後から聞かされた言葉に夏月ははっと振り返った。

「……黄泉がえり」

　さっき左手に巾を巻いていたことを思いだす。あの術が神にとってそんなに負担が大きいものだったのかと、夏月はそれ以上の言葉が出なかった。

「冥府には幽鬼をはじめとした怪異が封じられており、陰の気が満ち、神の身にも障りがある。もともといまの泰山府君はまだ地上でお休みになっている時期なのだ。おまえもあの方の手伝いをするというなら、くれぐれも気をつけるようにしろ」

　紅騎は夏月に釘《くぎ》を刺して満足したらしい。屋敷の裏へと去っていく。泰廟のある小山

のほうへと向かい、人目につかないところで冥府に帰るつもりなのだろう。

「あれ、お嬢。今日はずいぶんとお早いお帰りですね」

灰塵庵にいた可不可のところへ顔を出し、いくつかの用を頼むと、夏月は自室に戻って着替え、また泰山府君がいる客房へ戻った。呼び鈴も鳴らさずに部屋に入ってきた夏月の顔を見て、冥府の王は怒りもせずに言う。

「代書屋、なにか相談ごとがあるなら、この泰山府君が聞いてやってもいいぞ」

偉そうな物言いにはもう慣れているし、むしろ気を遣われているのかもしれない。そうわかるくらいにはこの冥府の王とのつきあいに慣れてきた。

「うちの上司と連絡をとりたいから、明日《あす》、代書を頼むかもしれないと言われたのです」

夏月の手紙は不思議と相手によく届く——それは姉の藍秀曲が、夏月の代書屋業を父親に認めてもらうために持ちだした、いわば宣伝文句だった。この国では庶民の手紙は商人や旅人の手を経て人伝《ひとづて》に渡る。人から人へ渡るうちに失われる場合もあるし、どこかに仕舞いこまれてしまうこともある。とても長い時間が経って、古い手紙が突然、届くことも珍しくなかった。

「そんな根も葉もない噂に頼るほどの事態が上司の身に起きているのかと気が気ではなくて……城のなかのことですし、泰山府君が現世にまで追ってきた鬼と関わりがあるのでしょうか」

桑弘羊の口ぶりは夏月にただ嫌がらせをしているという雰囲気ではなかった。

「おまえが代書をして手紙を書けば、洪緑水とやらに手紙が届く――ひいては相手の居場所がわかるかもしれない……おまえの名声も知られたものだな」

「泰山府君にお褒めいただき、この藍夏月、光栄に存じます」

揶揄《やゆ》を孕《はら》んだ口ぶりにやりかえすように応じる。

「心配ではありますが……事情がわからないので、父や姉にまで頼ったほうがいいのか判断がつかなくて……」

それに、この混乱のなかだ。父親は城に詰めているだろうし、後宮にいる姉に連絡をとるのはやはり難しい。それに、相手は王妃だ。できれば、夏月の我が儘《まま》でやっている女官仕事で藍家に迷惑をかけたくない。

「一応、可不可に本家に行き、様子をうかがうように命じておきました。父が帰っていれば、後宮のことがもう少しわかるはずですので」

面を上げ、泰山府君の目をまっすぐ見て言うと、心なしか神は目を瞠《みは》っていた。

「私の手伝いをするようになって、少しはましな顔をするようになったではないか。黒曜禁城で起きた事件のせいで、運京そのものがざわついている。私は城市を見回るゆえ、城のなかの探りは頼んだぞ」

そんな言葉とともに美形の神に微笑まれるのは面映ゆい。夏月としては、いまの自分と、うかつに死んで泰山府君と出会う前と、そう変わりはないつもりなのだが、いまの生活が楽しいかと聞かれれば、存外、これが楽しい。俸禄目当てではじめた女官勤めも新鮮だし、泰山府君の手伝いも悪くない。日常と違う事件をどうやって解決すればいいのか考える瞬間が夏月は嫌いではなかった。

（命の危険があるのだけが玉に瑕《きず》……）

紅騎がいないから、夏月がお茶のおかわりを用意する。相手が身の回りの世話をすべて他人に任せるような貴人だからというのもあるが、左手が悪いのを見てしまったからだ。

――『泰山府君はいまあまりお加減がよくない。なるべく大きな力を使わせないように気をつけろ』

左手を袖に隠している神を見ると、紅騎の警告が耳によみがえり、夏月の胸はずきりと痛んだ。

（たかが閑職の長を探すだけで死にそうな目に遭うことはないと思うけど、念のため気をつけましょう……）

不吉な予感を胸の奥に仕舞いこみ、夏月は茶杯にまた口をつけた。

翌日、写本府に勤めに上がると、やはり洪長官の名札は朱《あか》いままだった。

「夏女官、話がある」

今度は桑弘羊から長官室に呼びだされた夏月は、その四半刻後には後宮に向かっていた。代書した洪長官への手紙を手に携えて写本府を出た夏月は、まずは秘書庫を目指す心づもりでいた。洪緑水はたびたび秘書庫を訪れていたし、そこにいる可能性もある。それに秘書庫付きの宦官《かんがん》、眉子《びし》は洪長官の腹心で、後宮の事情に明るい。外には漏れてこない情報を知っているかもしれないというあわい期待を抱きながら、夏月は令牌《れいはい》を握りしめて昨日と同じ後宮への門に向かった。

門衛は二日つづけてやってきた夏月を見て複雑な表情になり、「後宮はまだ封鎖されている」とだけ答えた。

（やはり、わたしが代書した手紙がよく届くという験担ぎくらいでは、どうにもならないか……）

夏月があきらめかけたところに、

「後宮はまだ封鎖されているのか……今日も仕事にならないな」

背後で呟《つぶや》く声がした。どこかで聞いた声だと思って振り向くと、向こうも夏月に気づいたらしい。会いたくない相手に会ってしまったと言わんばかりに顔を歪《ゆが》めている。夏月の元婚約者、朱銅印《しゅどういん》だった。

「まぁ……朱銅印様。このようなところでお会いするとは奇遇ですね」

精一杯の笑顔を浮かべた夏月は朱銅印の腕を摑《つか》み、門から離れた物陰に引きずりこんだ。

「ちょうど、どなたかに事情をおうかがいしたいと思っていたところなんです。う、うちの長官が二日つづけて出勤していなくて、後宮に閉じこめられたのではないかと心配になりまして……なにかご存じありませんか？」

仮にも正式な婚約者である自分を捨ててほかの女性をとった朱銅印に対し、夏月がへりくだる必要は微塵《みじん》もないのだが、この元婚約者相手には、こういう物言いのほうが効果的なこともわかっていた。朱銅印は夏月が簡単に引きさがらない性格だと、先だっての騒動で身に沁《し》みていたのだろう。夏月が掴んだ腕を無理やり引きはがすと、

「洪緑水の部下にしては、おまえは宮廷に疎すぎる」

と一言、言いはなった。警告めいた言葉をこの男が言うとは思わず、夏月は目を瞠る。

「王妃殿下に睨《にら》まれるのは、藍家だって本意ではないだろう」

もちろん、それはそのとおりなのだが、洪緑水の部下であることと王妃に睨まれることの繋《つな》がりがわからない。夏月はよほど、わけがわからないという顔をしていたのだろう。朱銅印は手振りで夏月についてくるように伝えて、すたすたと歩きだした。

写本府からも六儀府《りくぎふ》からもずいぶんと遠回りをして、朱銅印の令牌で夏月も通された。ひとつ、ふたつと門をくぐり、最後の門衛には金銭めいたものを渡していた気がするが見なかったことにした。

「六儀府の上司に、いつも使っている門から入れなければ、こちらから回れと言われていた。おまえのことはついでだ。帰りは知らないからな」

どうやら彼なりに借りを返してくれたつもりらしい。六儀府は写本府と同じく後宮のなかに仕事があるから、なにか急ぎの用でもあったのだろう。助かったと、遠ざかって

いく元婚約者の背に感謝の拝礼をする。

　見知らぬ門から入ったせいでとまどっていたが、少し歩くと、先に見える大屋根に見覚えがあった。弘頌殿《こうしょうでん》だ。仕事で何度か来た場所を起点にして太陽の位置から方角を割りだすと、秘書庫へ向かう小径《こみち》の方向がどうにか見当がついた。

　後宮のなかは外廷と比べると、不気味なほど静かだった。女官の行き来はあるようだが、話す者はいない。どうやら王妃の怒りに触れるのをみな恐れているらしい。情報が得られないのは困るが、目と目を合わせないように通りすぎれば、向こうからも誰何《すいか》されないから、それはそれでよかった。

　築地塀《ついじべい》に開いた洞門を越えたところで、見知った園林に辿《たど》りつき、夏月はほっと安堵《あんど》した。小径を急ぎ足で抜けると大きな倉が見えてくる。夏月は入口までの数段を駆けあがり、呼び鈴の紐《ひも》を引っ張った。

「写本府の夏女官と申します！　扉を開けてください！」

　叫んだあとで扉が開くのを待っているのはずいぶん長い時間に感じた。夏月の声は倉の二階まで聞こえたのだろうか。両開きの外扉が開くにつれ、秘書庫を管理する老宦官の寒掖《かんえき》だけでなく、二重扉の向こうから眉子が駆けよってくるのが見えた。

「夏女官！　後宮の封鎖は解かれたのですか？」

　いつも穏やかな眉子にしては、やけに性急に話しかけてくる。比べて、難しい顔をした老宦官はいつものとおり慎重なままだ。まず夏月を招きいれ、背後の扉を閉めた。

「後宮は封鎖されたままです。偶然、六儀府の朱銅印と遭遇しまして、彼が秘密裏に後宮に入るのに一緒に入れていただきました」

「なるほど、六儀府か……陛下からなにか用を言いつかっているのだろうな」

寒掖のしゃがれた声に眉子が強くうなずいている。

「そういえば、洪長官は秘書庫にいらっしゃらないのですか？　黒曜禁城が封鎖されてからお見かけしていないので、てっきり後宮に閉じこめられているのかと思い、桑弘羊から仕事の手紙を預かってきたのですが……」

ぴくり、と眉子の体が反応して、そのまま固まった。代わりに答えたのは寒掖だった。

「洪長官は王妃殿下の侍女を殺した疑いで禁足を言いわたされました。後宮の宮に幽閉されております」

「寒掖！」

なぜ夏月に教えたのだと非難するように、眉子が叫ぶ。

「この女官はすでにあの方の都合に巻きこまれているのです。きちんと話さないほうが危険が増しましょう」

さきほどの朱銅印の物言いからも、これはただの訳ありではないと予感していた。

（嫌な予感ほどあたるものだ……本当に禁足だなんて……）

桑弘羊ははじめからこの事実を察していて、あんな物言いをしたのだろうか。だとしたら、本当に写本府は廃される重大な危機に陥っているのかもしれない。

それでも、夏月はすでに覚悟を決めていた。洪長官のことも心配だし、後宮でなにが起きたのかを調べないと、泰山府君の手伝いにならない。それに夏月自身、譚暁刻の扁《へん》額《がく》を壊そうとした王妃が好きになれなかった。王妃が関わっているならなおさら、自分にできる範囲で抗《あらが》ってやりたいと思うくらいには怒りを抱いている。

「禁足ということは牢《ろう》に囚《とら》われているのではないのですね？　洪長官に手紙を渡していただくことは可能なのでしょうか？」

眉子と寒掖は顔を見合わせた。

「私には無理ですが……夏女官なら顔も知られてませんし、手を尽くせば宮に入れるかもしれません……ただ後宮の奥に入れば、本日、城門が閉まるまでに外に出られないでしょう」

考え考えといった口ぶりで眉子が言う。女官と同じく宦官も後宮が機能するためには必要不可欠な存在だ。封鎖されていても、彼らが動かないと日常が保てないのだから、そこになんらかの抜け道があるのだろう。

まさかと思ったが、眉子だけでなく寒掖も協力してくれるらしい。

「眉子だけが動くのは逆に目立つでしょうから」

そう言って、寒掖はもうひとり、宦官を連れてきた。どうやら、秘書庫で留守番させるために呼んだらしい。寒掖を先頭にして眉子と夏月がつづいて歩くころには、日がだいぶ西に傾いていた。どこを歩いているのかよくわからない小径を通り、いくつかの洞門を抜けた先に出ると、周囲の空気が変わった。後宮という匣《はこ》のなかの匣のなかにいるのは同じはずなのに、不思議と閉塞感《へいそくかん》が薄らいだ。それでいて、ぴりぴりとうなじがひりつくような緊張感が漂う。警戒する衛兵が巡回してきて、夏月は驚いた。

後宮のなかなのに、普通の衛兵がいたからだ。

（ここは……王子たちの宮がある区画だ……！）

夏月の頭のなかで、以前、手紙を届けようと苦労して王子たちの宮の場所を探ったことがよぎった。そういえば、花が咲いていなくてはっきりと気づかなかったが、途中にあった草むらは鬼灯《ほおずき》の群生ではなかったか。

「厨《くりや》から食事を運ぶ者がいるはずです。私が交渉してきますから、ここで待っているように」

宦官は後宮の建物を熟知しているのだろうか。寒掖は迷いもせずに歩いていく。煙突から白い煙を上げる建物がこの区画の尚食局《しょうしょくきょく》だろうか。眉子と夏月は目立たない場所で、上司の命令を待つ態《てい》をして待つことにした。

「夏女官、鐘の音をちゃんと聞いていてください。うまくいったら四更の終わり（午前二時ごろ）までに出てきてください。近くで待機しています」

顔を向けずにすばやく伝えられる。夏月も小さい首肯だけで答えた。

しばらくして、膳《ぜん》を持った寒掖が出てきて、夏月に行き先を告げる。後宮が封鎖されているからだろうか。使用人通路はひと気が少なかった。

「あの奥の、氷泉宮《ひせんぐう》という場所です。門を入ったら右手に回ってください」

王子たちの宮はひとつひとつが独立した屋敷のような造りになっている。塀に囲まれたなかにいくつもの建物があるのが見てとれた。

（このなかのどれかを、かつて第一王子が使っていたのでしょうか……）

いまは主《あるじ》を失った宮として、荒れ果てているのだろうか。あるいは建物だけは管理され、時間をおいて別の誰かが使うのかもしれない。現在の黒曜禁城が、天原国国王から琥珀国国王へと主を変えてもそのまま使われているように。

夏月がまた感傷を覚えながらしばらく待っていると、衛兵が交替になった。それを確認して、寒掖は夏月に膳を持たせてついてくるように言う。

「東宮殿《とうぐうでん》からは離れていますが、くれぐれも気をつけてください」

門で誰何はされたが、すでに根回しがしてあったのだろう。形式的なものだった。門を入ったところで夏月だけが行くように言われたが、あたりが薄暗くなってきて、使用人用の入口がわからない。庭伝いに歩いていくと明かりのついた部屋が見えた。浮かびあがる人影に見覚えがある。

「洪長官ですか？」

夏月は思いきって声をかけた。ここで間違っていたら大変なことになるし、他人に聞かれたらまずい。そのときはどうにかしてごまかそうと夏月が考えていると、格子窓が大きく開いた。

いつになく身なりを整えた青年が立っていた。簪《かんざし》を挿し、大きく結いあげた髪を馬の尾のように束ねている。驚いて目を瞠《みは》る顔立ちは整っており、貴公子然とした凛々《りり》しさが漂っていた。

「夏月嬢……どうしてここに……」

「洪長官に手紙を届けに参りました……が、ひとまずこの膳を受けとっていただいていいですか？」

夏月は窓越しに膳を渡すと、身振りで洪緑水を下がらせて、無理やり窓をよじのぼる。非力な手つきを見かねたのだろう、洪長官は膳を卓子の上に置き、慌てて夏月を引っ張りあげてくれた。どうにか部屋のなかに入り、夏月が身なりを整えていると、これが育ちがいいという証左なのだろう。洪緑水は啞然《あぜん》としていた。

「馬に乗るのはおっかなびっくりだったのに、窓をよじのぼるのは平気なのか」

一拍おいておかしさがこみあげてきたらしく、くつくつと腹を抱えて笑っている。

「窓は動かないじゃないですか」

子どものころは馬にも乗せられたし、木にも登った。夏月だって人並みに遊んでいた時代があったのだ。

苦労して侵入した部屋のなかを見回すと、小綺麗《こぎれい》な部屋だった。調度品というのは、装飾が施され、派手な見た目をしているほうが高価だと思われがちだが、実際は違う。遠目には地味に見えても、木目が美しいものや防虫効果のある木材を使い、職人の手を経た組木細工などは庶民には手が出ない美術品だ。房を仕切る衝立《ついたて》に描かれた水墨画や書も美しく、趣味のいい部屋だと夏月は思った。少なくとも、夏月の上司は、王子たちの宮が連なる後宮の一画にこれだけの部屋をしつらえる身分だということだ。

こぶを持つ木に見立ててゆるく弧を描き、花の細工を施した筆かけだけは写本府長官の持ち物らしく見える。しかし、そこにかかっている筆の、綺麗《きれい》に整った毛を眺めただけで、夏月はごくりと生唾《なまつば》を呑《の》みこんだ。手を伸ばして使ってみたい衝動を夏月は必死で堪《こら》える。動物の稀少《きしょう》な毛で作られた筆は滑らかでいて適度なしなりがあり、書き心地がいいが、とても高価だ。高い筆を買ってはいつも可不可に怒られている夏月にしてみれば、目の毒だった。

部屋の隅に視線を転じれば、いくつもの鉢のなかに小さな赤鮒《あかぶな》が飼われていた。洪緑水は膳から羹《あつもの》の蓋《ふた》をとると、銀の箸《はし》でわけ、その箸が曇ったのを燈籠《とうろう》の明かりで確認した。切れ端を鉢のひとつに落とす。餌を入れられたと思ったのだろう。赤鮒は羹をついてしばらくしたのち、ぷかりと浮いて動かなくなった。

(わたしが持ってきた膳のなかに毒が入っていたってこと⁉)

「洪長官、違いますよ？　わたしが毒を入れたわけじゃなくて！」

動揺した夏月は早口に言い訳した。しかし、自分が彼の立場でも膳を運んできた人間を疑うだろう。そう思うと、言い訳を重ねることすらできなくて、挙動不審になってしまう。夏月のそんな慌てぶりを見た洪緑水は、声を立てて笑った。

「わかっています。夏月嬢はこんなことする理由がありませんから……よくあることなので気にしないでください」

淡々と話す口ぶりが逆に、この宮廷は危険なところなのだと夏月の心に迫ってくるようだった。この事実を知ったばかりの夏月には慰めの言葉もない。

いくつか食べ物を落としたうち、銀食器も曇らず、赤鮒も死なない料理だけを選んで口にする。彼がささやかな食事をする間、夏月は小さな死骸《しがい》の来世をひととき祈った。

「なぜ、閑職だと言われる写本府長官たるあなたが後宮に幽閉されているのでしょう」

夏月は代書した手紙を差しだして本来の目的を告げる。うすうすその答えはわかっていたが、あえて口にした。寒掖や眉子が夏月をここまでよこしたのは、女官のほうが警戒されないというだけでなく、本人の口から聞けという意味のはずだ。正直に言えば、真実を知ったら、もう外廷の権力闘争から逃れられないという予感がした。いますぐ逃げだしたい気持ちもある。しかし、朱銅印の言うとおりだ。

――『洪緑水の部下にしては、おまえは宮廷に疎すぎる』

こう言っては失礼だろうが、朱銅印はやはり名家の一員なのだろう。仕事のできなそうな小役人の風采《ふうさい》にしか見えないが、あの元婚約者は後宮に出入りしているのだし、夏月が知らない外廷の事情に通じているに違いなかった。

手紙を受けとった洪緑水は、夏月に椅子を勧める。その顔はいつもより少しやつれて見えた。『写本府　洪長官』と宛名を書かれた封紙を無造作に開き、手紙を読んで苦笑いを浮かべている。

自分が代書をしたのだから文の中身は知っている。桑弘羊からの手紙は夏月が好き勝手をすることへの非難と、洪長官が戻らなければ、この女官を首にするといった苦情に終始していた。

「夏月嬢の手紙はよく届く——か。さきの一件で代書屋の手を借りたことを桑弘羊は覚えていたのだな……君を私の事情に巻きこんではいけないと思っていたのだが……さすがにそうばかりも言っていられなくなった。すまない」

手紙を封紙のなかに戻し、卓子の上に置いた洪緑水は、その端整な顔をまっすぐに夏月に向けた。

「私の本当の名は碧珞翠《へきらくすい》。陛下の第五王子にして元王妃の子——少し前まで王太子だった者だ」

第二章 やんごとなき事情とは関わりたくありません

〈一〉

「黒曜禁城《こくようきんじょう》が封鎖される前に、いったいなにが起きたのかから話したほうがいいだろうな……」

洪緑水《こうりょくすい》は長い黒髪をかきあげ、言葉を選んで語りはじめた。碧珞翠《へきらくすい》という名を聞いて、祖霊廟《それいびょう》にあった『碧』という姓が書かれた旗を思いだす。王族の一員だと名乗られたとしても、夏月《かげつ》が気軽に呼べる名前ではない。心のなかで、いままでどおり洪長官と呼ぼうと決めた。

「深夜、地震があったあの夜――私は先日貼りだした対聯《ついれん》を引きとりに、写本府の仕事を終えたあと、北辰門《ほくしんもん》へ出かけたのだ……」

――あれは初更の終わりだっただろうか。夕刻、大門が閉まる前に北辰門を訪れた私は門衛の詰め所で話をして、写本府の名前で出した誕辰祝いの対聯を引きとってきた。ついでだから水運儀象台を訪れて——そのときは正常に漏刻は動いていたのだが——そこで対聯を見せ、話をしているうちに時間が経っていた。気づけば、漏刻の人形は亥《い》の刻（夜十時ごろ）を指しており、水運儀象台から直接、後宮に繫《つな》がる門を通り、氷泉宮《ひせんぐう》に戻ったのだった。

地震が起きたのは三更の終わり（午前二時ごろ）だったように思う……鐘の音はしなかったから確かではないが。私は就寝するところだった。宮の掛け軸がずれたのを直し、小物が落ちたのを片付けたが、それ以上のことはなかった。

書棚が無事か気になったが、深夜とあって秘書庫に向かうわけにはいかない。地震はよくあることだし、すぐに収まったからたいしたことはなかったと思い、急ぎの連絡があれば起こすようにと宿直の宦官《かんがん》に言いふくめて寝た。

明け方近く、宮の外が騒がしくなり、起こされるでもなく目が覚めた。宿直の宦官はうたた寝をしていたようで気づいていなかった。急ぎ、起こして外に出すと、まず第四王子・飛扇王《ひせんおう》の宮が封鎖されていたことを知らせてきた。すぐに私の宮にも衛兵が来て、その禁足——つまり外出を控えるようにと通達された。曰《いわ》く、「深夜、殺害があった。その嫌疑を審議する間、宮からの外出はなされぬよう」ということだった。

宮の周囲はいつになく、ざわついていた。人の口に戸は立てられないのだろう。衛兵たちの話から北辰門で官婢《かんぴ》が死んだという話が流れてきて、次に女官が死んだという噂に変わった。なにかがおかしい。そう思ってはいた。ただの女官が死んだにしてはやけに物々しい見張りをつけられ、氷泉宮付きの宦官も出入りを禁じられた。

女官殺害の噂はまたたく間に後宮中に広がったようだ。おそらく、昨年、たくさんの女官が死んだことを思いだし、次は自分が殺されるかもしれないと女官たちが恐怖を募らせたせいだろう。

そのあとで、雨花宮《うかきゅう》――王妃の宮から侍女がひとりいないという使いが来て、よくよく調べたら死体から王妃の侍女が持つ佩玉《はいぎょく》が出てきたらしい。大騒ぎになった。王妃腹心の侍女が亡くなったのは、誰かに殺されたからだと王妃が訴え、その殺害嫌疑が私と飛扇王にかけられたのだ。

――濡《ぬ》れ衣《ぎぬ》を着せられようとしている。

私は国王の第五王子として生まれたが、兄たちとはみな母親が違う。私の母・沈無齢《ちんむれい》は王妃として嫁いできて私を産んだ。私が生まれる前から兄王子たちは王太子の座を争っていたが、王妃の王子が立太子されるのが世の理《ことわり》だとして、私が王太子となった。国王が王太子のころから連れ添っていた妃《きさき》が産んだ第一王子はもちろん、別の妃が産んだほかの王子をさしおいて――。

即位したばかりの国王は琥珀国《こはくこく》の安定を重視し、肥沃《ひよく》な農地を抱える沈一族を後ろ盾にしたかったのだと言われている。

沈一族は天原国《てんげんこく》の遺産が残る黒曜禁城をよく知り、焚書《ふんしょ》で失われた書物を惜しんでいた。特に工造司には力を注ぎ、残っていた図面から新たな機巧《からくり》が作れないかと予算を割いて研究させていたほどだ。

しかし、それを快く思っていなかったのが陸《りく》一族だ。

君も知ってのとおり、百二十年ほど前に琥珀国が天原国の王城を攻めおとした。そのとき、天原国が支配していた地域は分裂し、運京《うんけい》一帯を支配した琥珀国は、国王の中央集権を高めるために滅ぼした天原国を利用した。天原国の王族、高位貴族を見つけては処刑し、天原国を琥珀国の敵とすることで国をまとめあげたのだ。その、天原国の王族狩りでもっとも功を成したのが陸一族だった。

血を流して成りあがった陸一族は、一族から娘を王太子に嫁がせて後宮入りさせており、三番目の王子を産んでいた。王子を王太子にして、その妃を王妃にする。それが陸一族の宿願だったのに、あとから出てきた私の母親が王妃となったせいで叶《かな》わなかった。苦労して一族から妃を出し、念願の王子も生まれたのに名門の格に負けたのだ。

ひどく恨みに思っていたことは風の噂に聞いていた。しかし、それがどれほどの恨みだったのかを思いしったのは、すべてが手遅れになったあとだった。

——その日、国王は泰山《たいざん》参りのため、外遊していた。私は不在の国王の代わりに宰相の補佐で朝議に出て、そのあとは太学に出向いていた。黒曜禁城内にいなかったことで九死に一生を得た。あとから人伝《ひとづて》に聞いたところによると、国王《ちち》と王太子《わたし》の不在を狙って、陸妃が私の母を誘いだしたそうだ。その間に自分たちが偽造した証拠を母の部屋に隠し、それを陸妃たち一派が母の前で見つけ、天原国の残党と共謀したと大勢の妃や宦官たちの前で騒ぎたてた。無理やり母が敵国と通じ、琥珀国の転覆を謀ったとして、反逆罪をでっちあげたのだ。

ほとんどがこじつけにすぎなかったが、陸一族は周到に証拠を用意していた。母も沈一族も、もともと天原国の高度な技術に一目置いていたのは誰もが知っていたはずなのに、このときのために刑部に手を回していたのだろう。罪状はあきらかだとして、王妃を天牢《てんろう》へ投獄した。

もちろん、沈一族も反論したのだが、朝廷にも手が回っていた。天原国は敵国なのだから、その国の知識を擁護する者は敵国と通じている——そういう噂を役人の間に流し、灰色のものを黒とするような空気を作っていた。もともと琥珀国という国をまとめあげるために天原国を敵として利用したはずなのに、それに首を絞められた格好になった。

沈一族の派閥から国王の外遊に人を多く割いていたのも災いした。穏健派は保身のために黙り、陸一族の思うとおりにでっちあげた証拠が真《まこと》しやかなものに仕立てあげられた。国王が不在の隙を狙った一種の反乱だった。

陸一族の暴走を国王に伝え、急ぎの帰城をうながしたが、一足遅かった。捕らえられた沈一族のひとりが拷問に耐えきれず嘘の自白を強要され、私の母——沈王妃は沈黙を貫いて、帰城した国王ですら、数々の証拠の前に、その罪状を覆せなかったのだという。

陸一族は自分が推した妃の子を王太子にするために、私の母を廃妃としたのだ。

その事件を機に、私は王太子の座を奪われた。王妃と王太子を失った沈一族は、権力闘争に敗北した。廃妃となった母と会うことは叶わず、のちに幽閉された先で死んだことを聞かされた……——

「——十五歳の私は、ただただ無力だった」

抑揚のない声音からは、もう過去に慟哭《どうこく》をくりかえし、自分の至らなさや恨み辛《つら》みが心を灼《や》き尽くしてしまい、感情がすり切れてしまった人特有の絶望があった。夏月にも覚えがある。苦い感情をずっと心に抱えているうちに、よろこびも楽しみもどこか遠くにあって、自分には存在しないような感覚に。

——『洪長官も死者となっても会いたい人が、どなたかいらっしゃるのですか？』

祖霊廟のなかで夏月がそう問いかけたときの彼の台詞《せりふ》を思いだす。

「以前、洪長官はおっしゃってましたね……『親しい人が亡くなれば、もう一度会いたいと思うのは自然な気持ちではないだろうか』と……その会いたい人とは、廃妃……いえ、お母様のことなのですね？」

「……そうだ。私は母の最期に立ち会えなかったことをずっと悔やんでいる。廃妃となった母の名誉はいまだに回復されておらず、位牌《いはい》を弔うことすら許されていない。祖霊廟に行くたびに思うのだ。あの日、あの朝、私の行動のなにかが違ったら、いまもまだ母は生きていたのではないかと……」

洪長官のかすれた声が途切れる。夏月は淋《さび》しそうな笑みを浮かべる上司の顔をただ見つめることしかできなかった。

「父上……陛下は、天原国の遺産を見直し、高度な知識を活用しようとお考えだった。だから陸一族を遠ざけ、沈一族から王妃を出したのだ。だが、一度は天原国憎しで結束した我が国の多くの廷臣は陸一族を支持し、天原国の遺産をむやみと排除する派閥のほうがいまだに強い……それだけに母を助けられなかったのだろう。あるいは母は、私の命と引き替えに罪をかぶるように強要されたのではないかと思うと、一目でいいから会って、母上に謝りたいと……」

生きている者の悔恨は、いつまで消えない痛みとなって残るのだろう。洪緑水の告白を聞きながら、夏月はまるで鏡のなかの自分を見ているような心地になった。

「自分が生きていることこそが罪のように思われるのですね……」

夏月の呟《つぶや》きに洪緑水は、はっと顔を上げる。その表情にはなぜ心の裡《うち》がわかったのかという驚きが入りまじっていた。静かな氷泉宮のなかに、刻限を知らせる鐘の音が遠くから響いてくる。その音で過去の感情から現実に引き戻されたのだろう。洪緑水はすっといつもの写本府長官の顔をとりもどして言う。

「夏月嬢、君が私に手紙を届けに来てくれたのはわかったが……大丈夫なのか？　王妃派の衛兵にでも見つかって君の素性が知られたら、藍《らん》家はもとより紫賢妃《しけんひ》にも迷惑がかかるはずだ。それがわかっていない君ではないだろう？」

「もちろん、承知しています。わたしの意思でここまで来たのですし……半分は巻きこまれた形ですが。さきほど、『濡れ衣を着せられようとしている』とおっしゃいましたが、どうして王妃殿下はそこまで洪長官を怖れるのでしょう？　現在も権勢を維持しておられる飛扇王殿下と比べ、母親が廃妃となり、後ろ盾を失った廃太子をそこまで敵視する意味がわたしにはわかりかねるのですが……」

夏月の言葉に洪緑水はふいっと視線を背けた。貴公子然とした装いで愁いを帯びた顔をすると、写本府で快活に話していた彼とは別人のようだ。儚《はかな》く、いまにも消えてしまいそうに見える。

「それは……おそらく、私が媚州王《びしゅうおう》の代わりに清明節の裏の祭祀《さいし》を任されたせいだ。媚州王がいなくなったことで、いままで長子に向けられていた国王陛下の格別の寵愛《ちょうあい》が私に注がれるのではないかと怖れているのだろう」

「あ……」

そういうことだったのかと、いまさらながら夏月は腑《ふ》に落ちた。たくさんの女官や妃にまで手を出したにしても、媚州王ほどの貴人を処罰するには、やけにすんなりと事が運んだと怪しんでいた。あるいは夏月の願いを聞いて泰山府君《たいざんふくん》が運命に働きかけたのかと考えていたが、洪緑水が王子ならすべてが理解できる。

（この方は……誰かを間に介して上奏しなくても、直接、国王陛下にお目にかかり、訴えることができる身分なんだ……）

人を介せばそれだけ時間がかかるし、途中で訴えそのものが握りつぶされてしまうかもしれない。でも、洪緑水は直接、国王に話し、だから媚州王の醜聞が外に漏れなかった。うちうちで処分されたことと引き替えにきちんと処罰された。

(つまり、そのときに……媚州王が執りおこなうはずだった裏の祭祀を洪長官が拝命したと、そういうことか……)

夏月が祖霊廟《それいびょう》の死者のことを洪長官に訴えたために媚州王は亡くなったのだから、夏月が洪長官への陸王妃の疑念をふたたび駆り立てるきっかけを作ったとも言える。

「藍夏月、君が悪いわけではない。それに陸王妃が私を警戒するのには、もうひとつ理由がある。私は母上の汚名を雪《そそ》ぐことをあきらめていない。その意思を見抜かれているのだ」

夏月を元気づけるためだろう。洪緑水は無理やり笑みを浮かべてみせた。

「どのみち、いつかは陸王妃と私は対立していたはず……たまたまそれがいまになっただけだ。君を巻きこんだことは……むしろ申し訳なく思っている」

大半の料理が残されたままの膳《ぜん》と、ぷかりと腹を見せて浮かぶ鉢の赤鮒《あかぶな》とを眺めた夏月は、彼が暮らす氷泉宮が、雅《みやび》な造りとは反対に、妃にとっての冷宮と同じだと感じた。陸一族の派閥に属する女官や宦官《かんがん》からことあるごとに嫌がらせを受け、それを簡単に撥《は》ねのける力がない。

(しかしそれでも……)

宮の敷居に下がる御簾《みす》を上げ、あちこちうろつきながら、夏月は気になったことを端から口にした。

「王妃殿下の命令で侍女殺しの容疑をかけられているにしては、洪長官も飛扇王殿下も天牢ではなくご自分の宮に閉じこめられているだけ……ということは、洪長官の母君のときとは違い、王妃殿下の権力をもってしても、おふたりを有罪にするに足る証拠はないということですよね？　むしろ、なにを根拠に禁足を言いわたされたのでしょう？　ほかに犯人と疑われて捕まった者はいないのでしょうか？」

夏月としては、できれば王族の問題と関わりたくなかった。父親に知られたら女官勤めを辞めさせられるかもしれないし、姉に迷惑をかけたくない。ただ泰山府君の手伝いをするために、黒曜禁城を探るように命じられただけのはずだった。たまたま、王族絡みの問題が起きていただけで——。

（そう、偶然だ……おそらくは）

運命の悪戯《いたずら》や天命の分岐点といったものは、きっとこんなふうに唐突にやってくるのだろう。この偶然に死相が現れていたとしても、夏月は乗り越えなくてはいけない。

「死体が出てきたのが北辰門の仕かけのなかだったからだ。北辰門は飛扇王配下の軍が守っており、まず飛扇王が疑われたようだ。次に、たまたま、その夜、私が北側から後宮に入ったのを誰かが知らせたらしい。私の宮も封鎖されたというわけだ。いまのところ、ほかに疑わしい者が捕まったという話は聞いてないな……私が把握してないだけかもしれないが」

「写本府から帰るときはいつも南側から入ってくるのに、北側の門を使って入ってくるのはおかしいと……」

「そういうことだな」

普段と違う行動をする者の足どりを調べるのは、捜査としては間違っていない。しかし、夏月の頭のなかに水運儀象台と水車の複雑に嚙《か》み合う歯車の機巧がよみがえり、思考を巡らせるように蠢《うごめ》いた。

「侍女は歯車に挟まれていたという噂ですが……亡くなってから遺体を投げこまれたのでしょうか？　それとも、生きているうちにそのなかに突き飛ばされたのでしょうか？」

「まともに調査されたなら検屍《けんし》の記録があるはずだが……そこまで調べるのはいまの私には難しい。歯車に挟まれたときに亡くなっていたのか生きていたのかに、なにか違いがあるのか？」

洪緑水の問いに夏月はいきおい声をあげていた。

「ありますよ！　その侍女がいつ死亡したか、その時刻によっては、殺人が犯された時刻に現場不在証明――犯罪をしていない証拠が洪長官や飛扇王殿下にあるはずです」

思わず、声が大きくなってしまったからだろう。「しぃっ」と洪緑水の手が夏月を制するように口を塞《ふさ》ぐ。外から物音がしないのを確認して、そっと手を離されたが、こういうのは心臓によくない。

「現場不在証明か……天原国の知識に通じた君らしい台詞だ」

自嘲《じちょう》気味な言葉には、琥珀国ではそんなものは存在しないと言わんばかりの皮肉がこめられていた。もしあれば、彼の母親を救う方法があったのだろうか。

（偽装の証拠をあたかも本物のように差しだされ、覆すのは国王でも難しかったのなら、その無罪を証明するには神の力でも借りるしかない……）

「洪長官はどう思われますか？　飛扇王殿下が本当にその女官だか侍女だかを殺した可能性については」

夏月には、先日見かけたくらいしか飛扇王についての情報がない。泰山府君が知りたいことがなにかわからないいま、洪長官に聞けるだけのことは聞いてしまいたかった。

「飛扇王が？……なんらかの事情で雨花宮と敵対することがあっても、こんな雑なやり方をして足をすくわれるほど、頭の悪い人ではない。普段、軍兵を相手にしているせいで、やや女性への気遣いに欠けることはあるだろうが……」

雨花宮とは王妃の宮のことだ。言葉の上では王妃を指す隠語として使われる。考え考えといった態《てい》で話す洪長官の言葉には確かな重みがあった。

「だが……そもそも彼なら雨花宮の威光を撥ねのけて外に出るだけの力があるはずだ。二日もおとなしく捕まっているところを見ると、目をつけられる心当たりがあったのかもしれない……」

「先日の扁額《へんがく》の件で睨《にら》まれていたという以外に、ですか？」

「ああ、そうだな……あの手の諍《いさか》いなら日常茶飯事のはずだ。それに、いくら私に疑いがあるにしても、氷泉宮が封鎖されるまでがやけに早かったような……いや、わからないな。正直、禁足の状態では、情報が足りなさすぎる」

「どんな情報があれば、判断できるのでしょう？　眉子《びし》と寒掖《かんえき》にも伝えて情報収集してもらいます」

「雨花宮側がもっとも神経を尖《とが》らせているのは、飛扇王がなにかしら王に気に入られる成果を上げることだ。長子の媚州王がいなくなったいま、王子たちの微妙な均衡が崩れ、新たな権力闘争が起きている。彼が担っていた行事を国王陛下は誰にやらせるのかと、廷臣たちも気にかけているはずだ」

初子として国王に愛されていても、母親の身分が低いがゆえに王太子にはなれなかった媚州王。

（その代わりを務める王子は、媚州王殿下に注がれていた国王陛下の愛情を受けるということか……）

「できるかどうかわかりませんが、飛扇王殿下がなにをしていたかを探ってもらいます。王妃殿下の侍女の件も、雨花宮でなにかいつもと違う動きがあったのかどうか、聞いてもらいましょう」

巻きこみたくはなかったが、これは紫賢妃――後宮入りしている姉に連絡をとったほうがよさそうだと頭のなかで算段する。部屋の隅に文机《ふづくえ》を見つけ、夏月は姉宛の手紙を簡単にしたためた。

「ところで、洪長官。なぜ廃太子の身で写本府の長官なんてやっているのですか？」

話が一段落したところで、個人的に気になっていたことを訊《たず》ねた。彼が王子なのだとわかってしまえば、腑に落ちることが数多くあるが、騙《だま》されたという気持ちもある。

「父上が私のことを惜しんでくれたからだ。母上が廃妃となったあとも王子の身分を残し、落ち着いたころに写本府の長官という仕事を与えてくれた。権力と結びつきようがない職ならいいだろうと雨花宮を説得までして……第三王子が立太子したあとの話だ」

「唯是名銜人不会、天原六公洪長官――というわけですか？」

――閑職の長である私の肩書きを他人は理解できないようだが、天原国の六公のごとき名官吏を見習う洪という名の長官なのだ。

半ば揶揄《やゆ》するように言ったつもりが、古い詩になぞらえたのが彼の心の琴線に触れたらしい。うれしそうに微笑まれてしまった。

「そのとおりだな」

写本府は閑職だと言われているわりに、この青年はそれを恥じるどころか自慢しているようにも見える。それがどこか面白おかしい。

「それでは、洪長官。部下としてお訊ねしますが、あなたは今後どうしたいのですか？」

「私がここから抜けだせるように手伝ってほしいと告げたら、夏女官が助けてくれるのか……それは楽しみだな」

夏月に秘密を打ち明けてしまったからだろうか。洪長官の纏《まと》う空気がやわらいで、いつもの調子が戻ってきたようだ。その表情は、相手の求める代書を夏月がうまく書けたときの客の顔とよく似ていた。

「それは……どこまでできるかはわかりませんが、善処いたします」

泰山府君の目的から考えれば、洪緑水の力を借りて後宮の情報を集められたほうが助かる。二重の意味で、どちらにせよ夏月は彼を助けなければならないだろう。

「ところで、君はどうやって後宮から出る手はずになっている？　だいぶ夜も更けてきたが……東宮殿と王子たちの宮の周りは塀で仕切られていて、この時間は簡単に行き来できまい」

そろそろ帰ったほうがいいと匂わされる。夜間はあちこちの門が閉められ、区画から区画への移動はできないから、どこかで誰何《すいか》され、怪しまれることを心配してくれたようだ。

「ひとまず、膳《ぜん》を引きとって厨《くりや》に戻ります」

料理はまだ残っていたが、洪緑水は持っていくように手振りで示した。もとより毒が入っているような膳だ。後宮で出される食事は食べないことも多いのだろう。

（廃太子というのは、とてもあやうい立場なのだな……）

洪緑水が外の見張りの顔を確認して、いまなら出てもいいと指示する。さきほどの寒掖の様子からしても、見張りの衛兵も派閥があるということだろう。交替する時間によってはに少しは協力してもらえるようだ。洪緑水が衛兵に声をかけると、夏月は下がるのが許された。氷泉宮のある区画から出て厨に近づくと、眉子と寒掖が待っていた。膳に毒が入っていたことを告げると、寒掖が中身を藪《やぶ》のなかに捨てる。そのまま膳の器を返しに向かった。

「首尾よくいったようでなによりです。あの方の状況を理解していただけたでしょうか、夏女官……いえ、藍夏月嬢」

いつも穏やかな彼にしては凄《すご》みが入りまじった顔つきで眉子が言う。その顔を見ただけで、彼にとって洪緑水は勤め先のただの上司ではないのだろうなと察した。

（洪長官が元王太子だったのなら、身分相応にお付きの従者がいたはずだ）

王子たちが使う通路と違い、厨回りは竹藪が群生し、どこかうらぶれた雰囲気が漂う。しかし、夜が明けるまでは、洞門を越えて秘書庫に戻るのは無理だろうし、人に見つからずに密談するには都合がよかった。ひとまず、洪緑水から頼まれたことを話す。当日の飛扇王の足どりや後宮での王妃の動き、誰かと揉《も》めた形跡がないかどうかを探ってほしいこと、それから手紙を渡し、紫賢妃に届けてほしい旨を告げた。

「洪長官と飛扇王殿下の無実の証拠を見つけ、王妃殿下側にもみけされないように、どうにか国王陛下にその証拠を見せましょう。それが、洪長官を助ける一番早い手立てだと思います」

洪緑水の話だけでは情報が足りない。もっと色々な人物から話を聞く必要がありそうだった。

（そもそも、王妃殿下はいつその侍女が不在だと気づいたのだろう？　いったいなぜ？）

現実の問題に頭を痛めながらも、夏月にはもっと切実に気になることがあった。それは、響が鳴らないことだ。

夏月が知りたかったことは洪緑水の正体ではなく、泰山府君の手伝いに必要な情報である。このまま帰ったら、あの傲岸不遜《ごうがんふそん》な神になんと報告すればいいのか。

（でも、おそらく……泰山府君の知りたいことも、この事件と深く関わっている……）

夏月のなかでそう強く囁《ささや》く声があった。

真っ暗闇に沈む後宮は木の葉ずれの音がかすかに響き、遠くで松明《たいまつ》が揺れるだけでもなにか得体が知れないものが潜んでいる気配が漂う。衛兵に見つかって誰何されるのは嫌だったが、それ以上に、まるで幽鬼が出る前のように、この世とあの世の境目がなく、うかつに冥府《めいふ》に迷いこんでしまいそうなあやうさのほうがより怖ろしかった。

しばらくして、老宦官《かんがん》が戻ってきて夏月はほっとした。人が多いと、わずかでも得体のしれないなにかへの畏怖《いふ》が薄らぐ。彼は棒きれを手にして、地面に王子たちの宮の位置関係を書いて見せた。

「三人一緒にいると目立ちますから、眉子はあとから戻ったほうがいいだろう。夏女官は私についてきなさい」

そこで眉子と別れ、人目につかない通路を行くうちに空が白んできた。開門を知らせる鐘の音が遠くから響いてくる。その音を聞きながら、寒掖はふと足を止めて首をかしげていた。

「どうかしましたか？」

「いえ、北辰門から聞こえるはずの鐘の音じゃない気がして……それとも、事故があったから漏刻の鐘が壊れているのでしょうか」

長く後宮に勤める宦官は音色だけで、どこの鐘の音なのか把握しているのだろうか。夏月が変な感心をしていると、すたすたと歩いていかれてしまった。緊張した一夜を眠らずに過ごした夏月はさすがに疲れていたのだろう。その日は、後宮をうまく抜けだせたところで疲れきってしまい、写本府に顔を出したあと、帰宅させてもらった。老宦官の言葉に証拠に繋《つな》がる示唆があると気づいたのは、ぐっすりと睡眠をとったあとのことだった。

〈二〉

「もう一度、後宮に潜入してこい」

泰山府君から尊大な態度で命じられたのは、昨夜帰れなかった事情を夏月がひととおり報告したあとのことだった。朝帰りしたとき、可不可《かふか》には事実を伏せ、仕事の都合で帰れなかったという言い訳だけをした。神に対してはともかく、城の権力闘争に関わっていたなんて父親にでも報告されたら、さすがに進退窮まる。説教だけですめばいいが、家に連れもどされたらまずいという意識があった。

夜の間ずっと動き回っていたからだろう。自室で倒れこんだ夏月は午後遅くになってようやく目を覚ました。お腹が空《す》いていたのでまず食事をとり、身支度を調えて泰山府君の部屋を訪れたときには、山際に残光が見えるだけの時刻になっていた。

（こちらの苦労も知らず、あいかわらず神は神の都合で好き勝手を言う……）

もうすでに慣れてきたが、挨拶《あいさつ》用の笑顔がさすがに引きつった。

「状況は思っていたより悪い……早急に後宮の問題を解決し、冥界《めいかい》から逃げだした鬼を見つける必要がある」

「早急にと気軽におっしゃいますが、ここは冥界とは違うんです。王妃殿下が関わっているからには慎重に探らないとなりません。私の父や姉にまで累が及ぶのは困ります」

夏月が反論すると、泰山府君は眉間《みけん》のしわを深めた。山陰にある『灰塵庵《かいじんあん》』は日が暮れるのが早い。神の人間離れした美貌《びぼう》が薄闇に沈み、表情がよく見えなくなる前に、夏月は客房に吊《つる》した燈籠《とうろう》に灯を入れた。

「おまえの話を整理すると、北辰門の扁額《へんがく》を王妃が壊そうとした。そこで人が死に、ふたりの王子が疑われているということになるが……代書屋、おまえはそのふたりの王子のうち、どちらかが犯人だと思うのか？　正直に申してみよ」

神の黒い瞳《ひとみ》がまるで探るように夏月を見つめていた。冥界での死後裁判と同じだ。泰山府君の言葉には記憶をよみがえらせ、真実以外話せなくなるような効果がある。

夏月の脳裡《のうり》にまず洪緑水の顔が思い浮かび、次に馬上にいた飛扇王の貴人らしい振舞いがよぎった。客観的に見れば、ふたりとも王妃と対立しており、王妃腹心の侍女と揉める可能性はあるだろう。飛扇王の記憶に連鎖するように北辰門の楼閣に隠れたことを思いだし、夏月は顔をしかめた。扁額を壊そうとしたときの、王妃の高慢な声音がよみがえり、かっと燃えるような怒りを覚えたが、あえてその怒りを心の奥に封じこめた。

「仮に、第四王子の飛扇王殿下が王妃殿下と対立し、侍女を殺したとしましょう。それならなぜ、わざわざ自分の管轄する北辰門に死体を放置したのでしょうか。侍女が死んでから水車に投げこまれたにせよ、生きたまま投げこまれたにせよ、門の機巧を壊し、自らに疑いを向ける……というのは飛扇王殿下に不利なことが不自然に多い気がします」

王太子に次ぐ勢力なのだから、陥れようとする者はたくさんいるだろう。王妃と言い争っていたときの飛扇王は隙のない物言いをしていた。

（あのとき受けた印象と、自分の管轄下で王妃につけいる隙を作る手法はどうにもそぐわない。同じ人物の思考としては、ばらばらな印象がある……）

「なるほど……扁額を破壊したがる王妃に対して怒りを覚えていたというわりには、感情に流されず、よく考えたようだな。褒めてつかわそう」

夏月の心を見透かしたように、くつくつと笑われる。夏月は苦虫をかみつぶしたような顔をして、泰山府君の揶揄《やゆ》を無視した。自分がわざわざ努力したことを褒められ、悪い気がしないだけに複雑な気分だ。

「もうひとりの——洪長官のほうも同じです。母親を廃妃にされた恨みがあり、王妃殿下に復讐《ふくしゅう》する機会を狙っていたにしても、なぜ北辰門だったのかという疑問はやはり残りますよね……洪長官は飛扇王殿下に罪をなすりつけようとして、逆に飛扇王殿下は洪長官に罪をなすりつけるつもりだったという可能性はありますが、あまりにもあからさますぎますし、もっとほかにやりようがあるはずです。いまの時点では、双方ともに犯人だと断定するに足る証拠はありません」

「なぜ、北辰門だったのか、か……」

泰山府君の呟《つぶや》きが、まるで水面に落とされた一滴の墨のように夏月の心に波紋を広げ、新たな疑問を呼び起こす。『なぜ侍女が死んだのか』より、『なぜ北辰門で発見されたのか』のほうが重要な問いなのだと、心のなかで叫ぶ声がはっきりと浮かびあがる。

（確かになぜ東の太昊門《たいこうもん》や西の窮桑門《きゅうそうもん》ではなかったのだろう？　洪長官の口ぶりからすると、あの見事な水運儀象台は北辰門にしかないようだった。でも、門を開くための水車は四つの大門すべてにしつらえてあるはず……）

北という方角は国王を表す特別な方角だから、北側の大門だからこそ凝った漏刻を置いたのだろう。

「そもそもいったい犯人の動機はなんだったのでしょう？　王妃殿下腹心の侍女を殺す

ことなのか、北辰門の機巧を壊すことなのか、あるいは……洪長官や飛扇王殿下を陥れることなのでしょうか……」

「犯人の動機か……確かに人間の情動は思いもかけない行動に繋がるほど強い。しかし、必ずしもいま目に見えているものだけが理由とはかぎらぬ」

泰山府君の答えに、夏月も深く首肯する。ただ自分の言葉に同意してくれるだけではなく、もっと深く、もっと繊細に思考しろと要求する言葉は厳しい。それでいてなぜか耳にここちよく響く。

「これだから茶飲み友だちと話すのは楽しいのでしょうか……」

ぼそりと夏月の口から本音が零《こぼ》れでていた。泰山府君の前には、干した棗《なつめ》や果物などのお茶請けが置かれ、賓客扱いを受けてすっかりくつろいでいる。黄昏《たそがれ》刻《どき》の客室には、ふたつの茶杯からお茶の香りが漂い、どこか懐かしい空気に包まれていた。

(遠い昔……家に帰る時間……もう外では遊べないから、一緒にいてくれたのは……)

――家族か家族と同じくらい親しい人だけ。

古い記憶を呼び覚まされ、感傷に浸った夏月が、飲み口を隠しながら茶杯に口をつけていると、

「この泰山府君を茶飲み友だち扱いするとはあいかわらず不遜《ふそん》な娘だな……」

広げた扇でぱしりと頭を叩《たた》かれた。陽界にいるからだろうか。今日は羽毛扇ではなく普通の扇を広げて使っている。さして痛くはないが、物思いから覚めるには十分だった。

「矮小《わいしょう》な蟻の身で出過ぎたことを申しました……しかし、実際に一緒に茶を飲んでいるではありませんか」

手と手を合わせて礼を尽くすと、神はふんと尊大な態度をするだけで、それ以上、文句は言わなかった。つづきを話すように扇でうながされる。

夏月は泰山府君の問いに答えようとして、一呼吸ほど考えを巡らせた。

「……北辰門では人の出入りの記録をつけていました。その記録を見れば、侍女が亡くなった時刻やその前後に誰が門を使っていたのかがわかります。そこからなんらかの繋がりが辿《たど》れるかもしれません」

北側の門を使う人はかぎられているから、役人や女官は特別な理由がなければ行かないはずだ。王妃が北辰門に現れたのは、譚暁刻《たんぎょうこく》の扁額を壊すのが目的なだけではなく、飛扇王の面目を潰《つぶ》したかったのかもしれないが——。

(あまりにも偶然が重なりすぎている)

それは明確な違和感だった。もし本当にただの偶然だとしたら、その証拠を見つけるまでは気がすまない。夏月が沈思黙考しながら茶杯に口をつけると、食べろということだろう。泰山府君が菓子器を夏月のほうに寄せてくれる。夏月は好物の干し桃を選んで手にとり、口のなかに入れた。甘味が頭のなかに染みわたると、日が暮れた部屋のなかはなおさら穏やかな時間が流れているように感じる。

部屋の隅にある机に移動した夏月は慣れた手つきで墨を摩《す》り、いまわかっていることを竹簡に書きつらねた。

「考えれば考えるほど情報が足りませんね……」

後宮の封鎖がいつ解けるのか夏月にはわからない。北辰門に行ったとしても、洪長官がいないのに、水運儀象台の記録係と話ができるだろうか。そんな現実の問題に悩む一方で時間との戦いだと言うことも理解していた。無実を証明する前に、王妃が洪緑水や飛扇王が犯人だという証拠を偽造し、判決が下されてしまったら最悪だ。王妃はそういう手段をとれる地位にあり、陸一族という手足がある。やはりいますぐ藍家に行って父親の手を借りるしかないかと夏月が考えていると、泰山府君が閉じた扇で夏月を指し、偉そうに言う。

「やはり代書屋、おまえはもう一度、後宮に潜入してこい」

「それが簡単にできるなら、こんなに悩んでいませんよ!?」

間髪容《い》れずに言い返す。初めて冥府《めいふ》で会ったときはここまで気軽に言い返せなかったはずなのに、とっさに口を衝《つ》いてでていた。席が離れていたせいだろう。扇で叩かれることもなく、泰山府君は扇を手でもてあそび、考えこんでいるようだった。

「まずはその北辰門とやらを見にいってみるか。壊されかけた扁額というのも気になる」

神は立ちあがり、夏月がいる机まで近づき手をついた。ふわりと雅《みやび》な香りが鼻をつく。

「ああ、それはいいかもしれません。馬に乗ってぐるりと城市を回れば、日中なら辿りつけるでしょう……門が封鎖されていなければですが。残念ながらわたしは城に上がりますので明日《あす》のお供はできませんが、外から見るだけでしたら問題ない……」

城市観光を勧めるように気軽に言うと、神に腕を摑《つか》まれ、無理やり立ちあがらされた。

「なにを言う。おまえも一緒に行くのだ」

傲慢《ごうまん》な声で告げられ、そのまま引きずられるようにして、夏月は外へと連れだされた。

すでに日は暮れ、東の空には月が昇るのが見える。間近に迫る真っ暗な小山と比べれば、月と星とが浮かぶ夜空は明るい。今宵《こよい》は幽鬼が来そうにないなどと夏月は考えた。

「待ってください、泰山府君。さすがにもう北辰門まで行くのは無理ですよ！　途中で誰何《すいか》されますって……」

城市のなかは区画ごとに門が閉まるため、夜間は行き来がかぎられている。繁華街で夕食を食べるくらいならまだしも、北辰門は遠い。いくつもの門を、令牌《れいはい》も持たずに通れるはずがない。

（これだから、神様というのは世間知らずなんだから……）

現世の規則を泰山府君にどう説明したものか、夏月が頭を痛めていると、夏月の手を摑んだまま外廊を行く神は門へ向かうのではなく、裏手の畑のほうへと向かう。

「泰山府君？　やはり出かけるのはやめたのですか……――」

疑問を口にした次の瞬間には、力強い手に腰を摑まれ、夏月の体はそのまま、ふわりと空中に浮いていた。「ひぃっ」と言葉にならない悲鳴が口を衝いてでる。しかし、泰山府君は夏月の都合などお構いなしにそのまま上空へ、山陰にある灰塵庵から小山の上に建つ泰廟《たいびょう》へ——その建物の頂へと舞いあがった。

反り返る屋根の端に、とっと軽い音を立てて降りたつ。夏月の足は屋根についていないから、泰山府君の手を離したら遥《はる》か下方の地面に墜落してしまいそうだ。一瞬下を見ただけでぞっと震え、思わず神の腕にしがみついていた。

「黒曜禁城の結界は……まだ完全には壊れていないな」

その言葉に導かれるように、泰山府君の視線の先へと目を向ければ、神の体に触れているからだろうか。黒曜禁城の城壁の上に、かすかな光が見えた。中心に向かって、幾重もの光が浮かびあがる。

「覚えているか？　黒曜禁城の後宮はいくつもの結界に守られていると話したことがあったな」

急な崖《がけ》際に立つより心許《こころもと》ないこんな状況で、突然、話を振られ、夏月は泰山府君にしがみつきながら、こくこくと首肯するしかなかった。

「運京という城市に囲まれたなかにさらに城壁があり、その内側もいくつもの門で封じられ、最奥は天原国と琥珀国の祖霊廟が守る……城門というのはその結界のなかでも重要な封印を担っているがゆえに、決して壊されてはならぬものなのだ」

泰山府君が扇を翻し指した先には、北辰門があった。

よくよく見ると、東西南北にある四つの城門のなかでは、北辰門から浮かびあがる光だけがわずかに弱い。

「おまえは後宮というのは黒曜禁城のなかでももっとも安全な場所だと言っていたが、それは考え方が逆なのだ」

やけに真剣みを帯びた声で説明されると、心臓がどきりと不吉な予感に跳ねた。神の事情というのは、夏月ごときの矮小な人間の手にある。できれば聞きたくなかったが、ここまで巻きこまれたからには城の秘密とやらを知りたいという好奇心が疼《うず》いたのも事実だった。

「考え方が逆とは、どういうことですか？」

堪《こら》えようとしても声がわずかに震える。今度は高所にいる恐怖のせいではなかった。

「現世に生きる子孫たちは祖霊を祀《まつ》り、祖霊たちの死後の世界での繁栄を願う。それは祖霊たちが現世の子孫たちを守護してくれるからだ。祖霊廟とはその地を守る要《かなめ》だ」

「はい……それは存じあげております」

だから運京は分祀《ぶんし》された泰廟があり、泰山府君を祀るとともに祖霊を祀る人々が多い。大都市だけに異国人も住んでいるが、昔ながらの住人の家には祠堂があり、祖霊の位牌《いはい》を祀っている。夏月自身、ことあるごとに泰廟へ参るのは亡くなった祖霊を思う気持ちからだった。

「天原国の都城は、外の城壁が先にできたわけではない。祖霊廟が先にあり、祖霊廟を守るために囲って城を作り、人が集まって城市を覆う城壁ができた」

「先に……祖霊廟ができた……」

その言葉がまた引っかかった。夏月がずっと運京という城市に感じていた奇妙さと泰山府君の話は繋《つな》がっている気がして、ぶるりと身震いが起きる。手足が震え、地面に落ちてしまうような錯覚に陥り、神に強くしがみついた。

「そうだ。元来、この地に封じる怪異があり、その封印を守るために天原国は祖霊廟を風穴のなかに作った。それが黒曜禁城のはじまりであり、運京のはじまりだった。黒曜禁城の最奥は何重もの結界で守られているがゆえに、その奥から抜けだすのは簡単ではない。一方で城のなかでたくさんの血が流れ、恨み辛《つら》みが積もれば、それは封じられた怪異に力を与えてしまう。だから、城の奥で殺された幽鬼はそのままにしておくわけにはいかないのだ」

――城の結界を壊してまで後宮に入りたいわけではない。

泰山府君は以前そう言っていた。でも、

「逆だったのですね……わざわざ城の結界を壊してまで入る必要がないのではなく、泰山府君は城の結界を壊したくなかった……そういうことなのですね？」

「それがこの地を守る者と泰山府君との盟約だ。黒曜禁城でむやみと血を流さぬ、城壁を壊してはならぬ、特に四方を守る大門の結界は絶対に壊してはならぬ――その盟約が守られなければ、現世に災厄がよみがえるだろう」

「災厄とは……なんですか？」

ちらりと去年の夏のことが頭をよぎった。猛暑が干ばつを呼び、運京の日陰には遺体が転がっていた。たくさんの人が死んだ。その夏月の記憶をまるで見透かしたように、神の声が響く。

「おまえが考えているとおりだ。後宮にたくさんの血が流れ、天原国の祖霊廟で行う祭祀も途絶えていた。結界の力が弱まり、封じていた災厄が現世に影響を及ぼしたのだ」

「だって、後宮で女官や官婢《かんぴ》がたくさん死んだのは娟州王殿下のせいだったじゃないですか……」

あの王子が処罰されて終わりではなかったのだろうか。

「もちろん、あれは人の所業だ。しかし、天界と人界とは切っても切り離せないしがらみがある。あの城は特に神との盟約と深く関わってできたがゆえに、人界の出来事が災厄に影響しやすい。無念の死を遂げた魂は泰山に還《かえ》り、祭祀が行われたことで災厄を封じる結界は強くなったはずだ……一時期よりは。だが、今回、また扁額《へんがく》という封印を傷つけた上で城門に血が流れた。それが結界を揺らがせている。このまま北辰門の綻《ほころ》びを放置すれば……災厄の力が地上に漏れでるだろう」

ひゅうっと上空を渡る風が夏月と泰山府君の髪を乱すように吹き抜けた。寒くはないのに、ぞくり、と身が震える。幽鬼は出ない夜だと感じていたはずなのに、なぜだか風のなかに禍々《まがまが》しい気配がまじっている気がした。

「また干ばつが起きると言うことですか？」

泰山府君の両腕を掴みながら、夏月の顔は悲痛に歪《ゆが》んだ。

——もうあんな思いはしたくない。

そんな夏月の感情を逆撫《さかな》でするかのように、泰山府君が厳然とした態度で告げる。

「干ばつより悪いかもしれぬ。昨年の干ばつののち、冬には雨がまともに降った。このあとに出てくる怪異と言えば、肥遺《ひい》だろう。四枚の翅《はね》、六本の足を持つ……数多《あまた》の飛蝗《ばった》を呼ぶ怪異だ」

「……蝗害《こうがい》？　干ばつのあとでやっと最近、落ち着いてきたのに？」

神に訴えても仕方ないとわかっているのに、叫ばずにいられない。泰山府君は冥府《めいふ》で裁きをするときのように感情を持たない冷酷な顔をして、夏月の腕を強く掴《つか》んだ。

「だからこそ、行くぞ」

夏月の答えなど聞く必要もないと言うことだろう。泰山府君は泰廟の屋根の上からふわりと浮かびあがり、南風に乗って黒曜禁城の上空を飛んでいく。恐怖のあまり、今度は悲鳴さえ出なかった。

人の魂は死ぬと泰山に集まるのだと言う。

（このまま高みに連れていかれたら、わたしの魂は死んでしまうのでは……！）

月下の上空に神の長い黒髪がたなびくのも、白く大きな袖《そで》が風に翻る姿も美しいのに、それに見入る余裕はなかった。

夏月の腰を抱いたまま、結界だという、かすかな光を立ちのぼらせる黒曜禁城を飛び越えている間、門の前に焚《た》かれる篝火《かがりび》や燈籠《とうろう》の明かりが点々と見えた。まんなかの霊《れい》廟《びょう》のあたりは真っ暗だ。後宮は起きている者が多いのだろう。外廷や園林と比べると、むしろ明かりが煌々《こうこう》としていた。それでいて、その明るさがなぜか不吉な先触れのようにも見える。

「洪長官は無事でいるのでしょうか……」

王子たちの区画はやはりあちこちに篝火が焚かれ、王子たちの身を守るためではなく、
ふたりの被疑者を逃がさないために夜を徹しての警備が行われているようだった。

後宮を過ぎれば、北辰門はすぐだった。楼閣の上を過ぎて急降下される。さっきまであんなに地面に下りたかったのに、こんなに風を切る速さで下りられると怖くて、また必死に泰山府君にしがみついた。北辰門前には軍の官衙《かんが》との間にちょっとした広場があり、先日、洪緑水から馬で下ろされたのも、このあたりだったと気づく。

夜間に見るからだろうか。巨大な門はどこかしら不気味な威圧感を放っていた。楼閣には吊《つ》り燈籠が、大門の前には篝火が焚かれている。その仄明《ほのあ》かりが作る物陰がより濃厚に、大門を怖ろしく見せていた。通る人を選別するような、いつも感じる格式の高さとは違う。

(幽鬼が来る前の気配と似ているけど……別格だ……)

ひりついた緊張感の高まりは、まるで大きな戦いがはじまる直前のようだった。

「帳面はいつも持ち歩いているな？　北辰門には記録をつけている者がいるのだろう。疾《と》く、その記録を写してこい」

泰山府君はなんでもないことのように扇で門を指した。機巧が壊れているからだろう。門は半ば開いた状態で、外からでも内側がわずかに見える。ただし、門の前には槍《やり》を持った衛兵が立っており、簡単に通してくれるという雰囲気ではなかった。大屋根の下に備えつけられた扁額は先日の疵《きず》は残っているがまだ無事だ。どうやら国王はまだこの扁額を破壊する許可を与えていないらしい。ほっと胸をなでおろした。

「こんな時間に北辰門を通る理由も身分も一介の女官には無理ですよ！　衛兵に訴えて追い払われたら怪しまれます」

「そうか……やはり、飛蝗の害は……肥遺の出現は避けられぬか」

「う……」

（なぜ、わたしが……そんな国の命運を左右するような選択に関わらなくてはいけないのでしょう？）

女官勤めをしたのが間違いだった？　でもそもそも、うかつに死んで冥府に行った時点で夏月には選択肢がなかった。現世に黄泉《よみ》がえるための条件として、泰山府君の手伝いをしているのだから。ちらりと夏月は衛兵たちとその手に持つ槍を見た。隙間を縫って入れないかと考えて、もし槍で刺されたら痛いのだろうなとも想像してしまう。

「おまえは王妃という地上の権力を気にしているが、そもそも王妃が命じれば、肥遺がおとなしく従うと思うか？　昨夏の干ばつもそうだ。国王が命じてなくなるなら、あんなに民が苦しむことはなかっただろう……災厄と地上の権力と、どちらが怖いのだ？」

一言言うたびに扇で額をつつかれ、頬をつつかれ、夏月はぐっと言い返したい言葉を呑《の》みこんだ。

（この神がわたしを煽《あお》るときは……なにか理由があるはずだ……それに）

夏月はちらりと神の左手を盗み見た。紅騎から泰山府君にあまり大きな力を使わせるなと言われているが、いまの飛行は大丈夫だったのだろうか。

「泰山府君……結界を破って黒曜禁城に入るのは無理でも、門が開いてるなら泰山府君だって一緒になかに入れるんですよね？」

この神がただ夏月の手助けだけをしに北辰門まで飛んできたとは考えにくい。その意図を測ろうと夏月が泰山府君の顔色をうかがっていると、

「よそ見をせずに早く結界のなかに入ったほうが身のためだぞ」

そんな言葉とともに、扇でばしりと飛んできたなにかをはたき落とした。次の瞬間には、神の袖から無数の白い蝶《ちょう》が飛びでて霊符に変化《へんげ》し、飛んでくるなにかを封じていく。

地面に落ちたそれは魚によく似ていたが、魚が宙を飛んでくるわけがない。よく見れば鳥のような翼を持ち、夏月たちを敵だと見なしたのだろう。「ぐぁ」と低い声で威嚇するように鳴いた。泰山府君の霊符が封じると、それは黒い煙となって霧散した。

「な、なんですかこれは⁉」

「鰐魚《かつぎょ》だ。小物の怪異だが、解き放てばこれも旱《ひでり》の災いとなる」

冷静に説明されたが、夏月が本当に聞きたいことはそれではなかった。

「怪異の名前が知りたいのではなく、なぜ黒曜禁城の北辰門から怪異が出てくるのですかと聞いたのです！」

泰山府君の舞うような動きに守られていても、ときおり怪異がそばに迫ってきて、夏月は必死になって背の高い神の陰に隠れた。よくよく目を凝らして見れば、門の隙間、なにもない空間から魚めいた顔が出現し、空を飛んでくる。どう考えてもありえない。幽鬼を客として扱い、冥界《めいかい》を自分の目で見た夏月にとっても、あまりにも異様な光景だった。

（もしかして、わたしはまた死んでしまったの？　ここは現実ではなくて本当は冥界なの？）

城の門が冥界へ繋《つな》がる門と化したかのようだ。どろりと黒い澱《よど》みが滲《にじ》みでて、腐臭のごとき酷《ひど》い臭いを放つ。おかしいのは城門の前に立っているはずの衛兵たちだ。

「なぜ、あの衛兵はこの異変に気づかないのですか？」

「怪異の仕業だろう。寝ているか意識をのっとられているか……おまえを襲ってくるかもしれぬな」

夏月が怖がっているのを知っていて、くつくつと笑いながら、からかうようなことを言う。この性格の悪さにはもう慣れたが、こんなときに言われると、むっとさせられる。しかし、本当に腹が立つのは、怒りを覚えたほうが逆に腹が据わるという夏月の性格を見抜かれているせいだ。

「さて、代書屋。私の手伝いをするのでなければ、黄泉がえりの条件はなしだ。冥府の御殿におまえの部屋を用意して、泰山府君専属の代書屋として冥籍をやろう……特別待遇だぞ？」

（この神は本当に……性格が悪い）

乗せられるのは癪《しゃく》だったが、どうせ夏月がやらなければならない。

「冥籍などいりません。ともかく、あの衛兵は怪異と同じで相手をする必要はないということですね？」

人間と怪異とどちらが怖いのかと聞かれれば、ものすごい速さで飛んでくる魚のほうが怖い。一方で、王妃のように現実の権力ではないなら立ち向かうしかないと腹をくる自分がいた。泰山府君は夏月の表情が変わったことに気づいたらしい。ちらりと背後を見て、諭すように告げる。

「このまま怪異が解き放たれれば、北辰門の綻《ほころ》びは広がり、悪しき恨み辛《つら》みを持つ輩《やから》の力が強くなる。冥府を抜けだした鬼はそういう感情が大好物だ。城内の誰かにとりついて、人間たちの負の感情を煽っているのだろう。おそらく、この城のなかでまた血が流れる。次こそ、おまえの上司がその犠牲になるかもしれぬ」

「はい」

怪異のなかに飛びこむ決意を定めると、不意に泰山府君が夏月の髪に触れた。ちりん、と簪《かんざし》が澄んだ音を立てる。

「……天狼《てんろう》、顕現せよ」

神の力がこめられた声が夏月の耳にも届くやいなや、ぶわっと夏月の髪が風に乱れるようにして舞いあがった。なにかあたたかくやわらかいものが頬に触れ、横を向けば大きな白い狼がいた。不思議なもので、あまりにも怖ろしい目に遭ったせいか、獣に襲われるという恐怖は湧いてこなかった。狼の青灰色の瞳《ひとみ》と目が合ったとたん、理性的な輝きに神の使いだということが腑《ふ》に落ちていた。

「それの首に摑《つか》まれ。なかに入るまで決して放すでないぞ」

命令されたからというより好奇心に負けて、夏月は天狼と呼ばれた白い狼の首に抱きついた。白い毛はふわりとやわらかくここちよさそうで、触れるなと言われても我慢できそうにない。夏月がぎゅっと腕の力をこめると、狼の体が一瞬力を溜《た》めるように沈み、大きく跳躍する。

「疾く用事をすませて、門の外に戻ってくるのだ。この門は封じねば、綻びの収拾がつかぬ。わかったな⁉」

戻ってこいと命じる言葉に夏月はただ首肯した。怪異と戦う泰山府君に、夏月の首肯が見えるわけがなかったが、狼にしがみつくのに必死で声が出せなかった。門前の石畳の上に天狼のやわらかな足がついたそばから、澱みのような臭気がまとわりつき襲ってくる。泰山府君が勢いよく手を叩《たた》き、ぱん、と拍手の音を響かせた瞬間、その禍々《まがまが》しい澱みは揺らぎ、天狼は新たに襲ってくる鮹魚を避《よ》けるように跳ねた。

（あの神はいったい……わたしにとってなんなのだろう——ただの茶飲み友だち？　それとも……）

地上で使い勝手のいい部下が欲しかっただけなのかもしれないが、人間をひとり黄泉がえらせる条件と引き替えるだけにしては、夏月に都合がよすぎやしないだろうか。夏月がそんなことを考えている間にも、天狼に向かって鮹魚が牙《きば》を剝《む》いて襲ってくる。一匹を天狼の前足がはたき落とし、もう一匹を、弧を描いて飛んできた泰山府君の扇がはたき落とした。

「夏月、行け！」

背後から名前を叫ぶ声が聞こえた瞬間、えもいわれぬ震えが走った。いつものように『代書屋』と呼ばれるのでなく、名前を呼ばれると、その声音に夏月が考える以上の親しさがこめられている気がして、鼓動がどきりと跳ねる。動揺した夏月の心臓が三回打ちなる間に、天狼は器用に飛んでくる怪異を避けて、中途半端に開いたままの門扉の隙間に入りこんだ。

とっ、と軽い足音を立てて、城門の内側に降りたったとたん、さっきまでのざわめきが消えた。無数に騒いでいた怪異の鳴き声が消え、むしろ、不気味なほど静まりかえっていた。

（やはり、門の外は冥界にでも繫がっていたのでは……あるいはこの門の内側が異界なのでしょうか）

天狼のやわらかくあたたかい感触だけが確かなものだった。静かな世界でそれを手放すのは怖かったが、ここで下りろと言うことだろう。水運儀象台の近くで天狼は足を止めた。もともと水音はあまり聞こえなかったが、壊れていると知っているせいだろうか。闇に音が吸いこまれたかのように物音がしなかった。

（入口はわかっているが勝手に入れるだろうか……）

先日は入口に衛兵がいたが、いまは無人だった。夏月があたりをうかがいながら近づくと、遠くからかすかに鐘の音が聞こえてくる。

二更の終わり（午前零時前）だろうか。夜間は夜を五等分した五更という時刻が使われる。いまは昼が長くなる時期だから、夜は短い。逡巡《しゅんじゅん》するあまり時間を食ってしまったことに気づき、もう考えるより動くほうが先だとばかりに扉のなかに入った。

「誰だ!?」

ひゅっと剣が風を切る音がした。夏月の首筋めがけて、冷たい刃《やいば》があたる。

水運儀象台のなかはあいかわらず薄暗かった。記録係の手元に手燭があるほかは吊《つ》り燈籠《どうろう》がひとつ灯《とも》っているだけだ。本来は漏刻が示す現在の時刻を照らす燈籠があるはずだが、機巧が壊れているからだろう。暗いままだった。

「夜分遅くに失礼します。先日、洪長官とともにこの水運儀象台を見学させていただいた写本府の夏女官と申します。お願いしたき儀がありまして不躾《ぶしつけ》を承知ながら、おうかがいさせていただきました」

「写本府の……あのときの女官？　なにをしに来たのだ」

まだ刃は夏月の首をとらえたままだが、正体を知って殺気が薄らいだ。剣先に気をつけながら手と手を重ねて揖礼《ゆうれい》する。

「北辰門で人が死に、その死に関わった疑いでふたりの王子殿下が宮に幽閉されているとうかがいました……後宮の封鎖で写本府の仕事にも支障があり、みな困っております。確か、こちらには北辰門を出入りした記録が残されていたかと存じます。その写しをとらせていただけないでしょうか」

剣先がぴくりと反応して、明かりにきらめいた。現実の武器も怖いが、怪異とは違い、目の前にいる衛兵は話が通じる相手だ。夏月は退くことなく衛兵を見据えた。

「そもそも、おまえたちが殿下を陥れたのではないのか⁉」

ああ、やはりと思った。朱銅印《しゅどういん》でさえ洪長官の正体を知っていたのだから、飛扇王に近しい部下が知っていても不思議はない。この者は洪緑水の正体を知っていて、こう言っているのだ。

(先日、洪長官が北辰門なら頼めば融通が利くと言っていたのは、やはり飛扇王殿下のことだったのか)

飛扇王と洪緑水の関係はどうなのだろう。いいのか悪いのか、もっときちんと聞いておけばよかった。突然訪ねていって、門の上の案内まで許してくれたからには、そう悪くはないのだろう。しかも、ともに王妃から敵視されているのだから、一時的に手を組む余地くらいはあるはずだ。

「後宮の事情が外廷には正確に伝わってこず、なぜ飛扇王殿下やもうひとりの王子殿下が囚《とら》われているのか、王妃殿下の真意がわからないのです。それに、飛扇王殿下とはご連絡がとれていらっしゃいますか？　なにか殿下にお伝えしたいことがあれば、お力になれるかもしれません」

　薄闇のなかでも夏月は相手から目を離さずに、言葉を紡いだ。生きた人間相手に話をするときは、目を見て話すのが一番だ。夏月の言葉が決してこの場かぎりの虚言ではないと視線で訴える。

「おまえのごとき一介の女官になにができる！」

　声を荒らげられ、夏月は逆に交渉の余地があるという確信を得た。苛立《いらだ》っているのは、後宮の外からはうまく飛扇王の手助けができないせいだろう。

「もちろん、一介の女官にできることなどかぎられております。ですから、よいのです。王子殿下たちの直接の配下が動くよりも目立ちませんし、王妃殿下にも疑われにくいでしょう。それに……わたしは北辰門のあの立派な扁額《へんがく》が壊されるのが嫌なのでございます。刃を入れられたところを修復するためには、王妃殿下の力を削《そ》ぎ、北辰門で我が物顔をするのは無理だとあきらめていただかねばなりません。それは、飛扇王殿下にとっても益があることではありませんか？」

　一歩近づいて言葉をつづけだが、刃は夏月の首を傷つけなかった。いつのまにか宦官《かんがん》の袍《ほう》を着たもうひとりが近くに立っており、衛兵の剣を留《とど》めている。衛兵が振り返ると、彼は大きく首を振った。次に夏月のほうを振り向き、ついてくるように身振りする。

（この人は……北辰門の記録係か……）

手燭で照らされた机のそばに招かれると、机の上には書きかけの門の記録が開いてあった。細かく几帳面《きちょうめん》に書かれた文字のなかに、夏月の名前はない。どうやらさっき門のなかに入ってきたところは見られなかったらしい。つまり、天狼に摑《つか》まって出れば、今日、ここに来た記録は残らないということだ。

記録係の宦官は夏月と衛兵の話を聞いていたのだろう。先日、夏月が北辰門を訪れたとき――国王の誕辰《たんしん》の少し前からの記録、ざっと半月分の記録を積みあげた。ついでに紙と硯《すずり》をよこしてくれるのは、写しを作っていいという意味らしい。勧められるままに夏月は隣の席に着き、墨を摩《す》って記録を写しはじめた。

門の出入りがないからだろう。彼も写しを作るのを手伝ってくれるようだ。几帳面ながらすばやく動く筆の動きを見て、夏月も追うように手を動かした。

「この者はしゃべれぬ。先の大禍で宮刑を受けた上に舌を切られてな……優秀な人材であったのに。縁あって飛扇王殿下が引きとったが、外廷のまともな職にはつけぬ。ただ書をなすことに長《た》けているゆえ、ここで日がな一日、記録をつけているのだ」

宮刑とは男性器を切られ、宦官になることを意味する。祖霊信仰と子孫繁栄が根づいているこの地域では、宮刑は重い刑罰だった。しかし、それ以上に夏月が驚いたのは、舌を切られたという発言のほうだった。手を動かしたまま、疑問を口にする。

「舌を切られた？　先の大禍とは沈家出身の王妃が廃妃となった事件のことですよね？」

　夏月の問いに衛兵は意外そうな声をあげる。

「知らないのか。あれは後宮にとってはもちろん、外廷にも大きな影響を及ぼした大事件だった。廃妃は名門の教養ある女性で沈一族の後ろ盾もあり、廃太子も……なにもかもが順風満帆に行くと誰もが信じていたのだ」

　記録係が座る場所からは、のぞき窓を通して門を行き来するのが見えたが、いまはただの四角い闇でしかなかった。そもそも夜間は大門の出入りはできないから、本来は仕事をする時間ではないのだろう。しかしいま、漏刻の水が止まった水運儀象台のなかは、まるで時間そのものが止まったかのようだった。

　薄暗い空間に、衛兵の言葉が低く響く。

「何人もの役人が陸尚書令《しょうしょれい》のやり方を非難し、上奏したが……陛下の不在を狙った陸一族の反乱は用意周到で……誰も廃妃を助けることができなかったのだ……」

　絞りだすような声音に、廃妃の人柄がうかがえる。洪長官の話と一致していた。

「廃妃の罪は天原国の残党と通じたということだったのですが、それだけの証拠はあったのですね？」

　夏月が問い返すと、衛兵でなく、隣に並んでいた役人が床を踏んで注意を引いた。竹簡をとり、すらすらと文字を書く。

『陸族恐沈沈海底生珊瑚　毀損宝玉罪証造偽』

物言わぬ役人の怒りが、わずかに乱れた文字から伝わってくる。

（陸一族が沈家の王妃とその人品を恐れていたがゆえに、宝玉にも等しい彼女の価値を貶《おとし》めるために罪を偽造したと……なるほど）

詩になぞらえる文から彼の能力が感じとれる。彼はなにかを知っていて、そうであるがゆえに罪に問われたのだろうか。大禍とまでいうからには、この城のなかでいくつもの血が流れたに違いなかった。

「もしかして、廃妃も……舌を切られ、弁明ができなかったのでしょうか？」

「それはわからん。王族を相手どった審議となると、城の奥で行われ、その内容を知る者は少ない。陛下が城に戻られたのちに捜査からのやりなおしを命じられたが、結局、廃妃は冷宮から城の外に出され、幽閉されたまま亡くなったそうだ」

衛兵の話は、いま起きている事件とは無関係なように見えて、その確執はどこか根の深いところで繋《つな》がっているのではないか。先日、耳にした陸王妃の天原国を憎む声を思いだして、なにかが頭の奥で閃《ひらめ》くような感覚がした。

夏月は文字を写すことに集中するふりをして、ひととき考えを巡らせた。何度も都合よく北辰門のこの衛兵に会いに来られるとはかぎらない。盤上遊戯の数手先を読むように、自分の行動の先に繋がりそうな質問をいましておいたほうがいい。頭のなかでなにが問題なのかを考えているとき、『王妃侍女・丁尚宮《ていしょうぐう》』の文字が目に入った。やはり、死亡した侍女は一度、北辰門に下見に来ていたのかと思いながら、首をひねる。

「この水運儀象台は……誰でも簡単になかに入れるのでしょうか。たとえば日中大門が開いているときだけでなく、夜間、大門が閉じているときなら、後宮側から自由に出入りできたりするのでしょうか」

この丁尚宮という王妃の侍女が、生きて機巧に巻きこまれたにせよ、死んで遺体をばらばらにされたにせよ、どのくらいの人がここに入れるのか、夏月にはわからない。自分のように見学を希望すれば誰でも入れるなら、疑惑をかける範疇《はんちゅう》が広すぎる。しかし、

「あれは殿下が写本府の女官ならと特別に許可したのであって、誰でもここに入れるわけではない。それに王妃殿下の部下ならなおさら……陛下の令牌《れいはい》でもないかぎり、理由をつけて立ち入らせないはずだ……だが」

衛兵はそこで宦官と視線を交わして小さくうなずいた。

「女官や侍女ではないが、水車に入る者はいる……定期的に官婢《かんぴ》が水路に掃除に入ることになっているのだ。汚泥が溜《た》まると、水の流れが悪くなるからな。侍女の遺体が見つかったのは、深夜に掃除が入った翌朝だった。身なりを変えていたようで、遺体は飾り気のない女官服を纏《まと》っていた」

衛兵の言葉を補完するように役人がするすると竹簡に文字を書く。

『夜不鳴三更終鐘』

その言葉に夏月ははっとした。寒掖の言葉を思いだす。老宦官は鐘の音を聞くだけで

どこの鐘の音かを区別していた。

「北門を開閉する動力源——その水車と、漏刻を動かす水は別なところから引き入れているのですよね？　水車と漏刻の機巧はそれぞれ独立しているのではありませんか」

夏月が水運儀象台を見学したときに、水車での門の開閉は手動でもできると言っていた。

「時間が来れば自動的に水車に水を引き入れるために、夜間は連動させたままなのだ。官婢が掃除に来るのが子《ね》の刻（午前零時ごろ）だ。自動的に開いた柵《さく》を見てなかに入り、寅《とら》の刻（午前四時ごろ）の前に引きあげる。普通は掃除時間は一刻ほどと定められており、柵が下りたら水路に閉じこめられてしまう。夜明け前に水車が水路の水を引きあげはじめる。その水が大門の門扉を開けるための動力となる」

「つまり、水車が動く時刻には漏刻と連動しており、柵が閉まるより早く動きだす。侍女が官婢として水車の掃除に入り、水車が動きだした時刻に巻きこまれ、同時に漏刻が壊れたのだとしたら……」

侍女が死んだ時刻のまま、漏刻は止まっているはずだ。

（子の刻はいまの時期は三更のはじまり、寅の刻は四更の終わりで柵が開いている時刻は一刻半ほど……そんな深夜遅くに用もなく出歩く者などいない。ましてや、王子殿下がそんな時間に出ていたら、記録が残っているのではないか？）

「飛扇王殿下は、毎日北門を使って軍部に出向かれ、夜は後宮の宮に帰られるの？　そのときにはここから直接、後宮に入られるの？」

飛扇王は馬に乗ったまま門のなかに入っていた。そのまま後宮に入れば、王子たちの宮まで距離が近い。

「それが……あの日はほかのご用があり、外廷に出向かれて、おそらくそちら側から帰宮されたかと……こちらの記録には残っておりません」

「外廷？　外廷のどこに行かれたのかわかりますか？」

一口に外廷と言っても広い。何ヵ所を訪問したかにもよるが、すべての足どりを摑《つか》むのは夏月ひとりでは難しい。

「確か……六儀府《りくぎふ》だったかと……」

衛兵の言葉に元婚約者の顔が浮かんだのは、夏月としては無理からぬことだった。

（またなにか祭祀《さいし》があるのでしょうね……）

先日も朱銅印は急ぎで後宮に入る用を言いつかっていた。第四王子が六儀府に呼ばれていても不思議はない。そしてもし、その噂が王妃の耳に入っていたなら、王妃は飛扇王をいますぐその座から引きずりおろしたいはずだ。頭のなかで権力闘争の力関係を算段しながらも、手は写本をつづけていた。そこに、ちりん、と簪《かんざし》が音を立てる。

「あ……」

国王の誕辰《たんしん》で宴会が開かれたあと、国王が北門を訪れていた記録が目に入る。

（国王陛下が……わたしの書いた誕辰の対聯《ついれん》をご覧になっていたんだ……）

どうせ見ないだろうと思っていたのに、見てくれたとわかると、どう受けとめられたのか気になった。自分で勝手に書いておきながら、国王の心を汲《く》むなんて出過ぎた真似だっただろうか。洪長官の名前も記録されているからには、彼が国王を連れだして見せてくれたのだろう。

表向きはどうあれ、媚州王の件がきちんと処理されたのは、洪緑水が国王と会うだけの身分を持っていたからだ。夏月としては現世に黄泉《よみ》がえろうと必死だったが、夏月が女官勤めをはじめ、祖霊廟《それいびょう》に入らなかったら、媚州王と関わることもなかった。結果的に、夏月はいま、王族の権力争いに巻きこまれている。

──それは泰山府君のいう天命とやらのせいなのか。

天命には、寿命という意味だけではなく、おのれの運命や使命といった意味がある。

（あの神はなにか思惑があって、わたしと黒曜禁城とを関わらせようとしたのでしょうか……）

神にとっては夏月なんて人間にとっての蟻と同じ。矮小《わいしょう》な蟻の身で神の真意を測ろうとするなんて無駄だ。そうわかっていながら、自分が大きな流れに呑《の》みこまれていく予感におののいてしまう。

夏月は書きおわった文字が乾くまでの間、別の紙をとりだし、衛兵にもう一度訊《たず》ねた。

「それで、飛扇王殿下に伝えたいことはありませんか？　うまく行く保証はしませんが、代書した手紙を届けられるかもしれません」

〈三〉


夏月が急いで天狼とともに門の外に戻ったとき、泰山府君はまだ怪異と戦っていた。

「遅いぞ」

不機嫌そうな顔で睨《にら》まれる。周囲に舞い踊っていた白い式神が、神の機嫌を表すようにざわりと震えた。それでいて、霜衣の佇《たたず》まいは冥府《めいふ》にいたときのように、見る者を圧倒させる畏怖《いふ》が漂う。

その顰《しか》め面を見て、夏月はほっとした。正直に言えば、時間がかかりすぎたのではないかと気がかりだったし、紅騎から言われたこともあった。長時間、怪異と戦うのは神であっても負担が大きいのではないかと心配していたが、杞憂《きゆう》だったようだ。夏月たちが北門をくぐったとたんに歯を剥《む》いて襲ってきた鯖魚は、泰山府君の霊符でことごとく封じられ、夏月は襲われることもなかった。

（冥府の主というだけではなく、天原国のような広大な地域を守護する神なんだから、泰山府君はとてもお強いんだ……）

今回の件が終わったら泰廟にきちんとお参りしよう。天狼の首筋を撫《な》でてやりながら夏月はひそかに決意した。

「なにやら成果があった顔をしてるな……その話を聞くのは帰ったあとにするとして」

泰山府君は自分の袖《そで》に手を入れ、その袖の長さからはありえないほどの大きな筆をとりだした。天狼のふわふわとした毛の感触から離れるのは残念だったが、夏月のほうへ特大筆を差しだされ、地に足をつけて筆を手にとる。

「まずはあの門を封じる。本来は扁額《へんがく》を掲げたときに祭祀をして結界としたはずだが、いまはあの扁額が欠けたことで結界が揺らいでいる。疾《と》く門を閉じ、仮にでも封印せねばならぬ」

「強制的に門を閉じたら……内側の機巧がさらに壊れてしまいませんか？」

夏月は泰山府君の背中に守られながら、二重楼閣の屋根の下に掲げられた扁額を見上げた。

「機巧は壊れたら直せばいいが、もし旱《ひでり》がつづき、飛蝗《ばった》が襲来すれば、死んだ人間は生き返らないがそれで構わないのか」

ばしっと神の扇が禍々《まがまが》しい気配をはたき落としながら訊ねる。夏月は慌てて「よくないです」と答え、差しだされた筆を両手で抱えた。夏月の背丈ほどもある特大の筆は見た目の大きさからすると軽いが、文字を書くには全身を使う必要がありそうだ。

筆先のしなりを確かめようと、石畳の上に押しつけたら、墨もつけていないのに、すーっと線が描かれた。なるほど、神の力とはこのようなものかと夏月が感動していると、

「準備はいいか、門を閉めるぞ」

有無を言わせない声が響いた。なにをさせられるのかわからないまま、ぱんと泰山府

君が手を叩《たた》くと、ぎぎーっと重たく軋《きし》んだ音を立てて門扉が閉じはじめた。無理やり逆回転させられた歯車が、悲鳴じみた音を立て、あと少しで完全に閉じるというそのときだった。

「ぶぁぁぁぁぁっ！」

閉じる門に抗《あらが》うかのように甲高い叫び声が響き、そのわずかな隙間に爪が引っかかり、暗闇のなかに禍々しい目が光った。周囲にむっと腐った魚のような悪臭が漂い、澱《よど》みのごとき黒い煙が広がる。鱗《うろこ》がついた体を捩《ねじ》らせ、狭い闇をこじ開けるようにして二本目の足が伸びてくる。夏月がびくりと恐怖にたじろいだ次の瞬間、もがくように胴体がまろびでて、ぱっと背から翼が広がった。

翼——否、よく見れば、それは翅《はね》だった。光に葉を透かしたときに見える葉脈のように、細かい線が薄い膜に走っている。

「あれが四枚の翅に六本の足を持つ怪異——肥遺だ」

泰山府君の声を、どこか遠くで聞くかのように夏月は聞いていた。昆虫のように大きな目はどこを見ているのだろう。鱗に覆われた長い肢体は蛇のごとく、それでいて四枚の翅で空中に浮かんでいる。魚が空を舞う様も異様だったが、巨大な翅を持つ蛇が頭上に浮かぶ光景もありえない。肥遺の翅が空気を震わせ、大きく一打ちすると、怪異の肢体は最後の引っかかりを抜けたのだろう。長い尾の先まで門から出てしまった。翅を大きく広げ、自由に飛びたとうとするのを泰山府君が扇を飛ばし、注意を引きつける。肥遺が方向転換し、牙《きば》を剝いた。

「ぎぃあああっ」

夏月の耳が壊れるかと思うほど耳触りな鳴き声でまた叫び、長い尾で泰山府君を打ちつけようとする。ぐるりと飛んで戻ってきた扇を受けとめた神が夏月の腰に手を回し、さっとその場を飛びすさったその瞬間、肥遺の尾が石畳を打ちつけたのと同時に、ぐらりと空気が揺らいだ。地震が起きたのだと悟るまもなく、神が袖のなかから無数の霊符を放つ。一枚が肥遺の首につき、腹につき、背中につき――次々と怪異の体を覆っていく。その霊符が肥遺の力を封じている間に式神が扉に貼りついて、わずかに残っていた隙間まで門扉をきっちりと閉めた。簪がちりん、と涼やかな音を立てる。

ふたたび地面に足をつけた夏月は、泰山府君の腕から逃れ、特大の筆を門扉の左側に押しつけ、力任せに右側まで腕をふるった。『一』と大きく書いて力強く筆を留める。

その瞬間、内側から、ばんばんとぶつかって来る音がした。まるで閉じた門を破城槌《はじょうづち》でこじ開けようとしているかのようだ。

「門に一で閂《かんぬき》……いいぞ代書屋。これでひとときは内側から外に出られなくなった。しかし、強く叩かれれば、閂が壊れるかもしれぬ」

ふわりと泰山府君は空に舞いあがり、霊符を次々と貼りつけられて暴れる肥遺の翅を開いた扇で切りつけた。よく研いだ剣で切り裂いたように半分に割かれた翅が落ちる。その翅にも霊符が貼りつき、黒い煙となって霧散したと思ったら、もう一枚の翅の欠片《かけら》が夏月のそばに落ちてきた。翅は地面に落ちたかと思うと周囲にふきだまっていた禍々しい澱みを吸いこんで変化し、「ぎしゃあああっ」と鳴き、歯を剝きだしにした小さな肥遺となって襲ってきた。筆を抱えたまま、門扉の前に立つ夏月には逃げ場がない。

（嚙《か》まれる！）

筆を握って目を閉じたが、痛みは訪れなかった。代わりに、天狼が小さな肥遺を踏みつけて、ぐしゃりと潰《つぶ》していた。天狼は『どうだ。褒めて』と言わんばかりに振り向き、鼻先を寄せてきたので、夏月は片手でのどを撫でてやる。

「ありがとう……天狼」

どうやらこの神の使いは夏月を守るためにそばにいてくれたようだ。ほっとしたのもつかの間、また門の内側からどんどんと音が響いて、地面が揺れた。

――なにかもっと強い封印が必要だ。

門の内側にいるのは文字を恐れる魑魅魍魎《ちみもうりょう》の群れだ。まだ名付けられぬ怪異たち。

「もしこの門を出れば……」

ぶつぶつと呟《つぶや》きながら夏月は精一杯の背伸びをした。筆の先をできるだけ高く持ちあげ、鉄板を張り鋲《びょう》が打たれた木製の門扉に筆の先を押しあてる。

「堅堅古城門……幾年重結界、老猶栄不衰――無名不出門！」

門はより堅固になるように、結界は年経りるごとに強くなるように祈りをこめる。酒楼の壁に書いたときも大変だったが、直接、城門に字を書くなんて初めてだ。書きあげたときには汗が滲《にじ》み、息が切れていた。

「いいぞ、代書屋。『名もなきなにかはこの門より出ること能《あた》わず』——なるほど、よい目のつけどころだ……この書をもって北門の封印とする」

神の声が響くと、空中に浮かんだ白い式神たちが一斉に揺れ、鈴のような音を立てた。

「肥遺を封じよ」

すっと扇を持つ手を伸ばして命じる姿は、冥府で死後裁判をしていたときの姿と重なる。泰山府君の言葉を受けて、残っていた二枚の翅にも霊符が貼りつき、巨大な怪異がのたうちながら地面に落ちた。蛇のような姿は全身が札に覆われ、鱗すら見えない。泰山府君が扇をかざすと空中に文様が浮かびあがり、その文様が光った瞬間に肥遺の肢体が霧散した。

空中を舞うように警戒していた式神も泰山府君の袖のなかに次々と戻り、夏月のすぐそばにいた天狼も夏月に鼻先をつけたかと思うと姿を消す。どうやら簪《かんざし》の飾りに戻ったらしい。手を差しだされて、自分が震えながら筆にしがみついていたことに気づく。

大きな筆を返すと、その筆もまた袖のなかに仕舞ったので、あれはいったいどうなっているのだろうと思う。

「神の筆で書いた文字は普通の人間には見えない。これであの扁額を直せば、結界の役割を果たせるだろう……よくやった、代書屋。帰るぞ」

「蝗害《こうがい》は起きないってことですよね……あっ」

夏月が言いおわるより早く、腰に手を回されて体が空中に舞いあがる。怪異が消え、その影響がなくなったせいなのだろう。

「おい、門が閉じているぞ⁉」

などと我に返った門衛たちが叫ぶ声が遠くから聞こえてきた。

「ひとまずは黒曜禁城の結界が強固になった……もしこの結界の内側に鬼たちが隠れているなら簡単には出てこられないだろう」

泰山府君は白い大袖《おおそで》や長衣の裾《すそ》を風になびかせ、夜闇を横切って飛ぶ。

「冥界《めいかい》から逃げだした鬼は死んだばかりの遺体で借屍還魂《しゃくしかんこん》し、その人物になりすまして城のなかを動き回っている可能性が高い……具合が悪くて死にそうだったのに、突然、元気になったり、以前とは人格が変わったりした者を探すのだ……代書屋、頼んだぞ」

真っ白い神は黒曜禁城の内側に視線を落とし、そこに今回の黒幕がいるかのように見据えていた。

第三章 王子たちの華麗なる権力闘争に巻きこまれていた

〈一〉

翌朝、黒曜禁城《こくようきんじょう》は外廷の六儀府《りくぎふ》に夏月《かげつ》は向かっていた。

先に写本府へ顔を出し、「どうせ暇なんだから好きなところへ行け。むしろ帰ってくるな」という言質を桑弘羊《そうこうよう》から得て、写本府の令牌《れいはい》を持ってきたから、仕事上の問題はない。あるいは夏月がやっていることを見抜かれていて、あえて好きにしろと言われているのかもしれない。もっとも、洪《こう》長官がいない写本府の空気は澱んでいると言うより、冷えきっていて、夏月がやる仕事がないのも事実だ。

いつもと空気が違うのは写本府にかぎったことではない。外廷全体がどこか浮き足だったような、それでいてひりついた緊張感に包まれていた。外廊を歩けば、物陰でひそひそ話をする役人たちの姿がそこかしこに見える。みな、今回の事態で誰の下につくべきか決めかねているのだろう。落ち着きない様子の役人たちに夏月が近づくと、警戒して、ひととき声を途切れさせるのだった。

「朱銅印《しゅどういん》様へと用を言いつかって参りました。写本府の夏女官と申します」

六儀府の官衙《かんが》に着くと、夏月は手前にいる役人に揖礼《ゆうれい》して名乗った。女官が意味もなく役人を訪ねてくるわけがないから、形ばかりお使いを装って元婚約者を呼びだす。

しばらくしてやってきた朱銅印は、あからさまに関わりたくないという顔をしていた。

「お忙しいところ、すみません。頼まれていた資料の件でお話がありまして……」

満面の笑みで白々しく嘘を吐くと、なおさら彼の顔が歪《ゆが》んだが、無理やり外に連れだした。人気のない物陰で、昨夜、入手した情報について確認する。

「――というわけで、北門で死人が見つかった前日、第四王子・飛扇《ひせんおう》王殿下がこちらに出向いたという話は本当なのですか？」

「おまえはまた、なにに関わってるんだ？　他人を巻きこむな！」

答えの代わりに苛立《いらだ》ちを表され、夏月はにっこりと笑んだ。

「本当なのですね。つまりあの夜、飛扇王殿下は北門へ帰らずに、六儀府から直接、ご自分の宮に帰られたと」

これを証明できれば、少なくとも飛扇王殿下の疑いは晴らせそうだ。

「問題はやはり、洪長官のほうですね……それと、飛扇王殿下宛の手紙をあずかってきたので後宮に入りたいのです。手を貸してもらえませんか？」

「なんで俺がおまえの手助けをしなくてはいけないんだ？」

「朱家は中立派で、陸《りく》一族の独裁を快く思っていないのだとうかがいましたが、このまま王妃殿下の好きにさせてよろしいのですか？　飛扇王殿下と洪長官がいなくなったら、それこそ王太子殿下の天下は揺るぎませんよ」

先日、忠告されたばかりだから、可不可《かふか》に聞いて夏月なりに外廷の権力闘争事情を理解してきた。藍《らん》家や朱家は、王妃を擁する陸家の派閥に属していない。

（だから、朱銅印様とわたしの婚約で中立派としての地盤を固めようとしていたのだろうけど……）

夏月が断る前に、朱銅印がほかの女性を見初めて破談になったわけで、非は朱銅印にある。家の立場を知っているなら、夏月に協力してくれていいはずだ。目を逸《そ》らさずに、苦い顔の元婚約者を睨《にら》みつけていると、朱銅印は深いため息を吐いて、

「六儀府の令牌をとってくるから、ちょっとここで待っていろ」

結局のところ、折れてくれた。

†　†　†

後宮というのは面倒くさいところだと夏月は思う。朱銅印の案内でぐるりと回りこんでいくつもの門をくぐり、匣《はこ》のなかの匣のなかの匣のなか——城壁から幾重もの築地塀《ついじべい》に囲まれた奥へと辿《たど》りついたころには、朝食べたご飯から得た活力はすっかりなくなり、

夏月は空腹を覚えていた。

「夏至の祭祀《さいし》を控えて飛扇王殿下と打ち合わせをしているから、殿下の無実を証明してくれると、こちらとしては助かる」

朱銅印はそう言うと、先日のように帰りは自分でどうにかしろと言い捨てて、六儀府の用事をすませに消えた。

「夏至か……」

確かに大きな祭祀だ。王族というのは存外忙しい。王権は神に与えられたものだから、祭祀はもっとも重要な仕事だが、それ以外にも国の実務的な管理がある。飛扇王なら封じられた領地の管理があるだろうし、軍を率いる仕事もある。

（王妃殿下は飛扇王殿下から、そのすべての権力をとりあげたいのだろうか）

祭祀を任されるということは、この国では重要な意味を持つ。

――『長子の媚州王《びしゅうおう》がいなくなったいま、王子たちの微妙な均衡が崩れ、新たな権力闘争が起きている』

洪長官の言うとおり、だからこそ王妃は飛扇王や洪長官を陥れたいと必死なのだろう。

夏月は一昨日《おととい》と同じように秘書庫を訪れ、北辰門《ほくしんもん》の入出記録の話をした。

「もし、検屍《けんし》の記録で侍女が生きたまま水車に巻きこまれたとわかれば、飛扇王殿下の無実は証明できると思うのだけど……眉子《びし》はどう思う？」

「はい。わたしのほうでも飛扇王の後宮での足どりが摑《つか》めました。もし、侍女の亡くなった時刻が水運儀象台が壊れた時刻と一致するなら、飛扇王はその夜、北辰門を訪れていないはずです」

「問題なのは実際にその夜、北辰門を訪れていた洪長官のほうね」

王妃にとっての現実的な脅威が、王太子殿下に次ぐ権力を持つ飛扇王のほうだとしたら、先に彼の無実を証明したほうが相手の出鼻《でばな》を挫《くじ》けるかもしれない。

（できることからやっていくしかない。あの扁額《へんがく》を直してもらうには飛扇王殿下に早く復帰してもらわないと困るし）

――それと、冥界の鬼だ。

（借屍還魂と言っただろうか。死んだばかりの遺体にとりついているという……）

「具合が悪くてふせっていたのに、突然、元気になったり、あるいは突然、人格が変わったりした言動になった者がいるという話をここ最近で聞いたことがありますか？」

「さぁ、私は聞いたことがありませんが……今回の事件と関係があるのですね？」

眉子の問いかけに夏月はしっかりとうなずいた。

（関係があるというか、冥界から逃げだした鬼が事件のそもそもの発端というか……いや、それとも、陽界の人間の欲望が鬼を引きよせたのだろうか？）

どちらが先なのかは夏月にはわからない。しかし、鬼を見つけて泰山府君《たいざんふくん》に引きわたせば、黒曜禁城の結界はより安全になるはずだ。

「では、その件は私が調べておきましょう」

寒掖《かんえき》が足を引きずるようにして、椅子から立ちあがる。そして、いまになって思いだしたと言わんばかりにしゃがれた声で言う。

「そういえば、紫賢妃《しけんひ》から秘書庫に使いが来ました。もし夏女官が後宮に来るようなら紫水宮《しすいきゅう》を訪れてほしいと」

「お姉様が？」

†　†　†

（一昨日に手紙で頼んだことがもうわかったのだろうか？）

眉子や寒掖に昨夜調べた情報を伝えたあと、夏月は眉子の案内で紫賢妃のところへ向かった。寒掖から「よく北辰門のなかに入れましたね？」と訊《たず》ねられたときは、どきりとしたが、普段から寡黙な老宦官《かんがん》はそれ以上のことは聞かなかった。神様の手引きで北辰門まで飛んでいったのです、などと真実を伝えたところで信じてもらえないだろう。

夏月は答える代わりに曖昧《あいまい》に微笑んだ。

紫水宮に着くと、眉子は紫賢妃付きの宦官《きさき》——袍子《ほうし》と示しあわせて、夏月に玄関から入るように言う。後宮のなかでも高位の妃が暮らす区画は、やはり宮ごとに塀で囲われ、なかはいくつもの房に分かれている。いつもは弘頌殿《こうしょうでん》——後宮の入口にある接待用の建物で姉と会っていたから、夏月が紫水宮を訪れるのは実は初めてだった。

「こちらへ、夏女官」

呼びだされたのは、居間ではなく小さな書斎だった。書棚に囲まれた奥に、灰塵庵《かいじんあん》のような小上がりがあり、その前に文机《ふづくえ》がある。侍女たちを人払いした紫賢妃は、夏月を呼びよせ、小上がりの上に座るように手で示した。

「夏月……先にひとつ聞くけど……最近、幽鬼の代書をしたことはある？」

まるで拗《す》ねた子どもの嘘をやわらかく咎《とが》めるように、紫賢妃は夏月の両頰にたおやかな手を添えた。真実を見据えるように夏月の瞳《ひとみ》をのぞきこむ。

「幽鬼の客は……来ておりますが、代書はしておりません」

正確にはしたいと思っているのに、できていないだけだ。しかし、なぜ姉がそんなことを聞くのだろうと不思議そうな顔をしていると、ふぅ、と小さなため息を吐かれた。

「そう……では、廃妃の手紙を王妃殿下宛に書いたのは夏月ではないのですね？」

「廃妃というのは……元王妃・沈無齢《ちんむれい》様からの手紙ということですか？　いえ、わたしではありません」

──『死んだ廃妃が現れたとか……』

ふっと均扇楼《きんせんろう》で耳にした役人たちの噂が耳によみがえった。

（ここでも廃妃か……）

運京《うんけい》でも人々が囁《ささや》いていたように、不吉な噂ほど人々の口の端に上る。恐怖というのはそれほど他人にも広がりやすい。

（あるいは、運京にわたし以外にも幽鬼の代書を請けおう代書屋がいるとか？　もしそんな商売敵がいたらどうしよう）

町の人は幽鬼を怖がっているし、まともに話を聞く代書屋なんていないと高を括《くく》っていた。ほかの誰かが手紙を書いたなら、廃妃から手紙が届いても不思議はない。

（ここ最近、灰塵庵を訪れた幽鬼はあの物言わぬ女の幽鬼だけ……）

仄明《ほのあ》かりのなか、夏月をじっと見つめる面差しを思い返してみると、ふっとなにかが頭をかすめる。しかし、その正体をうまく摑めずに夏月は首をかしげた。

考えこんだ夏月は顰《しか》め面になっていたのだろう。紫賢妃はそっと夏月の肩を抱きよせた。ふわりと姉が配合する香独特のやわらかな香りが鼻腔《びこう》をくすぐる。

「またなにか面倒なことに首を突っこんでいるのね。王子たちの争いに手を貸し、王妃殿下に敵対する羽目になるなんて……お父様が知っていたら、女官勤めなんて許さなかったでしょうに」

苦い口調には妹への深い愛情がこめられていて、胸があたたかくなった。

「うちの上司が今回の騒動に巻きこまれて写本府の仕事が止まってしまい……このままではわたしも解雇されそうなのです。放ってはおけません」

代書屋専業に戻ったら、また可不可が『お金がないなら本家に帰るしかない』と口うるさく言ってくるだろう。俸禄《ほうろく》が定期的にもらえることのありがたさを噛《か》みしめる。

「ええ……あなたの手紙は読みました。陛下の誕辰ののち、雨花宮《うかきゅう》でいつもと違う動きがあったかを知りたいとのことでしたね。手の者をやってひそかに調べさせたところ、雨花宮付きの上級女官たちが探し物をしていたという目撃者がいました……それも何人も。どうやら廃妃にまつわるなにかを探しているようだと下級の女官や官婢《かんぴ》の間で噂になっています」

「廃妃の噂がいまになって流れるのは、なにか意味があるのでしょうか？」

——ただ洪長官を陥れるためだけなら、女官や官婢にまで噂が流れるだろうか。

後宮には何千人もの人が働いている。王妃や上級の妃の前ではつつましやかに頭を下げていても、人の口に戸は立てられない。特に貴人の前に出る機会のない女官たちほど、鬱憤《うっぷん》晴《ば》らしのように噂話に花を咲かせるものだ。

「それが……王妃殿下自身が『廃妃の手紙が……廃妃が幽鬼となって現れたのよ！』と悲鳴をあげて何度も倒れたのだとか……雨花宮は口止めして回ったようだけど、後宮と言っても広いでしょう？　派閥が違う者に話が漏れれば、口止めできないし——それに、折悪しく、と言うべきかしら。恩赦を受けて市井に戻った官婢がいたの。そのなかには、先の大禍、つまり廃妃の事件で官婢になった者がいたようで……運京でも噂に聡《さと》い者は耳にしたでしょうね」

夏月は姉に首肯してみせた。運京ほどの大きな城市ともなれば、情報を生業《なりわい》にする者がいる。藍家自身、その手の情報を集めているはずだから、灰塵庵に帰れば、本家に使いにやった可不可がなにか摑んでいるかもしれない。

（廃妃から届いた手紙か……）

死者からの手紙というのが妙に気にかかった。それがよりにもよって夏月の上司の実の母親だと言う。王子らしい雅《みやび》な身なりをしながらも、毒の入った膳《ぜん》をあたりまえのように受け入れていた洪緑水《りょくすい》の姿が目蓋《まぶた》の奥をよぎった。

（もし本当に廃妃の手紙だったとして……なぜ、息子である洪長官ではなく、陸王妃殿下宛に手紙を出したのだろう？）

廃妃は城を出されたあと亡くなったと言うことだったから、市井から出した手紙が巡り巡っていまになって陸王妃のもとに届いたという可能性はある。しかし、廃妃となったからには城を出されたあとも見張りがついていたはずだ。手紙を出すにしても、陸王妃が怯《おび》えるほどの手紙を出すことができるのだろうか。それとも、恩赦を願うような手紙でさえ、廃妃からの手紙というだけで陸王妃は怯えているのだろうか。ちらちらと気にかかることが頭のなかをかすめるのに、それがなにかわからない。思考に耽《ふけ》る夏月に、紫賢妃はさらなる情報のつづきを――謎の波紋を広げた。

「それから、雨花宮で丁尚宮《ていしょうぐう》が最後に目撃されたのは二更の初めで、王妃殿下が丁尚宮がいないと騒ぎだしたのは五更のころだったそうよ」

「五更？　ということは夜明け前にはもう侍女がいないことに気づいていたのですね？」

夏至に近づいているいま、季節によって時間が変わる五更は、漏刻で刻まれる十二辰《しん》刻《こく》と比べると、ひとつひとつの刻限が短い。

――おかしい。

水運儀象台の衛兵や宦官の話、それから、後宮で一晩過ごしたときのことを考えると、あきらかに奇妙だと感じた。

「いくら腹心の侍女だとしても、目が覚めてすぐにいないことに気づくものでしょうか？　二更から五更の間なんて三刻ほどしかない。上級の侍女なら自分の寝所で眠るでしょうし、普通はなにか用事で出かけていると思うのでは……――そう、自分が頼んだ用事で出かけているのでもないかぎり」

夏月の考えを後押しするように、ちりん、と簪《かんざし》が鳴る。王妃と廃妃、そして冥界《めいかい》の戸籍を抜けて現世に逃げだしたという鬼。それらはどこかで繋《つな》がっているのかもしれない。

夏月は袂《たもと》から手紙を出し、『上奏』と書かれた封紙を開いた。

「第四王子・飛扇王殿下が王妃殿下の侍女殺しの疑いをかけられ、ご自分の宮に幽閉されているとのことですが、北辰門の入出記録を調べたところ、侍女が死んだ夜、飛扇王殿下は北辰門に行っていないのです。三更から北辰門の鐘の音が聞こえなくなったことは何人もの宦官、衛兵が知っています。侍女の検屍《けんし》記録と後宮の入出記録とをつきあわせれば、飛扇王殿下の無実が証明できる旨をこの上奏文にしたためてまいりました」

（あとは飛扇王殿下が六儀府からどの後宮の門を使ったか――無実を確実にする証拠を提出できれば問題ない……）

引っかかるのはそこだ。洪長官も言っていたように、王太子殿下に次ぐ勢力を持つという第四王子は、自らの手勢を使って無実を証明するくらいの力があるのではないか。

「太学の学者たちを中心に、飛扇王の幽閉を解くように上奏しているようだが、陸尚書令《しょうしょれい》が握りつぶしていると聞く」

紫賢妃は妹に言うというより、部下に命令するような厳しい声音に変えて言う。

もちろんそれはそうだろう。疑いがあるところまでは話を運べても、国王が目を光らせている状態では、確たる証拠がなければ、最終的に処分はされないはずだ。

（国王陛下が陸一族の力を抑えたいと思っているのなら、なおさら……）

洪長官に出された膳から落とした料理を食べて、ぷかりと浮かんできた赤鮒《あかぶな》を思いだし、ぎゅっと拳《こぶし》を握りしめる。

「夏月も陛下に上奏したいのね？」

問われて夏月はしっかりとうなずいた。妃《きさき》は政治に関わっておらず、朝議には参列できない。そのおかげで逆に、国王と直接会う機会を持つ紫賢妃を通してなら、陸一族の目をすり抜けて、上奏が届くかもしれない。一方で下手を打てば、藍家が王妃と対立するきっかけを作る危険がある。

（でも……）

貴人の姿をした洪緑水の、言葉にしがたい絶望を思いだすと、そのまま放っておけなかった。廃妃を死なせたことを悔やみ、自分だけが生き残っていることを悔やみ、自分になんの力もないことを悔やみ——泣いて泣いて泣いて、もう涙が涸《か》れ果ててしまったあとに訪れる厭世《えんせい》の感情。

(あれはわたしの顔だ)

泰山府君に『死にたくないと言うわりに、やはり現世では世捨て人のように生きているだけではないか』と言われていたときの夏月も、きっとあんな顔をしていたに違いない。幽鬼の無念を放っておけないのと同じように、洪緑水の声なき無念をあのままにしておけない。

(――そのための布石として、まず飛扇王の無実を証明する)

「紫賢妃にお願い申しあげます。検屍記録と合わせて、北辰門と後宮の入出記録を確認していただければ、飛扇王殿下のその夜の足どりがはっきりします……最後に侍女が生存を確認された時刻から亡くなった時刻までの、飛扇王殿下の現場不在証明となりましょう」

跪座《きざ》の姿勢で頭を下げ、礼を尽くす。

「写本府の一女官として、どうか……重ねてお願い申しあげます」


〈二〉

夏が近づくと、昼は長く夜は短い。高楼は明るい空を見下ろすように高く、城門の二重楼閣は通りぬける人を選別するかのように聳《そび》え立っていた。

その南の炎帝門《えんていもん》を通りぬけ、夏月が帰路につくと、ざわめく街はもう先日の騒ぎを忘れて日常に戻っているように見えた。もっとも、それは表面上の話だろう。後宮の奥に王子がふたりも幽閉されている状況で、運京の物見高い人々が噂に興じないことがあるだろうか。現在の権力者——王妃と陸一族の目と耳を気にして、人目につかないところで情勢をうかがっているに違いなかった。

目抜き通りの、楼閣を持って並びたつ大きな酒楼は夕刻からが忙しい。それでも、門前や二階の露台に少しずつ紅《あか》い燈籠《とうろう》に灯が入る景色は、冬に比べれば、どこかのんびりとして見えた。

「ただいま」

階段を上がり、外廊の奥に向かって大きな声で帰宅を告げる。そのまま、灰塵庵の店のなかに入り、荷物を開いていると、可不可が顔を出した。

「お嬢、よかった。今日もお早いお帰りだったんですね」

自分がお茶を飲むより先に墨を摩《す》りはじめた夏月を見て、可不可が呆《あき》れ顔でお茶を淹《い》れてくれる。一口、飲めということだろう。茶杯を夏月のほうへ寄せた。

「今日は朝からうまく後宮に入れたから……お姉様にもお目にかかれたの」

先日、現在の城の権力図を教えてもらうにあたり、かいつまんで後宮の事情を可不可にも話してある。日常に戻っているように見えても、後宮が封鎖されているという事実に変わりない。黒曜禁城の奥で、なにか権力争いが起きていることは、市井の人々でさえ、みな知っている。仕事上の機密ではなかった。

紫賢妃に上奏文をあずけたあと、夏月は飛扇王宛の手紙を眉子にあずけ、外の城門が開いているうちに城を出た。後宮の封鎖は王妃の指示で、行き来を厳しく制限されている。しかし、祭祀《さいし》を執りおこなう六儀府には国王から特別な許可が出ており、これには王妃も干渉できない。つまり朱銅印に連れていかれた門を通る道筋が、陸一族の息がかっていない門ということになる。二度目ともなると、夏月もその仕組みを理解して、うまく後宮の外に出たのだった。

(あとはうまく飛扇王殿下の無実が証明されることを祈るばかり……)

紫賢妃が口添えしてくれるだろうが、最終的には国王の判断次第だ。国王は詳細を知らないだけで、上奏文が届けばきちんと調べてくれると信じるしかない。夏月が文机《ふづくえ》の前に座り、筆を手にしたまま物思いにふけっていると、

「封鎖中の後宮に入ったということは、お嬢はまた面倒ごとに首を突っこんでおいでなのですね……旦那《だんな》様からもその点はよくよく釘《くぎ》を刺しておくように言われてきたんですよ。お嬢は普段はひきこもり気質と言いますか、他人に構わないくせに、頭に血が上ると相手の身分も考えずに口答えなさるでしょう？　城勤めでそんなことをしたら首が飛びかねないじゃないですか。ただでさえ、王妃殿下のご機嫌が悪いというのに……」

怒濤《どとう》のように早口の小言が飛んできた。そのあまりにも滑らかな口ぶりに圧倒された夏月は、たじろいだあとで、ようやく可不可の小言の中身に思考が追いついた。

「王妃殿下のご機嫌が悪い？　それは……お父様がおっしゃっていたの？」

「そのとおりですよ。中廷でもさすがにいつまで後宮を封鎖するのかと問題になっているようでして……陛下が捜査をするように宣旨を下しているのを陸尚書令がのらりくらりとかわしてるようで……とはいえ、王子殿下ふたりを幽閉するなんて行きすぎているでしょう？」

――ひとりはわたしの上司なんだけど、と言いたいのを夏月はぐっとのどの奥に呑《の》みこんだ。

「いくら王妃殿下が悋気《りんき》な性格とは言え、王子殿下おふたりに罪を着せるためだけに、腹心の侍女をわざわざ犠牲にするのは割りに合わない。侍女が誰かに殺されたこと自体は事実なんだろうけど……」

「おや、お嬢。ずいぶんと事件にお詳しいようですね？」

自宅に戻って気がゆるんだのだろう。まるで泰山府君を相手にするときのように後宮の話をしてしまい、可不可から突っこみが入った。

（まずい。女官勤めをつづけるために、王子を――それも廃太子だった人を助けようと奔走しているなんて知られたら、家に連れもどされる行く末しか見えない）

「そ、それはもちろん……写本府でも今回の件はさすがに噂が流れてきて……ほら、王妃殿下と先の大禍の話とか……」

ごまかすように言葉を継いだが、むしろなにも言わないほうがよかったかもしれない。

『大禍』という言葉に可不可が反応したのがわかった。

「先の廃妃の件を王妃殿下がまた蒸し返そうとしているということですか？　それとも外廷に廃妃の復権を望む勢力がいて、お嬢が関わっているということですか？」

（そのどちらにも是だなんて可不可に答えられるわけがないじゃない！）

自分の使用人に詰めよられる主人というのはいかがなものだろうか。自分の立場のあまりのあやうさに、さすがの夏月も危機感を抱いた。

「……女官勤めをしているかぎり、派閥争いとは無関係ではいられないの！　なにに関わっていたとしても、わたしは正道に背いたことをしているわけじゃない。むしろ、横暴なのは王妃殿下のほうなんだから！」

追い詰められるあまり、本音を吐きだしてしまった。一瞬、可不可が青みがかった瞳《ひとみ》を瞠《みは》り、ついで腹を抱えて笑いだした。

「わかっているんじゃないですか。幽鬼とばかり関わっているせいで世間にあんなに疎かったお嬢が……少しは人の世に慣れてきたんですね」

「可不可、主《あるじ》をからかうのはおやめなさい。お父様からなにか城にまつわる情報をもらって帰ってきたんでしょう？」

夏月自身、灰塵庵にひきこもり状態だった自覚はあるが、そこまで世慣れていなかっただろうかとむっとしてしまう。それでいて、元婚約者にさえ、同じことを指摘されていたから、腹に据えかねる感情はさておき、自分の評価を受け入れるしかなかった。

「先日も少しお話ししましたが、藍家はもともと廃太子寄りの中立派で、現在の王妃殿下からは距離を置いていました……しかし、朱家と話し合い、これを機に中立派で固まって国王陛下に働きかける所存とのことで方針が固まったようです。その動きを邪魔しない範囲なら、お嬢の手助けをしてもいいとの許可をいただきました」

藍家が朱家と同じく中立派だという事情は簡単に説明されていたが、派閥の細かい違いまでは夏月には理解できないと思ったのだろう。廃太子寄りの中立派だったことをいま初めて聞かされ、軽い衝撃を受けていた。可不可の台詞《せりふ》は言葉以上の示唆があり、その言葉尻《ことばじり》をとらえてひとつひとつ尋ねたかったが、にこにこと食えない笑みを浮かべた可不可が夏月に詳細を教えてくれるようにも思えない。

（どこまでがお父様の指示で、どこまでが可不可の独断なのやら……）

「ひとまず中立派はこれを機に陸一族の力を削《そ》ぎたいと……そういうことね？」

自分に理解できる言葉に置きかえて、夏月は可不可の顔色をうかがった。

「お嬢、旦那様はそこまではっきりとはおっしゃいませんでしたよ」

可不可は腹に一物ありそうな笑みを浮かべて言う。

（その物言いは、ほぼ肯定じゃないだろうか……）

しかし、言葉にしないことが大切なのだ。文字や言質で証拠を残さなければ、いくらでも言い逃れができる。これで話は終わりだと言うことだろう。

「お嬢、今日はこのまま店を開けるんですか？　店の収支も大事ですが、このところ夜更かし続きでしたから……休めるときは体を労《いたわ》ってくださいよ。お嬢のことですから、お腹もお空《す》きでしょう。夕食はすぐ召しあがりますか」

そう言われてみれば、確かにお腹は空いていた。しかし、久しぶりに店を開けたい気持ちもあり、看板を見ると迷ってしまう。どうしようか夏月が結論を出せずにいると、

「代書屋、帰っているのか？　手紙を頼みたいのだが……」

話し声を聞きつけたのだろう。泰山府君が裏口から顔をのぞかせた。可不可が行こうとするから、夕食の用意はお願いした。動きやすい胡服《こふく》を着た可不可と入れ違いに、大袖《おおそで》の霜衣を纏《まと》う泰山府君が入ってくると、店のなかの空気が変わる。袖を整えて腰かけるだけの振る舞いがやけに優雅だ。

（神がいるところはどこも、神域のようなものなのだろうか？）

夏月が宣紙をとりだして、文机の上に載せた。宣紙は王族のような貴人相手に使う特別な紙だが、神様の代書をするのだから、高級な紙を使って当然だろう。

「手紙とは代書ですか？　それとも、代書は口実で黒曜禁城での報告を聞きたいということでよろしいでしょうか？」

この神は用を言いつけるふりをして自分を助けてくれたのではないかと考えるくらいには、泰山府君の部下という役回りに慣れてきたらしい。泰山府君を前にすると、夏月の舌は妙に滑らかになる。これが可不可にもうかつなことをしゃべってしまう気のゆるみの原因なのかもしれない。

「まずは報告だ。人間に擬態した鬼は見つかりそうか？」

「泰山府君ほどの偉い神様が探せない鬼を、こんなに早く見つけられたら、わたしはどんなご褒美をいただけるのでしょう」

満面に笑みを浮かべながら、夏月はやりかえした。

「だからいつでも泰山府の御殿に、おまえの部屋をやると言っているではないか。妃《きさき》のひとりにしてやってもいいと——陽界では未婚で死んだ娘の死後は悲惨だと言われているのだろう？　破格の褒美だぞ」

「ですから、わたしはまだ死にたくないのです。冥籍など褒美にはなりません」

夏月がそう答えるとわかっていたくせに、泰山府君は微笑する。からかわれているのだとわかっていても、整った顔で笑まれると誘いをかけられているようで心臓に悪い。

「死にたくないと言いながら……代書屋。このところまた、幽鬼と深く関わっていたようだな」

灰塵庵のそこかしこに視線を向けて、泰山府君は自分の警告を無視したのかと言わんばかりに表情を一変させた。ぎくり、と夏月は身をすくめ、無言の幽鬼が来るたびに書きつけをしていた竹簡を背後に隠した。

「おまえのその、幽鬼に対する未練は早々に断ち切るべきだ。死相が消えないぞ」

やっぱり、ただの茶飲み友だちではなかったかと気まずい心地で目を逸《そ》らす。

「その……やってくる幽鬼がなにも話してくれないのです。おうかがいしたいのですが、泰山府君。たとえば、生前に舌を切られるようなことがあると、幽鬼になったあとも話せないものなのでしょうか？　筆と竹簡を差しだしても字を書いてくれるわけでもなし、どのようになにをしてほしいのかがわからないのでございます」

代書屋としての助言を冥界《めいかい》の王に訊《たず》ねる羽目になるとは思わなかった。少しだけ、そう、少しだけ夏月の矜持《きょうじ》は傷ついていたが、それ以上に相談相手が欲しかった。冥界で幽鬼を多数相手にしている泰山府君ならなにか知っているのではないかと、ちらりと助けを求めるように視線を向ける。

「代書屋は……この泰山府君の助言を一顧だにしないのだな。あくまで看板とともに鬼灯《ほおずき》を掲げ、幽鬼を待つ腹づもりか。おまえの凶相が簡単に消えないのは幽鬼と常に関わっているからだ……警告だけはしたぞ」

さっきまで完璧《かんぺき》な微笑を浮かべていた顔を歪《ゆが》めて言う。この神はこういう、子どもがふてくされたような表情を浮かべたときが一番、人間くさいと夏月は思う。

「何度もやってくるからには……さぞかし無念なことがあるのだろうと思うのですが、例の地震のあと、突然いなくなって、それきりなんです。あの変な地震……あれはすべての幽鬼と関わりがある地震だったのでしょうか」

「すべての幽鬼と関わりがあるから、その幽鬼がいなくなったと……代書屋はそう思ったのか？」

質問に対して質問で返された。それは夏月の考えが足りないという意味だろう。

「いつもは明け方近く、空が白みはじめるまで店にいる幽鬼が、地震に驚いて出ていった様子はどうにも奇妙だと思ったのでございます」

（いや逆なのか。あの幽鬼に関わるのではなく、あの幽鬼だけが地震に格別反応したのなら、それには意味があるのかもしれない──それともやはり……）

後宮や北辰門の水運儀象台で聞いた話が浮かんでは消え、運京で耳にした噂と渾然一体《こんぜんいったい》となって、夏月の頭のなかに渦巻く。

「なぜ、北辰門だったのか……」

もう一度言葉にしてみて、陸王妃に捧《ささ》げかけられていた華やかな傘を思いだした。赤に黄色に、色とりどりの花で飾られた天蓋《てんがい》の傘は高貴の象徴だ。琥珀国《こはくこく》では国王か王妃にしか使うことが許されていない。女官を引き連れて歩いてきた陸王妃の、仰々しくも高慢な姿は、それだけ夏月の脳裡《のうり》に鮮やかに刻みこまれていた。

「北辰門が後宮に一番近い大門だからでしょうか」

洪長官に馬に乗せられ、外廷からぐるりと城壁を回りこんだときのことを思えば、黒曜禁城の構造上、後宮からほかの門は遠い。あの行列を引き連れて、あるいは輿《こし》に乗せられて移動するとなれば時間はかかるし、多くの人の目につくだろう。あるいは、国王陛下に知られたら、その場で止めろと命令されたかもしれない。

夏月の考えにうなずくように、ちりん、と簪《かんざし》が音を立てた。泰山府君は不機嫌そうに、それでいて、いつも夏月の思考を導くように助言をくれる。

「今宵《こよい》、くだんの幽鬼が来るはずだ。もし夜に店を開けるなら、先に仮眠をとっておけ」

そう言ってふいっと顔を背けた。幽鬼と関わるなと言いながらも、この神は夏月を気遣ってくれる。それに対してなんと答えたものか夏月が迷っていると、窓の外から可不可の声がかかった。

「お嬢、こちらへお越しください。お客様も……食事の支度ができましたよ」

外廊へ出ると、西の空は赤く染まりながらも黒い雲が湧いていた。

(夜は天気が悪くなるかもしれない……そうなれば泰山府君の言うとおり……)

――今夜こそ、あの幽鬼がふたたび来るかもしれない。

月が出るような、よく晴れた夜に幽鬼が来ることは滅多にない。鬼市が立ち、幽鬼が現世をうろつくのは、生きた人間が出歩きたがらない闇夜だと言われていた。空模様を眺めた夏月が、また幽鬼のことを考えたのが知れたのだろう。むっとした顔をしながらも、夕食は一緒に食べるというのが泰山府君の面白いところだ。

(いつもは幽鬼に囲まれているから、食事は他人と一緒に食べたいのだろうか?)

冥府《めいふ》を支配する偉い神様のくせに、人間にまじって料理をつくのが好きな食道楽。神から見た人間は、人間にとっての蟻と同じだと言いながら、その蟻を――夏月のことを気にかけてくれる。

(茶飲み友だちの神というのは意外と悪くないものだな)

「……面倒ではあるけど」

箸《はし》を動かす合間に口のなかだけで呟《つぶや》いて、夏月はひとり小さく笑ったのだった。

——夜半、満腹で早めの仮眠をとった夏月は、ふっと目を覚ました。

雨に濡《ぬ》れた土の気配を感じて、体を起こす。真っ暗ななかでも体が覚えているのだろう。火種をとりだし、手燭《てしょく》に灯をつける。立ちあがって沓《くつ》を履き、看板と鬼灯を手に玄関を出れば、小糠雨《こぬかあめ》が降っていた。

——『万事、代書うけたまわります』

軒に看板を出し、鬼灯を看板の麻紐《あさひも》に絡める。いつもの手順で看板を掲げると、夏月にとっての夜の日常が戻ってきた。

泰山府君の助言はほとんど予言だったのだろう。夜が深まったころ、こんこんと控えめに扉を叩《たた》く音がした。鬼嘯《きしょう》は聞こえなかった。幽鬼が現れるときに聞こえるというその哭《な》き声は雨音に消えたのかもしれないし、声が出せない幽鬼は鬼嘯もないのかもしれない。すーっと音を立てずに扉を開き、店に入ってきたのは、やはり、このところつづけてやってきていた女の幽鬼だった。白い麻の袍《ほう》を纏《まと》い、客と店の主《あるじ》とを隔てる対面机の前まで来ると、いつもと同じようにその場で沈黙する。

この所作がおかしいともっと早く気づくべきだった。頭のなかではなにかを感じとっていたのに、明確な意識にまでいたらなかった。

——彼女は夏月に挨拶《あいさつ》をしない。

代書屋に頼みに来る客は、店に入るとき、「こんにちは、先生」と声をかけてくる。市井の者はほとんど文字の読み書きができない。だから、夏月のような若輩者でも先生と呼び、礼を尽くしてくれる。でもこの幽鬼は、声を出さないだけでなく、揖礼《ゆうれい》もしない。そんな振る舞いが許されるのは高位の貴族だけだ。

(もしこの国ではたいていの人に頭を下げないほど貴い身分の人なら……)

どきどきと心臓が高鳴るのを感じながら、拱手《きょうしゅ》して幽鬼を店の奥に招きいれる。心なしか、対面机の前で椅子に座る仕種《しぐさ》さえ美しかった。筆かけから筆をとる手が期待に震えてしまう。

夏月は用意していた竹簡に『碧珞翠《へきらくすい》』という名前を書いて見せた。夏月の上司、洪緑水の本当の名前。第五王子の名前を——。

そのとたん、地震のとき以外、これまでなんの反応も見せなかった幽鬼の体が揺らいだ。突き刺すような敵意を感じ、慌てて言葉を足す。

『碧珞翠　我上司也　字洪緑水　写本府長官』

——碧珞翠は私の上司です。字（通称）は洪緑水で、写本府の長官です。

「つまり、あなたはやはり洪長官の母君——廃妃となった沈無齢様なのですね？」

そこまで問いかけて、夏月は対面机の上に『是』と『否』と大きく書いた竹簡を並べた。幽鬼の細い指先が『是』の竹簡を指す。ようやく意思疎通できたことがうれしく、ほっとした。代書屋として客の要望をうかがえることが、ここまでうれしいとは思わなかった。

「代書をご所望でよろしいですか？」――『是』。「宛先はあなたの息子の碧珞翠様宛でよろしいですか」――この問いには少しだけ逡巡《しゅんじゅん》したあとに『是』を指した。

「碧珞翠様……洪長官以外にも手紙を出したい相手がいるのですか？」――この問いにも幽鬼は逡巡した様子を見せた。

「手紙を出したいということではないのでしょうか？　それとも……国王陛下にも手紙を出したい、とか？」

夏月の問いに幽鬼は首をかしげる。どうやら廃妃の未練は息子の洪長官に関わることらしいと推測する。

「いま、洪長官は陸王妃殿下の……命令でご自分の宮に幽閉されておいでなのです。先日の地震があった夜を覚えていますか？　あのとき、北辰門で陸王妃殿下の侍女が殺されたそうで……」

『陸王妃の奸計《かんけい》に陥り』と口にしそうになり、慎重に言葉を選んだ。この幽鬼はあまり攻撃的になったことはないが、なにがきっかけで豹変《ひょうへん》するかはわからない。そう思ったのもつかの間、説明をしているうちに幽鬼の形相が変わる。なにが彼女の心の琴線に触れたのだろうと首をかしげ、夏月はいま口にした言葉を、別々の竹簡に書いて幽鬼の前に差しだした。

『陸王妃』、『氷《ひ》泉宮《せんぐう》』、『幽閉』、『地震』、『陸王妃之侍女』とすらすらと文字を書いて差しだすが反応はない。『北辰門』――一番、大きく身を震わせたのは、意外にもその竹簡を差しだしたときだった。震える指先が『北辰門』と書かれた竹簡を押さえる。幽鬼の顔を見れば、ぽろぽろと血の涙を流していた。

――『なぜ、北辰門だったのか』

泰山府君と話していたときに浮かんだ疑問がふたたび夏月の頭のなかに閃《ひらめ》いた。

「北辰門……もしかして、北辰門の扁額《へんがく》になにか関わりがあるのでしょうか？　譚暁刻《たんぎょうこく》の書を陸王妃殿下はひどく嫌悪しているようでした。壊せと命じ、扁額が欠けてしまったのです。あの夜の地震はそのせいで起きたと……泰山府君がおっしゃってました」

いったいなにがこの幽鬼をいま灰塵庵まで来させたのだろう。夏月は幽鬼の様子を見逃すまいと意識を研ぎすました。こうやって、物言えぬ相手を前にすると、声というのはずいぶんと色々な示唆があったのだとわかる。表情が苦くても声音はうれしそうだったり、声音を一段低くしたり、逆に甲高い早口になったりという変化は、客の心情をおもんぱかるのにかなり役に立っていたのだろう。

(表情や気配だけで客の望みを察するのがこんなにも難しいことだなんて……)

幽鬼の指先がもう一度、『北辰門』を指さしたので、「ああ」と声をあげて、夏月は『譚暁刻の書』という竹簡を書き足した。こくこくと幽鬼の美しい面が首肯する。

「もしかして……あなたはあの扁額が……黒曜禁城の重要なものだとご存じだったのですか？」

その問いにすぐに、『是』という答えが返ってきた。

やはり、と思うと同時に、どうしてという疑問が新たに湧いてくる。

(泰山府君は黒曜禁城の結界を見ながら、なんと言っていたのでしたっけ……)

――『それがこの地を守る者と泰山府君との盟約だ。黒曜禁城でむやみと血を流さぬ、城壁を壊してはならぬ』

「特に四方を守る大門の結界は絶対に壊してはならぬ――その盟約が守られなければ、現世に災厄がよみがえるだろう……」

泰山府君の言葉を追いかけるように、口を衝《つ》いて不吉な言葉が紡ぎだされる。幽鬼は強く反応し、『是』という竹簡で机の上を叩いた。その音に夏月ははっと我に返る。

「沈無齢様は……ご存じだったのですね？　あの扁額を壊してはいけないと……それが黒曜禁城に住まう者と神との盟約だということを……」

夏月は目を大きく瞠《みは》って、怒りに震える幽鬼を見た。小糠雨がつづく夜は暗く静かだった。手燭と燈籠《とうろう》の明かりにだけ照らされた狭い店内は声が途切れれば、沈黙とともに時間そのものが止まっているかのようだ。

彼女の震える指先が『是』という竹簡を示す。

「そういう……ことだったのですね……」

どうして洪長官の母親が廃妃とされたのか。そもそもなぜ、国王は沈無齢を王妃に立てたのに、陸一族と対立したときに彼女を守りきれなかったのか。頭のなかで、いくつもの『なぜ』が渦巻いて、水運儀象台の複雑な歯車が動くがごとく思考が蠢《うごめ》く。

（この方が黒曜禁城の秘密を知っていたから……だから……）

天原国《てんげんこく》から琥珀国へと王朝が変わってもなお、黒曜禁城の主に残された盟約《なまつば》──その秘密を陸王妃は知らされていない。その事実に気づいて、夏月はごくりと生唾を呑《の》みこんだ。

「つまり、陸王妃殿下は……本当の意味では王妃ではない……」

国王がなにを考えているのか、夏月にはわかっていない。でも、陸王妃が廃妃を憎み、天原国を憎む理由の一端は理解できる。

──彼女を突き動かしているのは、廃妃に対する嫉妬《しっと》や劣等感だ。

国王が王太子以外の王子に祭祀《さいし》の役割を与えれば、ほかの王子を寵愛《ちょうあい》するのではと不安になり、国王が廃妃には与え、自分には与えない役割の気配を感じては不安を覚える。

廃妃がこの世を去ってもう十有余年が経つというのに、この年月さえ陸王妃を安心させることはできなかった。そこに長子の媚州王が亡くなり、媚州王がやるはずだった祭祀を洪緑水がやったことで、また王妃の心に不安を注いだ。

「不安、憎悪、恨み辛《つら》み……疑心暗鬼……」

「そういった人間の負の感情は、黒曜禁城に封印された怪異に力を与えるだけでなく、黒曜禁城に潜んでいる鬼たちも大好物だ」

呟《つぶや》きに答えたのは、いつのまにか店に入ってきていた泰山府君だった。大袖《おおそで》の霜衣は見た目は涼しそうだったが、体格がいい神が店にいると、狭い店がなおさら狭くなったように感じる。

「夏が近づくと夜は短くなり、晴れの夜も増える。おまえも知ってのとおり、今宵《こよい》のような小糠雨《こぬかあめ》の夜は幽鬼たちが鬼市を開き、動き回れる数少ない機会だ……逃げだした鬼にとっても、うってつけの動きやすそうな夜ではないか」

「なにが言いたいんです？」

神の声音に不穏な響きを感じた夏月が、思わず立ちあがったそのときだ。廃妃の幽鬼がいち早く異変を感じ、はっと遠くの音を聞くように宙に視線を彷徨《さまよ》わせた——その次の瞬間のことだった。

どん、と大きく突きあげるような震動が襲ってきて、まるで大きな手で匣《はこ》を揺らされたかのように店のなかの物が揺れ動く。

「代書屋！」

まっすぐ立っていられずによろけた夏月の手首を泰山府君の手が摑《つか》み、腕のなかに囲いこむ。どかどかと棚から物が落ちる音が響いたが、神の腕に守られて、夏月にあたることはなかった。ほっとしたのもつかの間、夏月の頭上に掲げていた額が床に落ちていることに気づいた。神に抱きよせられていなかったら、頭の上に落ちていたかもしれない。ぞっと身震いしたあとで、夏月ははっと我に返った。

「廃妃……沈無齢様！」

店の惨状に気をとられる夏月をよそに、幽鬼はまた慌てた様子で灰塵庵から出ていってしまった。

「ようやく話が通じはじめたばかりだったのに……」

息子である洪長官になにが言いたかったのか、肝心のところがわからない。神の腕を逃れて幽鬼を追いかけようとする夏月に不機嫌そうな声が降ってくる。

「おまえは私に礼を言うより幽鬼のほうが大事なのだな。あれの正体がわかったからには、あの幽鬼はまたやってくるはずだ。それよりいまの地震の原因はやはり城のようだ」

泰山府君は床に転がり落ちた物を踏まないようにだろう。玄関先までふわりと飛ぶと、扉を開けた。雨音が響いて、軒の看板から雫《しずく》が零《こぼ》れている。

「今日はもう店仕舞いだ、代書屋。明日、城に行き、なにが起きたのか調べてくるのだ。事と次第によってはその場で私を呼べ」

有無を言わさずに看板を外した神は、鬼灯《ほおずき》の実とともに看板を夏月に押しつけ、さっさと客房へ戻っていった。小糠雨が降る町外れは灰塵庵の燈籠を消してしまえば、ただ巨大な闇が横たわるだけだ。深夜だったからだろう。火の手が上がらないところを見ると、さきほどの地震で火事が起きたところは近所にはないようだ。

「手燭が書物を燃やさなくてよかった……」

近くにあった墨を摩《す》るための水が零れ、灯が消えたのは運がよかった。床に散らばった巻子を小上がりの端に積み、落ちた額の紐《ひも》が切れているのを見て、ため息を吐く。

（泰山府君に助けていただいたお礼を言う暇もなかった……）

どうして自分はあの神に対して、変なところばかり見せてしまうのだろう。確かに幽鬼を気にするより先にお礼を言うべきだった。後悔してみても、いまさら追いかけて客房に押しかけるような時間でもない。

店内の吊《つ》り灯籠《どうろう》の灯を消した夏月は、戸締まりをすませると、小糠雨を避けるように屋根の下を歩いて自室に帰ったのだった。


〈三〉


「また城門が封鎖されているの⁉」

朝になり、城に出仕しようとした夏月は、大路の混乱にいち早く気づいて叫んだ。

「役人があぶれているところを見ると、どうもそのようですね……あ、お嬢。右側を歩きましょう。左手の人混みは喧嘩《けんか》が起きてますから避けたほうがよさそうです」

荷物を持ってついてきた可不可は、途中から夏月を守るように先に立ち、周囲を警戒しながら人が少ないほうへ向かう。

「また城のなかで人が殺されたんだって？」

「今度は王妃殿下お気に入りの宦官《かんがん》が門に吊《つる》されていたとか……廃妃の呪いだってもっぱらの噂だ」

「去年につづいて今年もまた不吉なことがつづくな……」

聞こえてくる噂も穏やかではない。

（つまり、昨日の地震は……またどこかの大門で人死にがあったということ⁉）

幽鬼だけではなく、泰山府君も気がついていたはずだ。それでも、すぐに黒曜禁城の結界を見にいかなかったということは、先日の北辰門のように結界が揺らぎ、怪異が出てくる状態ではないということだろうか。

（泰山府君は結界のなかに入れない……つまり今回はまだ結界が生きており、内側に囚《とら》われたままの鬼――例の、冥界《めいかい》から逃げた鬼の仕業なのかも……）

事件があったということは、今日は外廷には入れないのだろうか。あるいは、後宮封鎖のときの六儀府のように、部署によっては特別に城内に入る許可がおりているのだろうか。そんなふうに考えてしまう夏月はひとりで庵《いおり》のなかにひきこもり、黙々と書の世界に没頭していたころよりは目端が利くようになったのだろう。人混みのなかに見慣れた顔を見つけて近寄る。

「桑弘羊、今回はいったいなにがあって大門が封鎖されたの？」

官吏の袍《ほう》を摑み、話すまでは放さないという気迫をこめて言いはなった。

「夏女官……」

たじろぐ彼は周囲を気にしながら、さらに人気のない路地の奥へと夏月を引っ張っていった。

「言葉に気をつけろ！　みんな王妃殿下に目をつけられるんじゃないかとぴりぴりしてるんだからな！……明け方、窮桑門《きゅうそうもん》の門扉に宦官が吊されて死んでいたとの噂だ。陸一族ゆかりの宦官で、先日の侍女につづいて王妃殿下に近しい者が殺されたから、雨花宮は荒れに荒れているんだとか」

窮桑門とは西の大門のことだ。宦官たちが勤める内侍省《ないじしょう》は城内の西側にある。古参の宦官なら、夜間は閉まっているはずの宮門を抜けだす手立てを知っているだろう。門衛に気づかれないように窮桑門に近づける者がいたかもしれない。

（それにしたってなぜわざわざ窮桑門でそんな目立つような殺し方を……？）

自分で疑問を抱いておきながら、考えの途中ではっと我に返った。以前にも、『なぜ、北辰門だったのか』と気になったことが頭をよぎる。冥界から逃げだした鬼が誰かにとりついているかもしれないという泰山府君の言葉も。

（つまり……大門で血を流し、黒曜禁城の結界を弱めるためにやった……）

借屍還魂《しゃくしかんこん》――死んだばかりの遺体にとりつき、本人に成り代わっていたとして、その体を殺したら鬼魂はどこへ行くのだろう。北辰門につづいて窮桑門でも血が流れた。

（鬼がまた別の体を見つけて動けるとしたら、次は……）

東側の城門――太昊門《たいこうもん》の威容を思い浮かべ、夏月はぶるりと身震いした。次から次へと門で血が流されたら黒曜禁城の封印はどうなるのだろう。人ひとりが死ぬのも辛《つら》いが、災禍が起きるのはもっと怖い。北辰門の封印が弱まったときのように、怪異がわきおこり、琥珀国に干ばつを呼ぶとしたら、それは城のなかに住む貴人たちより、無力な庶民にとってより大きな脅威となる。

——もっと多くの血がこの国に流れる。

「先日、侍女が殺されたばかりだからな……王妃殿下は廃妃の呪いだと訴えて、陸一族に恭順しない派閥に圧力をかけているのだとか……」

それが身近に及んでいるとわかっているからだろう。これで写本府はおしまいだと言わんばかりに、握った拳《こぶし》を震わせている。

「つまり王妃殿下は、廃妃から呪われる心当たりがおありだということですよね。廃妃から手紙が届いたのだとか……」

「夏女官……なぜおまえが後宮の噂を知っている⁉　だから、そういうことをさらりと口にするなと言っているんだ！」

低い声で、しかし、人を脅すには十分な凄《すご》みをこめて警告される。ときおり前を通りすぎる町人は、大門の封鎖に気をとられているが、注意するに越したことはない。夏月も一段と声を潜める。

「後宮について、ほかの噂を聞いてはいませんか？　飛扇王殿下がどうなったか、ご存じでしたら教えてください」

「飛扇王殿下？　そうか……おまえがなにかやったのか。飛扇王殿下なら、昨日、宮での幽閉を解かれ、溜《た》まった仕事を片付けるために夜間は北の軍営部に詰めておられたそうだ」

「つまり……黒曜禁城のなかにいなかった」

「そのとおりだ」

唐突に馬上の衛兵から声をかけられ、夏月は桑弘羊とともに振り返った。黒い鎧《よろい》の色からすると北辰門の衛兵のようだが、なにを聞かれたかわからない。夏月も桑弘羊も、その場に固まるしかなかった。

「桑弘羊と一緒にいるということは、おまえが写本府の夏女官だな？　飛扇王殿下が用があるとのことだ。おまえを呼んでいる」

「……飛扇王殿下の近侍だ」

桑弘羊が夏月に耳打ちして揖礼《ゆうれい》する。どうやら身分が高い相手だと察して、夏月も礼を尽くした。

「急ぎだと言うので少し先に馬車を待たせてある。すぐについてこい」

そう言って馬に乗ったまま行ってしまった。桑弘羊から、

「言うとおりにしたほうがいい。くれぐれも発言に気をつけろよ」

そう言って背を押された夏月は、襦裙《じゅくん》の裾《すそ》をからげて走りだした。

†　†　†

息を切らして馬を追いかけた先で馬車に乗せられ、北辰門のほうへ——運京の北へと連れていかれる。西の大門が封鎖されているのだから東側を通行したのだろう。街区の終わりで検問があったが、飛扇王の部下が令牌《れいはい》を見せると馬車もそのまま通された。どうやら黒曜禁城の封鎖の影響で、夜間と同じように区画ごとに検問を敷いているようだった。

（もしかして、帰りはひとりで戻れと言われたら検問で止められるのではないでしょうか……）

不安を覚えないでもなかったが、ちょうど飛扇王に聞きたいこともあった。言われるままに軍営地の屋根付き門を通りぬけ、夏月は建物のなかへと招きいれられた。

塀で囲まれた中庭にはあちこちに鎧を着た衛兵が訓練しており、ここで突然、夏月が逃げだそうとしたら、槍《やり》で刺されるか剣で切られるかしそうだ。びくびくと怯《おび》えながら飛扇王の近侍についていく。官衙《かんが》の奥で両扉を開かれた先は、いくつもの柱が並ぶ広間だった。

高い門檻《もんかん》を跨《また》いでなかに入り、ぐるりと室内を見渡す。朝礼を行う場所だろうか。そこかしこに鬼神の浮き彫りが施され、武庫のように槍や剣が飾られているのは、いかにも軍部らしかった。衛兵が拳に手を当てて礼をするのを見て、慌てて夏月も揖礼する。

一段高いところで、飛扇王が座して夏月を見つめていた。

「おまえが先日、北辰門にやってきた写本府の……夏女官だったか？」

「左様でございます」

飛扇王は鎧は纏《まと》っておらず、紺地に金の扇を刺繡《ししゅう》した、交領の長衣を纏っていた。髪を結いあげ、簪《かんざし》を挿した姿は、さすがに王太子に次ぐ勢力と言われるだけはある。ただ人を圧倒するというだけではない気品が漂っていた。

「おまえがどのようにして陛下に上奏したのかわからないが、昨日の夕刻、唐突に私の禁足が解かれた。陛下の勅令により陸一族の息がかかっていない者が調べたところ、私の無実が証明されたのだそうだ」

「それはなによりでございました。しかし、上奏は何人もの学者や役人たちがしていたはずです。なぜ、わたしが殿下を助けたという話になっておられるのでしょう？」

この王子は夏月が紫賢妃の妹だと知らないはずだ。夏月の上奏だけが届いたと知る術《すべ》はないはずだった。

「北辰門に詰める部下から写本府の女官がどうやってか訪ねてきて、門の入出記録を写していったと聞いた。そのときの女官がやったと考えるのが自明の理だろう……女官の身で上奏などする不届き者の顔を見てやろうと呼びだしてやったのだ」

即座に夏月の言葉を論破するこの王子は、洪長官が言うとおり、確かに王妃におくれをとる人物ではなさそうだ。でも、それだからこそおかしいという気もする。夏月は飛扇王の座の下に備えつけられた書記官用の机に近づき、すっと文字を書いて見せた。

『君子見過忘罰、故能諫。見賢忘賤、故能譲』

「……いわば、君子の真似事をしてみただけにございます」

夏月の言葉を聞いて、飛扇王の顔つきが険しくなる。

「なるほど……古人曰《いわ》く『君子はおのれの主《あるじ》の過ちを見て罰を怖れない、だからよく諫《いさ》める。頭の賢さを見て身分を気にしない、だからおのれがへりくだることを心得る』か。女官が君子の真似事をして国王を諫めたとは……第五王子が気に入るだけはある」

王族相手に出過ぎた言葉を吐いている自覚はあった。女官ごときが政《まつりごと》に口を出すなと首を刎《は》ねられても仕方ない。しかし、飛扇王は夏月が引用した故事の意を汲《く》むくらいには頭が回ると言うことだろう。

見賢忘賤、故能譲——夏月のしたことを認めてくれるなら、身分の上下を気にしないのが君主の資質だと匂わせた言葉に、ちっと舌打ちして苦い顔を見せたが、罰する気配は見せなかった。

「そもそも飛扇王殿下はご自分の無実を知っておられたはず……自身の配下を通じて証明させようと思えば、簡単に証明できたのではないでしょうか？」

——なぜわざおとなしく幽閉されていたのか。その点がどうしても夏月は気になっていた。

「……ほう？」

「もしかして、飛扇王殿下は王妃殿下が廃妃に怯えておられる理由をご存じなのではありませんか？」

人がおらず、格子窓から光が射しこむだけの大広間の空気がぴしりと凍りついた。

「本当に小賢《こざか》しい女官だな……ついてこい」

なにか罰でも与えられるのかと一瞬、身構えたが、すたすたと部屋を横切って歩きだされ、夏月は慌てて飛扇王のあとを追いかけた。一度建物の外に出て外廊を歩き、さらに奥まった場所へと連れていかれる。扉を開けた先は、天井から絹仕立ての御簾《みす》が下げられ、瀟洒《しょうしゃ》な調度が揃えられていた。軍部と言うより貴人の私室めいた場所だ。

（官衙に詰めているときに使う飛扇王殿下の部屋だろうか……）

夏月が興味深そうに眺めている間に飛扇王は椅子に座り、人を呼んでいた。奥から現れたのは顔色の悪い女の使用人だった。年老いたと言うほどではないが若くもない。まるで幽鬼のように、生きている存在感の薄い女だった。

「おまえが私の無実を証明してくれた褒美に、ひとつ、益のある情報をやる。先日の陛下の誕辰《たんしん》で、何人かの官婢《かんぴ》に身分回復の恩赦があった。この女の名は鏡心《きょうしん》と言い、もとは廃妃の女官だった者だ」

「廃妃……沈無齢様の女官……ですか？」

廃妃の名前が出たせいだろう。死んだように澱《よど》んでいた女の目に鋭い光が宿った。鏡心と呼ばれた使用人は存在感が薄いとは言え、幽鬼ではない。生きた人間だとあらためて思わされる。

雨花宮――王妃の宮は沈王妃の時代にも身の回りの世話をする侍女をはじめ、女官や宦官《かんがん》、それに官婢も含めると無数の使用人がいたはずだ。そのすべてが殺されたとは思わなかったが、北辰門の宦官につづいて女官まで飛扇王の身近にいるのは意外だった。

「なぜ飛扇王殿下が廃妃の使用人を手元に置いているのでしょうか？」

第五王子の配下でいるつもりはなかったが、洪緑水の部下としては見過ごせない。椅子に座したまま肘《ひじ》をつき、その手で顎《あご》を支える飛扇王は夏月の言葉を挑戦的な目で受けとめた。

「万が一、陸一族に知られれば、人知れず処分される可能性があったからだ。この官衙にいれば、陸王妃といえども簡単に手出しできないからな」

陸王妃という言葉はいまだに彼女にとって心に刺さる棘《とげ》のようなものなのだろう。魂を失ったようだった鏡心がいきなり声を荒らげた。

「王妃殿下は……陸妃に廃妃にさせられたのです！　あの方は本当に琥珀国のために尽くしておられたのに……それが陸一族の利権を脅かそうとしたがゆえに、奸計《かんけい》に嵌《は》められたのです。本当の国賊は陸妃のほうなのに！」

彼女にとっての王妃はいまだに沈王妃なのだろう。そのときはまだ王妃ではなく妃の身分だった陸王妃を認めたくないという気持ちがその呼び名に表れていた。早口に訴えかける甲高い声は、妄執にとりつかれているかのようだ。けれども、その妄執が、彼女の心の裡《うち》が、夏月には痛いほどわかった。

「長年……その言葉を心の奥に封じて生きてこられたのですね……」

幽鬼のようだと思ったが、彼女はまさしく夏月のもとを訪れる幽鬼と同じだった。廃妃の女官であったがゆえに官婢に身を落とされ、黒曜禁城のなかにいながら存在しない者として生きながらえてきた。

（主を恨んでもおかしくはないのに、それでもなお廃妃の無実を叫ぶのか……）

もしかして見立てたより彼女は若いのかもしれない。十有余年前──正確には十二年前のことらしいが──の大禍のときには女官としては若く、大したことは知らないと思われたがゆえに、官婢に落とされただけですんだのだろう。

「ここに呼んだのは、この廃妃の元女官が……廃妃の手紙を隠したと言っていたからだ」

「廃妃の手紙……？」

夏月は姉から手に入れた情報を思いだして、はっと目を瞠《みは》った。

「そうだ。この女が廃妃の手紙を……『冤罪《えんざい》の証明は水運儀象台の水車のなかに』隠したと言うのでな。それを薄墨でしたため、誰とわからぬようにひそかに届けさせた。あの女は『廃妃から手紙が届いた』などとひどく怯《おび》えていたとか……いい気味だろう？　おまえの推察どおり、痛い腹を探られると困るゆえ、おとなしくしていたのだ」

椅子の上で反り返りながら言われ、夏月としてはどう受けとめたらいいか迷った。

「飛扇王殿下はなぜそのような……王妃殿下を怯えさせる手紙を届けたと、わたしに打ち明けるのですか？」

第四王子である飛扇王が権力争いで王妃を陥れようと動くのはわかる。しかし、それは自分の派閥だけが知っていればいいことで、夏月を巻きこむ理由にならないはずだ。

「おまえが第五王子の部下だからだ」

これもまたあけすけな答えが返ってきた。ここまでの夏月とのやりとりは、飛扇王にとってすべて想定内だということだろう。態度が変わったのは鏡心だった。いきおい近づいてきた彼女は細い腕にしては異様な力で夏月の腕を摑《つか》んだ。

「王太子殿下の部下でいらっしゃる？　王太子殿下は……第五王子殿下は健やかにお育ちなのでしょうか？　王太子であられたのです……あの方は王妃殿下だけでなく、雨花宮に仕えるみなの宝でございました」

まるで妄執にとりつかれた幽鬼に喰《く》ってかかられているかのようだった。あまりに鬼気迫る様子に思わず後ずさる。意外なことに、飛扇王は使用人の女に「やめよ」と言うだけでなく、立ちあがってきて夏月から引きはがしてくれた。その振る舞いが、まるでわざわざ恩を売ったようにも見えて、夏月は飛扇王のまなざしをまっすぐに見据えた。

「わたしが知っているのは写本府の長官をしている洪緑水という人であって、第五王子ではありません。ですが……わたしが洪長官の部下だからなんだと言うのです」

「あの弟王子は廃妃の子で天原国の文化にも造詣《ぞうけい》が深い。この城のなかではということだが……私も陸王妃のやり方は好かない。扁額《へんがく》を壊そうとしたのも北辰門の水運儀象台を壊されたことも許しがたい。それに、第三王子を王太子の座から引きずり落とすまでは、第五王子とは利害が一致するのだ」

扁額という言葉で夏月ははっと目を瞠った。頭の上で簪《かんざし》がちりんと音を立てるのに、静かにうなずく。

「譚暁刻の書だという噂ですが……飛扇王殿下はあの扁額の疵《きず》を直す所存だということでよろしいでしょうか」

それが夏月にとって重要な問いだと飛扇王が気づいたのかどうか。意外にも当然だと言わんばかりに即答された。

「無論だ。北辰門は黒曜禁城の重要な守りである。その守りを欠けさせたままで放置するわけないだろう。しかし、そのためには……陸一族の権勢を削《そ》ぐ必要がある。あの者たちは天原国が残していった遺産を使えるか使えないかも考えずに壊したがるからな」

ここに至ってようやく洪緑水と飛扇王が目指している先は同じなのだと気づいた。

(飛扇王殿下は……洪長官と同じく、優れたものなら出自を問わず活用したいと考えておられるのか)

天原国が残した遺産が有用なら、あえて壊す必要はない。陸一族の派閥だけが目指す思想が違うなら、確かに洪緑水と飛扇王は手を組む余地がある。

(あの扁額を直していただけるなら……泰山府君としては大丈夫だろうか？)

「それで……廃妃の元女官を紹介することがなぜ、わたしが殿下の無実を証明したことに対する殿下からの褒美になるのでございましょう？」

この王子と話をするのは頭を使うせいか、神経がすり減るようだ。王子は衣服の袖《そで》や裾《すそ》を整えながら椅子に座りなおし、鏡心にお茶を淹《い》れるように指示した。

夏月にも椅子を勧めてきたところを見ると、ありがたいことにお茶を振る舞ってくれるらしい。まるで客人のような扱いを受けてとまどっていたが、疲れていたのでありがたく座らせてもらうことにした。

官衙《かんが》の奥にもかかわらず、風が通る室内は涼しくここちいい。飾り窓といい、絹に絵を描いた衝立《ついたて》といい、風流な部屋だ。飛扇王としても王子の宮よりこちらのほうが過ごしやすいのだろう。先日、王妃と対峙《たいじ》したときと比べると、くつろいで見えた。

「さきほど『冤罪の証明は水運儀象台の水車のなかに』と手紙に書いたと言っただろう。陸王妃の侍女が水車に巻きこまれて死んだということは、陸王妃はなにも手に入れられていないということだ。廃妃が残した手紙は鏡心が隠してある。私が書いた偽物ではなく本当の廃妃の書だ……その隠し場所こそが北辰門の水運儀象台なのだ」

† † †

北側の城壁には北辰門という大門のほかにふたつの門があった。楼閣はなく、分厚い隔壁をくりぬいた隧道《すいどう》を通りぬけ、黒曜禁城のなかに入る門である。飛扇王の手引きで水運儀象台に辿《たど》りつくと、彼は夏月に自分のしたことの全容を語ってくれた。

「鏡心が託されたという手紙を真似たものを王妃殿下に届けたとして……なぜそれを陸

王妃は信じたのでしょう？」

廃妃を恐れていたなら、いままでにも同じ手口で脅されたことがあっただろう。いつも水運儀象台にいた衛兵は入口で見張りをしており、なかに残っているのは記録係の宦官だけだった。彼は彼で飛扇王の命令を受けて機巧《からくり》を操作しており、夏月と飛扇王の話を聞いている余裕はなさそうだった。

「廃妃は王妃であったときに、自分の書状だとわかるように、特別に星の文様を漉《す》かしいれた紙を使って手紙を書いていた。その紙は天原国の技師が作っていたと言われており、彼女が死んで以降、どうやって作っていたかわからないのだとか……その特別な紙を使って手紙を出したからだ」

「透かし入りの紙……」

確かに沈王妃だけが使っていた紙で手紙が届いたなら、時を超えて、廃妃からの手紙が届いたという恐れを抱くのかもしれない。

（わたしなら……時間を超えて届いた手紙を……よろこんで受けとるのに）

世のなかは不公平だと思う。欲しい人間のところには求めるものが来ないで、いらないところには嫌と言うほどやってくる。

「王妃殿下の侍女殺しの被疑者として、遺体があった北辰門の管理者である飛扇王殿下が幽閉されたのはまだ理解できます。でも廃妃の息子である第五王子が……洪長官が王妃殿下に敵対したと疑われたのは、その手紙が理由だったんですね？」

「どうやらそのようだな」

あっさりと認めるその声音は、まだ裏があると雄弁に語っていた。

「飛扇王殿下はどうやってその透かしのついた紙を手に入れられたのですか?」

「おまえの言い種《ぐさ》では、まるで私がはじめから第五王子を陥れるためにその手紙を出したとでも言わんばかりではないか。紙は私が廃妃からいただいたものだった。私としても、その大切な紙を陸王妃に送るのはもったいないとは思いながらも使ったのだ」

その言葉が真実かどうかを知る術《すべ》はいまの夏月にはない。

(もし泰山府君がここにいれば……あの冥界《めいかい》を支配する声で真実を露《あら》わにしてくれたのでしょうか……)

——なにが真実で、誰が黒幕なのか。誰が犯人なのか。

考えれば考えるほど頭が混乱してくるのは、陽界——つまり、人間界の事情と冥界の事情が複雑に絡んでいるからだ。

「そういえば、窮桑門で宦官《かんがん》がまた死んでいたそうで……その件について飛扇王殿下のほうでなにか聞きおよんでおりませんか? うちの長官が禁足中に起きた事件ですので、ことと次第によっては無実の証明ができるのではないかと思うのですが……」

飛扇王と洪緑水が無実なら誰が真犯人なのか。

(扁額が壊れ、地上で起きた北辰門での殺人によって冥府の鬼が逃げだしたのなら、最初の人死にとその鬼は無関係のはずだ。でも、窮桑門の死は……)

――まだわからない。こちらにこそ、泰山府君が知りたい情報があるのかもしれない
と夏月は飛扇王の返事を待った。

「窮桑門の？　ああ、黛貌《たいげい》宦官のことか。どうやってか麻紐《あさひも》に首を絞められ、門扉に吊《つる》しあげられた形で見つかったそうだ。体には事切れたあとに傷つけられたと思われる刃《やいば》の疵があり、窮桑門の門扉は血だらけの酷《ひど》い有様だったそうだ。状況から見て、殺人で間違いないと刑部が捜査していると聞いたが……内侍省は自分たちの管轄だと反発しているらしい」

琥珀国の行政機構は天原国のものを模しており、一般的な殺人事件は刑部に権限がある。しかし、宦官にまつわることは内侍省――宦官を束ねる部署が処理する。外廷で起きた殺人なら内侍省といえども捜査は免れないはずだが、陸一族からなにか横槍《よこやり》が入っているのかもしれない。

――『善も悪もまぜこぜにしたようなあやかしだ』

冥界から逃げた鬼について泰山府君はそのように言っていた。

(あるいは黒曜禁城の権力争いを激化させて、もっとたくさんの血を流すことが鬼の狙いなのだろうか)

そこまで考えて、夏月はぶるりと身を震わせた。以前の事件で、殺された人々の頭蓋《ずがい》骨《こつ》が祖霊廟《それいびょう》の奥に積み重なっていたことが頭をよぎる。

――無念に殺されてしまった女官や官婢《かんぴ》、国王から見向きもされなかった妃《きさき》の白骨に、

その腹に宿っていた赤子の小さな頭蓋骨。祖霊廟の奥にうち捨てられた彼らの死を夏月は簡単に忘れられなかった。しかも、泰山府君の言葉もある。

(もしまた無数の血が流れれば……それは黒曜禁城に封じられている怪異に力を与える)

「その黛貌様という宦官のことを飛扇王殿下はなにかご存じありませんか？　どのような身分の宦官なのでしょう？」

「陸一族出身の宦官だ。ようするに、宮刑にあったとか、やむを得ない事情で宦官になったのではなく、後宮への影響力を強めるために送りこまれたということだ。しかし、かなりの老体で最近は臥《ふ》せっており、引退を申し入れていたのを陸王妃に引き留められていたとか……」

——『冥界から逃げだした鬼は死んだばかりの遺体で借屍還魂《しゃくしかんこん》し、その人物になりすまして城のなかを動き回っている可能性が高い』

泰山府君の言葉が閃《ひらめ》くように頭のなかを巡った。昼でも薄暗い水運儀象台のなかで夏月の表情がこわばったのが見えたのかどうか。

「陸王妃がまた城を封鎖したので、遺体を引きおろすのに苦労していると部下から報告があった。門を開けないと遺体を下ろせないのに、その遺体を内侍省が引きとるか刑部が引きとるかで揉《も》めて、まだそのままなのだとか」

「この殺人が同じ人物の所業なら、幽閉されたままの洪長官は無実だと証明できるのではないでしょうか？」

夏月の問いを飛扇王は鼻で笑った。まるで、殺人の犯人は知っているがゆえに、そんな問いはあさはかだと言わんばかりの態度だった。

「陸王妃が聞けば、第五王子の無実が証明されても、部下にやらせた可能性があるとごねるだろうな……準備ができたようだから、ついてこい。陸王妃付きの侍女・丁尚宮の死亡した場所をまずは見せてやろう」

飛扇王の手に招かれるようにして水運儀象台を出る。入口の衛兵についてくるように命じた王子は、建物をぐるりと回りこむようにして歩きはじめた。隔壁に沿うようにして屋根付きの塀がある。あらためて夏月は北辰門の内側を見回しながら、自分の足下に落ちた影と追いかけっこをするようにして飛扇王のあとにつづいた。

この城のなかでかつて無辜《むこ》の死が無数にあり、また冥界から逃げだした鬼や黒曜禁城の結界に封じられている怪異のことを考えていたせいだろうか。塀際の濃い影に得体のしれないあやかしが潜んでいる気がして、影のなかに足を踏み入れるのに足が震えてしまう。昼の明るさを見ては恐怖を抑えこみ、すたすたと歩いていく王子を追いかける。

城壁沿いにしばらく歩き、水路が剝《む》きだしになっている場所まで来て、飛扇王は立ちどまった。壁際を流れる水路は水を堰《せ》きとめられ、澱《よど》みだけが底のほうに残っている。その澱みからは昨年の夏、街のあちこちで漂っていた死体の腐臭めいた匂いがした。

いままで水が止まっているのを見たことはなかったが、水路は夏月が想像していたよりずっと深い。その下に下りるように手振りで示され、夏月は縁に腰かけ、おそるおそる水路のなかに飛びおりた。

「柵《さく》のところまで案内してやれ」

夏月よりは軽やかに水路に下りてきた衛兵に飛扇王が偉そうな口ぶりで命じる。

「この水路の先は水車と繋《つな》がっている。ただし途中に柵があり、水運儀象台のなかへは簡単に入れないようになっている。その例外が官婢による掃除だ」

けしかけるような目で夏月を見下ろす王子は、貴公子然とした姿を乱さずに言う。

「官婢なら水路の奥に入れる——ここまでは知る者も多いが、官婢が掃除に入る時間は決まっており、水運儀象台の漏刻と連動して柵は自動的に開き、また時間が経てば、自動的に閉まる——その仕組みを知る者は少ない。しかも、陸王妃は天原国が残した機巧を嫌っているからな……機巧が動きだす時刻を知らなかったはず……侍女が水車回りを探しているときに水車が動きだし、巻きこまれたのだろう」

「それはつまり……侍女は廃妃からの偽の手紙が原因で死んだということですか⁉」

水路の縁を握り、夏月が頭上の飛扇王を責め立てたとき、ぎぎぎ……と軋《きし》むような音がかすかに響いた。どうやら水路を閉ざしていた柵が開いたらしい。

「言っておくが……侍女を殺したのは陸王妃の命令だ。廃妃だけでなく、私や第五王子でさえ知っているこの機巧を、現在の王妃が知らなかったからこそ侍女は死んだのだ。妃の身分だったときならいざ知らず、いまの陸王妃なら知っていて当然の知識だからな」

「王妃の無知が部下を殺したと？」

「陸王妃だけの罪ではないだろう？　『君子見過忘罰、故能諫。見賢忘賤、故能譲』だ。おまえがさきほど私に書をなして見せたばかりではないか」

夏月の引用を口にされ、ぐっと反論の言葉をのどの奥に呑《の》みこんだ。

（王妃殿下は上に立つ者としての才覚がなかった。その部下もまた、身分を超えて主《あるじ》を諫めるほどの賢者ではなかった……）

――それが不幸を呼びよせたというだけ。

押し黙った夏月に飛扇王は「行け」と簡潔に告げた。水路は途中から先ほど外を通ったばかりの築地塀《ついじべい》に囲まれており、細長い通路のようになっている。少し先で建物の壁のなかへと水路はつづいていた。杭《くい》の先が壁からわずかに見えているところを見ると、ここが普段、柵で塞《ふさ》がれているところらしい。

そばに付き従っていた衛兵――水運儀象台で何度か会っていた青年から吊《つ》り燈籠《どうろう》と木製の柄に鉤爪《かぎつめ》がついた道具を渡され、簡単に作業のやり方を説明される。彼は何度も官婢を案内してきたのだろう。その説明はよどみがなかった。

不承不承ながら、夏月はまだぬかるみの残る真っ暗な水路の奥へと進んでいった。

建物のなかは真っ暗だった。吊り燈籠がなければ足下を照らす光はなく、壁に手をついて歩くしかない。おそるおそる足を踏みだすとつるりと滑り、よろめいた夏月は壁にぶつかりながらどうにか耐えた。そこでちらちらと、大きな影の向こうに揺らめく明かりに気づいた。

「聞こえるか、写本府の女官。もう水車が見えているだろう」

夏月がよろめきながら歩いているうちに飛扇王は水運儀象台のなかへ戻っていたようだ。明かりの先から声をかけられ、狭い壁に反響する。夏月は足下を照らしたあと、さきほど説明されたとおりに手探りで壁に引っかかりをとらえ、慎重に吊り燈籠の鉤をかけた。鏡心から聞かされた話はこうだった。

──『水路の汚泥を桶《おけ》にかきあつめ、定期的に掃除をするのが官婢の役目なのです。冬になれば、水が氷になり、手は悴《かじか》み、足がしもやけになる辛《つら》い作業でした。王妃殿下はこの仕事をする官婢をも気遣い、冬場は焚《た》き火で暖をとるように命じてくださっていたものです。王妃殿下は水運儀象台と漏刻、この水路のことをよくご存じでいらっしゃいました。それで、万が一のことがあったときには、手紙をここに隠すように事前に私にお命じになったのです……』

ひそやかに語る鏡心の声は、ともすれば部屋のなかに霧散して消えそうだった。そのかすかな言葉を脳裡《のうり》でよみがえらせ、夏月は自由になった両手で鉤爪の柄を握り、手を先に伸ばしながら巨大な影に近づく。夏月の背丈の二倍はゆうに超す大きな水車だ。

(これが水を高所に汲《く》みあげる水車か……もし、漏刻と連動しているという機巧が、いま、この間近で動きだしたら……)

逃げだしたい衝動を必死に堪《こら》え、鉤爪の先を水車の下に伸ばす。

──『暗いので、それと知っていて見ないとわかりにくいのですが、水車の回り口は、汚泥で埋まらないように、初めから窪《くぼ》みがあるのです。その窪みにぴったり合うように匣《はこ》を作り、なかに……手紙と王妃殿下の舌を隠しました』

いまにも正気を失い、夏月にまた喰《く》ってかかりそうな目をして、鏡心は告げた。

――『私は偶然にも見てしまったのです。陸妃が王妃殿下の舌を切ってやったと哄笑《こうしょう》しながら池に捨てるところを……私は王妃殿下に命じられていた万が一の刻《とき》が来たのだと悟り、陸妃が去ったあとで必死になって池のなかからそれを探し、誰かに見つかる前に水車の下に隠しました。私は以前にも殿下の命令で水路に来ていたので宮婢たちはよろこんで役目を代わってくれたのです』

教えられた場所の泥をかきわけ、指先で探ると、確かに水車下の凹《へこ》みだけは日干し煉瓦《れんが》造りの水路とは違う手触りがした。

（これは木の感触だ……）

水車際で鉤爪の柄を摑《つか》んだ夏月は、まだ水が残る凹みに刃先を沈めた。その刃先を小刻みに動かしていると、途中でかすかな引っかかりをとらえる。ちりんと簪《かんざし》が音を立てなかったら、見過ごしていたかもしれないほどのわずかな引っかかりだ。しかし、匣はよほどぴたりとこの窪みに嵌《は》まっているらしい。刃先が引っかかったものの、途中で外れてしまい、夏月は何度もぬかるみのなかに転んだ。全身が泥まみれになったところで、ふと子どものころの泥遊びを思いだした。濡れた細かい汚泥はよく滑る。匣と日干し煉瓦のわずかな隙間の滑りをよくするように、一番細かく滑りやすい泥を選んで鉤爪の先に塗り、匣を壊さないように、匣の下に、左側と右側とに、少しずつ泥を滑りこませたのが功を奏したらしい。ようやく匣が動きだしたときには、それだけでくずおれそうになるほど安堵《あんど》した。

匣を少しずつずらし、どうにか引きあげる。夏月は肩で荒い息をしていた。匣を持って後ろに下がろうとしたとたん、いままで静止していた水車がゆっくりと回転をはじめたのはどういうことだろう。

(まさか飛扇王がわたしを殺そうとして……)

ぎくりと身がこわばり、一瞬、動けなくなった。その間に大きな車輪の端が夏月の袖《そで》を絡めていた。水車が回るのに巻きこまれた夏月は匣を抱いたまま派手に転んでしまった。ぬかるみで滑り、そのまま水車の下へ引きこまれそうになる。ちりん、と簪が鳴るのは、困ったときにはあの神を呼べと言うことだろうか。あるいは、単に冷静になれということだろうか。転んだときに鉤手を手放さなかったのはさいわいだった。袖の先に鋭い刃を刺し、布を引き裂く。ずりずりと泥に尻《しり》をついたまま後退しているうちに水車はまたゆっくりと止まった。

水車の端に引っかかっていた布が歯車に巻きこまれてずたずたになっていくのが、かすかに見え、心臓の鼓動が耳元で聞こえているかと思うほどどうるさかった。

「おい、大きな音がしたが……大丈夫か？　歯車が動いているが……返事をしろ！」

飛扇王が叫ぶ声にはっと我に返る。夏月は泥まみれのまま、どうにか立ちあがった。

「あ、ああ……はい。生きてます。匣は見つけました……これから水路を戻ります」

　まだ鼓動はうるさく騒ぎ、答える声はかすれていた。水車も歯車も壊れているが完全に止まっているわけではないらしい。

（あるいは、侍女は水車のそばにいただけで巻きこまれたのかもしれない……）

　飛扇王の応《こた》えを待つより先に戻ろうとして、吊り灯籠の明かりに気づいた。匣と柄のついた道具を抱え、両手が塞がっている。道具の先で吊り灯籠の鉤を引っかけ、ぬかるみですっかり濡《ぬ》れた裙子《くんし》を引きずりながら歩く。

　水路の出口まで来て、柵が閉まっていなかったことに安堵した。正直に言えば、夏月は飛扇王をどこまで信じていいのかわからなかった。ここで殺される可能性も頭の片隅にあった。それでもなお夏月が水路に入ったのは、これが泰山府君の探し物と関係があるという確信があったからだった。

（それに……あの物言わぬ幽鬼の言いたいことにも……）

　沓《くつ》はもちろんのこと、下履きも女官服も泥だらけだ。張りついた泥が乾いてくると体全体が重たくなり、次第に足が上がらなくなっていた。柵の外に出たものの、水路の段差を這《は》いあがる余力が残っていない。そこに、

「水をかけてこの女官を引きあげてやれ」

　飛扇王の無情な声が降ってきた。ばしゃりと頭からかけられた水は清潔な水だったのだろうが、疲れきった体には厳しかったようだ。綺麗《きれい》になったと思うより先に夏月の意

識は途切れてしまった。

† † †

夢うつつを彷徨《さまよ》いながらも、ぼんやりとそのやりとりは聞こえていた。

「その匣の中身は見たのか？」

偉そうでいて響きのいい声は冥界《めいかい》の常闇に浮かびあがるたった一点の白を思わせる。

鵲《かささぎ》の黒い羽のなかにあるからこそ、白はより眩《まぶ》しく、幽鬼たちを惹《ひ》きつける。

（冥府《めいふ》の王……星冠霜衣を纏《まと》う泰山府君の……声……）

夏月はまるでもう一度、自分が冥府の闇に落ちた気がして、その白に手を伸ばした。

そのつもりだった。なのに、体は土のなかに埋められたように動かなくて、意識はいまにも澱《よど》みに沈んでいきそうで——ただ声を聞くことしかできなかった。

「見た……だが、私には読めなかった。それで写本府まで持ってきたのだ。先日の清明節で写本府が天原国の文献を読み解いたことは知っている……桑弘羊、あれはおまえが解読したのではないのか」

「いえ、私ではありません。そこの……夏女官が解読したのでございます」

もうひとりそばにいるらしい。名指しされた桑弘羊は誰かに聞かれることを恐れたのだろう。声を低くして答えていた。

「この娘は代書屋をしており、古い文献の解読を得意にしている。もし、解読の費用をおまえが払うというならよろこんで請けおうだろう……目を覚ませば、だが」

「代書屋？　この娘は写本府の女官のはずだが……実家が代書屋ということか」

（ああ、また泰山府君は王族を相手に不遜《ふそん》な物言いをして……これだから神様というのは世間知らずで困る……）

飛扇王の声音に怒りが滲《にじ》んでいるのを感じて、夏月ははらはらとした。それでいて、灰塵庵の赤字を泰山府君が気にかけてくれていたのかと驚く自分がいた。

（この神はいつも、厳しいことを言うように見せかけて、わたしのやりたいことを後押ししてくれる）

なぜだろう。そんなことをして泰山府君になんの得があるのだろうと疑問に思う一方で、その存在を感じると心があたたかくなる。

「いいだろう……写本府に置くより市井にあるほうが陸王妃の目が届かないかもしれない。念のために、こちらでも写しをひとつ作らせてあるが、匣のなかの原本をあずける。その娘が解読できれば、十分な報酬を払うと飛扇王の名に誓う。ただし、もし手紙をなくしたり誰かに奪われたりしたときには……陛下に奏上してでも写本府を潰《つぶ》してやるからな」

脅すような王子の言葉に泰山府君がなんと答えたのか。その言葉を聞くより早く夏月の意識は闇に呑《の》みこまれてしまった。

懐かしい面影が闇のなかによぎり、鬼灯《ほおずき》の明かりが夏月のことを呼んでいる気がした。
――あれは冥府の王？　それとも……。

「……――師兄……」

――遠く遠くから歩いてきた。いくつもの丘を越え、川を越える間に、夏月は藍思影《しえい》の娘になるのだと言い聞かされ、それより以前のことは忘れた。忘れたつもりだった。けれども、言葉に出せなくなった代わりに、昔の記憶は褪《あ》せるどころか、むしろ夜を越えるたびに夢のなかに現れては鮮やかになり、夏月を苛《さいな》んでいた。話したい。でも、話してはいけない。運京では夏月の記憶を聞いてくれる人もいない。

その鬱憤《うっぷん》を晴らすように文字を書いていたはずなのに、冥府に落ちて死後裁判を受けてから、なおさら昔の記憶がまた一段と鮮やかによみがえるようになった。ふとした拍子に堪《こら》えきれずにあふれだし、止めどない涙となって頰を伝う。

夢のなかに残っていた影を追いかけるように手を伸ばしたとたん、うつつに意識が戻ってきた。頰から流れる涙はまだ熱い。潤んだ瞳《ひとみ》に映るのは、しかし昔の記憶ではなく、見慣れた寝台の天蓋《てんがい》と自分の部屋の天井だった。板の木目を縦と横で並べ、格子状に組んだ造りは地味ながら手がこんでおり、毎日見ている天井を見間違えるはずがなかった。

（灰塵庵のある……藍家の別宅に帰ってきている……？）

状況がつかめずにとまどっていると、まだ残照があるのだろう。視線の端に映る窓の外は仄明《ほのあか》るかった。飾り窓から落ちる影を見て、袖で涙を拭《ぬぐ》ううちに、どうやら自分が衣服を着替えて牀《しょう》――寝台の上で寝ていることに気づいた。

(もしかして……いままでのことは全部夢だったのだろうか？　いやまさか……)

水車の機巧に巻きこまれたときの恐怖を思いだし、頭を抱えたところで、自分の長い髪がさらりと指に纏わりつく。はっと顔色を変えて指先で髪を探れば、結いあげた髪が解かれ、綺麗に洗われているのを認識した。

「か、簪《かんざし》が……泰山府君にいただいた簪がない！」

慌てた夏月は、まだ目が覚めきっていないまま起きあがろうとして、よろけた。くらりと目が回り、天地がわからずに寝台から転げ落ちた夏月を、力強い手が支える。

「いったいおまえはいくつになったら急に立ちあがっては危険だということを学ぶのだ。人間というのは学習しないのか？　死相が出ていると助言しても聞かず、手伝いをさせれば倒れて帰ってくる……やはり代書屋はこの泰山府君の部下になるには力不足であったか」

夏月の腰を抱えながら怒濤《どとう》のように嫌みを言ってきたのは泰山府君だった。泰山府君の名前を呼んだから現れたのではなく、扉から入ってきたようだ。両開きの扉はまだわずかに揺れていた。

(簪がないから、冥府に帰ったのかと思ったら……)

よく見れば、傍らの小几《しょうぎ》の上に竹を編んだ小物入れがあり、夏月がいつも身につけていた簪や姉からもらった佩玉《はいぎょく》が巾《きん》の上に並べてあった。泥汚れはついていないから、誰かが手入れをしてくれたのだろう。

ほっとしたのと同時に、自分は泰山府君がいなくなることを怖れていたと気づいてしまった。体に触れる神の手がやけに熱く、どこかしら気まずい。

「……わたしは代書屋であって力仕事をするのには向いていないのです」

大丈夫だという身振りをして泰山府君の手から逃れ、夏月はあえて背を向けて言い訳をした。こういうときに、神の類《たぐ》い稀《まれ》な美貌《びぼう》を目にするというのは、心臓に悪い。

夏月が寝間着用の単衣《ひとえ》姿だと気づいたのだろう。泰山府君は自分の上着を夏月の肩にかけ、牀の上に座らせた。ふわりと雅《みやび》な香りが上着から漂う。

「それで城のなかの次第はいかがであった」

響きのいい声が部屋のなかに満ち、まるで冥界の法廷で審問されたときの心地になる。

冥府の王、死後裁判を行う神――泰山府君の術だ。この声をわざわざ聞かなくても夏月は真実を話しただろうに。どうやら以前にも話したように、神というのは、自分の力を加減することこそ苦手らしい。

「申し訳ありません、また城で人が死んだという西の大門には辿《たど》りつけませんでした。しかし、飛扇王殿下は解放され、廃妃に関しては収穫がありました……――」

夏月は城に向かったあと、自分の身の上に起きたことを泰山府君に語った。神の術のせいだけではないのだろう。夏月は泰山府君に話したいことがたくさんあった。飛扇王と話していたときに泰山府君がいてくれたら、と思ったことはさすがに口にすることはできなかったが。

自分が見てきたことや西の大門で死んだ宦官《かんがん》は冥界から逃げた鬼が借屍還魂したのかもしれないという推測を話すうちに、神仙の持つ力が欲しいというより、いつものように茶飲み友だちとして話を聞いてほしかったのだと気づかされてしまった。聞き上手の神の相槌《あいづち》で興が乗り、話が長くなったらしい。途中で泰山府君は人を呼び、夏月が起きたことを家人に告げた。老婆がお茶と菓子器を持ってきてくれる。一気に話をして渇いたのどにお茶を流しおわるころ、今度は可不可が顔を出した。

「お嬢！　目を覚ましたなら早く言ってくださいよ。こんなにしょっちゅうお倒れになって……いったい城でどんな女官仕事をなさってるんですか。そちらのお客様が城の門前まで迎えに出てくださったんですよ」

ああ、なるほどと自室で寝ていた理由がようやく腑《ふ》に落ちた。

馬車に乗せられて南側まで連れて戻られたとしても、飛扇王は夏月の正体を知らない。洪長官が幽閉されているのだから、写本府の誰も夏月の棲《す》み家を知らないはずだ。唯一実家を知っているのは後宮にいる眉子だが、写本府にほかの女官はいないし、後宮は封鎖されている。飛扇王の部下が桑弘羊の顔を知っていたのだから、彼が門前に呼びだされて、夏月の家を聞かれるなどしたのだろう。

（そこをこの神が引きとってきてくれたというわけか……）

泥だらけの格好に水をかけられたし、水車に巻きこまれた袖《そで》を鉤爪《かぎつめ》で引きちぎっていた。いったいどんな状態で引きわたされたのか聞くのも怖ろしいが、家まで帰ってきたのだから灰塵庵付きの老婆が面倒を見てくれたのだろう。きっとそうだ。そうだと思いたい。

「可不可、藍家は廃太子寄りの中立派で、中立派はこれを機に陸一族の力を削《そ》ぎたいという話だったわね？　直接、お父様と話をしたときに王妃殿下の動きについてなにかおっしゃってなかった？　どんなささいなことでもいいの。よく思いだしてちょうだい」

飛扇王の話からすると、王妃はずいぶんと廃妃に神経を尖《とが》らせているようだ。

（お父様が廃太子寄りの中立派だったとしても、わたしがここまで深く王子たちの宮廷闘争とかかわっていると知ったら……）

——城勤めを辞めろと言うかもしれない。

（わたしが泰廟《たいびょう》でうっかり転んで死んだのを、嫌がっていた結婚をさせられるより自死するほうがましだと考えた……そうお父様が誤解してるにしたって、お姉様が王妃殿下と対立する原因を作るような真似をしたら、最悪、一族郎党に累が及ぶかも……）

おずおずと尋ねた夏月に、可不可はわざとらしいため息を吐いた。これは小言が来る前触れだと夏月が身構えたところで、

「旦那《だんな》様は今回の件で奔走しておりましたが、王妃殿下の悋気《りんき》というのはそれはもう凄《すさ》まじい勢いだそうで、中立派は特に目の敵にされているようです。しかし、朱大人にし

ても旦那様にしても、長年、外廷の権力闘争を生き抜いてきたお人たちですからね。陸尚書令に尻尾《しっぽ》を摑《つか》ませないようにうまく立ち回っておられるようです。もちろん紫賢妃殿下におかれましても、王妃殿下に目をつけられないようにうまくやっているとのこと……あの方はもともと、そういうのがお得意でございますし、いまのところ、どちらも問題はないとのことです。いまのところはですが」

「そ、そう……よかった」

　思ってたよりは可不可の小言は少なくて、夏月はほっと安堵《あんど》した。しかし、その態度が逆に危険だと思われたのだろう。

「いいですか。お嬢のしていることが危ういのは変わりありませんからね。お嬢が紫水宮を訪れたことを耳にした旦那様はそれはもう倒れそうなほどお怒りになり、俺がお嬢の代わりに杖刑《じょうけい》に処されるかと思ったくらいだったのですから。本家に戻るようには命令まではされませんでしたが、こんなことがつづけば時間の問題ですよ？」

「うう……わかっている。わかっていますってば……それにしても、可不可。お父様は本当に廃太子派でいらしたの？　どうにもわたしがよく知るお父様の方針とは思えないんだけど……」

　夏月は父親の顔を思い浮かべて、首をひねる。藍思影が陸一族に属していないのは、夏月も想像がついた。陸王妃のような苛烈《かれつ》なやり方を父親が嫌っているのはなんとなく理解できる。藍思影はどちらかと言えば正道を好む性格である。その一方で、相手が自分にとっての正道を示してくれると決めるまではのらりくらりと、どっちつかずの態度でかわす妖怪《ようかい》めいたところがあった。

（お父様なら、飛扇王殿下と第五王子殿下と、どちらが王太子にふさわしい資質を持っているかをはっきりと確かめてから派閥を決めそうなのに……）

――あるいは、夏月が思うよりずっと父親は洪緑水と親しくて、彼の資質を買っているのだろうか。

（お父様は洪長官の正体を知っていて、わたしに写本府の女官勤めを許してくれたのでしょうか……）

「それとも、お父様は思っている以上に、陸一族と陸王妃殿下がお嫌いなのかしら？」

夏月がぽろりと口にした言葉に、可不可が満面の笑みを浮かべる。

「お嬢、運京ではそういう言葉は空気を読んで発しないものですよ」

それはもうほとんど肯定ではないだろうか。運京育ちではない夏月には、この古い城市に棲む者たちの二面性めいた物言いが、どうも身に馴染《なじ》まない。表面では琥珀国に恭順するように見せかけながら、昨夏の干ばつのように、ひとたび問題が起きれば、天原国の呪いではないかと噂する、婉曲《えんきょく》的なやりとりを率直に指摘したくなってしまう。

「言っておきますが、城勤めの間はくれぐれも藍家の人間だと悟られないようにしてくださいね。書に目が眩《くら》んで足下を見られたり……したんですね？　まさか金をとらずに額を書いたりしていないでしょうね？」

可不可の説教にぎくりと身をすくめたのを見咎《みとが》められ、夏月は引きつった笑みを浮かべるしかなかった。

「いや、そんな……ちょっと対聯《ついれん》を書いたくらいで……だって譚暁刻の書を見せてくれるって言うから！」

「対聯をただ働きで書いたんですか？　言っておきますが……先日、お嬢はまた宣紙を頼んだでしょう。あの高価なくせに注文する人がほとんどいない紙を！　おかげでまた灰塵庵の収支は酷《ひど》い赤字なんですよ⁉」

「う……でもその……正式な女官になって俸禄《ほうろく》も上げてもらったし……」

ここで、書いた対聯が北辰門のような大門に飾る大作だったと知られたら、可不可は写本府まで代金の取りたてに行きそうな勢いだ。

「ああ、もう……本当にお嬢は商売が下手なんですから。書を馬鹿にされると、かっとなる性格も気をつけていただかないと……旦那様も本当に心配なさってましたよ。万が一、王妃殿下に目をつけられることがあれば、首に縄をつけてでも実家に連れもどすとの言伝《ことづて》をあずかってきています。それから、今月の灰塵庵の収入の見通しですが……」

延々とつづく説教を聞かされている夏月のそばで、泰山府君は椅子に座り、優雅に茶を飲んでいた。

「代書屋、おまえもひとまず茶でも飲んで落ち着いたらどうだ」

説教されるうちに夏月の目が覚めてきたのだろう。泰山府君から助け船を出されたところで、はっと重要なことを思いだした。

「そういえば……匣《はこ》！　匣の中身を見ないまま意識を失ってしまったんだわ！」

「匣？　お嬢と一緒にそちらの客人が持ってきた匣なら、灰塵庵に置いてありますよ」

「ここにあるの⁉」

いきおい立ちあがった夏月は、自分が神の上着を羽織っただけの単衣姿で、髪も結っていないことを思いだした。こほんと咳払《せきばら》いをして、主人としての威厳を取り繕う。

「だからその……仮眠もとったし、今宵《こよい》は店を開けるわ。これから着替えて行くから、可不可は先に店の準備をしていてちょうだい」

「お嬢はもう……忠告したそばからそれですか……わかりましたよ。しかし、どうしても夜に店を開けるのなら、まずは夕食ですよ。夕食を食べないなら店は開かせませんからね」

ともすれば、書に耽《ふけ》って飲食を忘れる夏月を、可不可はことあるごとに諫《いさ》めてくれる。おかげで、目的もなく生きる屍《しかばね》のようだったときでも、夏月は生きながらえてきたのだ。

夏月に釘《くぎ》を刺した管家の青年が出ていくと、開いた扉から外の風が吹きこんできた。どうやら話しているうちに日が暮れたらしい。初夏であっても小山の陰は涼しく、風に長くあたっていると体に触る。夏月はいい香りがする上着をぎゅっと握りしめたあとで、名残惜しそうに神に返した。

「泰山府君も匣の中身をご覧になるでしょう？　でも、可不可があのとおりですから、主房に先に行っていていただけますか」

単衣を見られたことがいまさら恥ずかしくなり、夏月は体格のいい神の体を部屋から無理やり押しだした。

「あの匣は、おまえを城門まで迎えに行ったときに会った男が、写本府に持ちこもうとしていたのを仕事として引き受けておいたのだ。扇の文様がついた服を着た男だ。それが言うには、なかに入っている手紙とやらはなにやら複雑な文字で、簡単に読めなかったのだとか」

「複雑な……文字……」

夢うつつのなかで聞いていたやりとりは、やはり現実の話だったのか。飛扇王が気を失った夏月を馬車に乗せて、南側まで連れてきたところで、桑弘羊を呼びだしたのだろう。おそらく、南側の軍営部にも飛扇王配下の手勢がいるか、人目につかない店でやりとりをしたはずだ。

（あの王子殿下は王妃殿下に足下を見られるような隙は見せないだろう……）

そこだけは飛扇王の抜け目のなさを信頼できた。

（あの鏡心とかいう……廃妃の元女官から、飛扇王殿下はどれだけの情報を得ていたのだろうか？）

泰山府君を追いだして扉を閉めた夏月は手早く着替えると、髪を梳《と》かした。最後に泰山府君からもらった簪《かんざし》を挿すと、ちりんと涼やかな音を響かせる。いつのまにか、この音が聞こえることに慣れてしまっていた。

（ううん、茶飲み友だちとして話を聞いてもらうことが目的なんじゃない……わたしが生きていくために冥府《めいふ》の王の手伝いをしているだけなんだから）

自分自身に言い聞かせるようにして、夏月はいつもの仕事着を纏《まと》った。萌葱《もえぎ》に朱を襲《かさ》ね、交領の上衣に赤い裙子《くんし》の紕帯《そえおび》を締める。襟と同じに萌葱色の帯を締め、姉からもらった佩玉を挿した。最後に袖《そで》に花柄のついた黄みがかった丹東石《たんとうせき》色の上着を羽織る。

代書屋としての身なりを整えると、気持ちが仕事用に切り替わり、背筋がぴんと伸びる。

「まずは廃妃の残したという手紙をあらためないと……もちろん、夕食を食べてから！」

夏月はいまさらながら、自分の体がひどく空腹を訴えていることに気づいて、竈《かまど》から立ちのぼる粥《かゆ》の香りを頼りに、主房へと歩いていったのだった。

第四章

廃妃の魂曰く、真実の示すところ

〈一〉

その夜、泰廟《たいびょう》をいただく小山の麓《ふもと》、城市のなかにありながら人の気配のない山陰に、久しぶりに代書屋『灰塵庵《かいじんあん》』が店を開いていた。

――『万事、代書うけたまわります』

力強くも個性的な手蹟《しゅせき》でそう書かれた看板に、鬼灯《ほおずき》の朱《あか》い実がふたつほど飾ってある。鬼の字が入った名で呼ばれるその実は、ここが幽鬼の代書を請けおうという目印でもあった。霞《かすみ》がかかった空は薄暗く、城で起きた不吉な出来事を映すように、どこか陰鬱《いんうつ》な気配を漂わせていた。

店の入口は鬼灯だけでなく燈籠《とうろう》に火を入れてあり、人間の客が来ることもある。しかし、運京《うんけい》のあちこちで囁《ささや》かれる怪しげな噂のせいだろうか。鬼市が立ち、幽鬼が現れるなどと悪評がある『灰塵庵』の近くを通る者はなく、ただときおり風に竹林の葉が揺れる音だけが響いていた。

文机《ふづくえ》の上に手燭《てしょく》を置き、夏月《かげつ》は小上がりの上に置かれた黒い匣《はこ》を見下ろした。そばには泰山府君《たいざんふくん》と可不可《かふか》がおり、客がいないというのに、狭い店のなかは満員御礼を出したいほど手狭に感じる。

あえていうなら、その物言わぬ匣こそが今宵《こよい》の客だった。

泥を洗い落とされた匣は、もとから焼いて防腐処理が施されていたのだろう。泥にまみれていなくても黒かった。美しい木目からは、一目で上質な木材を使っているとわかる。多少の疵《きず》はあるが、壊れてはいない。墨色を磨けば、玉杢《たまもく》が綺麗《きれい》に映えるはずだ。飛扇王《ひせんおう》が開けたと言うから、封をしていた紐《ひも》は千切れてしまったのだろう。夏月が見つけたときについていた組紐《くみひも》はなかった。

なかを開くと巾包《きんづつ》みがあり、一枚、また一枚とそっと開いていくうちに、木の小匣と砕けた油紙、それから宛名のない封紙が見えてきた。おそらく、手紙は油紙に包んであったのだろう。油紙は普通の紙より経年で劣化しやすいから、先に開いた飛扇王の手で砕けたに違いなかった。

まずはすべての中身を広げた。木の小匣の中には、干涸《ひか》らびた小さな木片のようなものが入っていた。廃妃の元女官・鏡心《きょうしん》の話が本当ならば、これは廃妃の舌なのだろう。

そして、肝心の封紙に入っていたのは綺麗に折りたたまれた大きな紙で、長辺は三尺（九十㎝ほど）はあろうか。文机の上で丁寧に折り目を広げてみれば、複雑な模様がしたためてあるのが仄明《ほのあ》かりの下に見えた。どきりと心臓が大きく一打ちする。

「これは……天原国《てんげんこく》の古文書……？　ううん、なにか違うような……」

ぱっと見には、まず装飾的に文字の大小が違う部分に目が行く。市井の代書屋なら、読めない文字があるだけで解読の依頼を断るはずだ。

廃妃は天原国に造詣《ぞうけい》が深いとは聞いていたが、古い書体を知るほどとは思わなかった。よくよく見れば、天原国の古文にまじって琥珀国《こはくこく》で使われている今様の書体がまじっているとわかるが、書きくずしてあるせいだろう。大きな紙一面に、廟に飾られる霊符の呪《しゅ》めいた字句文様が広がって見えた。夏月ののどがごくりと生唾《なまつば》を嚥下《えんか》する。

「可不可、燈籠をそこに吊《つる》して、もう少し部屋を明るくしてちょうだい」

手燭の火が移らないよう、慎重に折りたたまれた紙を明かりに透かすと、確かに星の形があちこちに入っている。

「なるほど……これが沈無齢《ちんむれい》様が使っていたという透かし入りの紙……手紙だと言われてそうなのだと思いこんでいたけど、これは……」

机の上に置いてあった書物を下ろし、夏月は広げた紙の上に文鎮を置いた。

「――暗号ね」

読む者の目を欺くように、様々な趣向が凝らされているのがわかる。

（まるで読み解こうとする者への挑戦のような……）

頭のなかに色々な文字が浮かんでは消え、また浮かんではまじりあい、夏月の好奇心と合わさって思考を巡らせる。古い文字は不思議だ。漢字のはじまりは鳥の足跡や骨だという。それでいていまとなっては、絵のようでいて絵ではない。装飾模様のようでいて、模様以上に形と意味が決まっており、時間をかけて読み解けば、書いた人の意図が閃《ひらめ》く瞬間がある。夏月の指先がその意図を触って感じとるがごとく、紙の上を滑る。

「美しい透かし入りの紙に書きこみをするのは気が引けるし、竹簡に書き写すのは無理そうだし……」

ぶつぶつと独り言を口にしながら、夏月は手を伸ばした。棚にしまってある大きな額に使う紙をとり、別の床几《しょうぎ》の上に置く。

「お嬢、その紙は高価な……」

夏月のやろうとしていることを察したのだろう。非難する可不可の台詞《せりふ》を、夏月は反射的に遮った。

「話しかけないで！　お願いだから少し集中させて！」

宣紙とは違う意味で、断裁されていないまま流通している紙もまた高価だ。写しに使うのを可不可が止めようとするのもわかる。でも、夏月にはこの廃妃の残した書が強く訴える声を無視できなかった。

ちりんと簪が涼やかな音を立てる。その音に導かれるように、夏月の意識が研ぎすまされた。少女の、まだ幼さが残る指先が筆を操り、草書——つまり崩し字ではなく、隷書という、琥珀国で一般的に使われる読みやすい文字に書きなおされていくさまは、まるで目の前で謎の儀式が行われているかのようだった。

とりつかれたようにすばやい動きで文字を書き写し、最後の一画を撥《は》ねあげる。そこでようやく、夏月は詰めていた息を吐きだした。

魄問於魂曰　二人欠一鷹飛誰為天日合一　**魂曰以無有為體**
道何以為體　**視之無形聽之無聲謂之幽冥**
君背月無袖振手忘誰知古鎮　曉京昇刻祝言兄眠朝序遊予　烙亦骼也灯亦汀変蹄失足音
魂曰凡得道者　**夫無意原万物之天命**
名不可語何道　我躰本隠弓蒼穹高玉杢非工三叉鷹失　**子宝玉也**

「書き写しの間違いはなさそうね……」

筆の先を直して筆かけに下げた夏月は、原本と写しとを慎重に見比べた。

「謡の長さは書かれていないから、文章か詩だと思うけど……あるいは小説とか？」

節をつけた詩吟や謡は時代や地方によって形式や呼び名が異なる。神に捧《ささ》げる『詞』や神話を語る『辞』、そして市井で流行《はや》る『賦』というのは、ただの書体の違いだけでなく、すべて違う文学だ。もちろん、口にした際に節がない文章形式も国や時代によって数多《あまた》にある。小説とはとるに足らない俗説のことで、神仙を扱った空想譚《たん》は小説の類《たぐい》と言える。

（神様を目の前にして言うのもなんだけど……）

夏月がちらりと泰山府君の顔を見た意図を悟られたのだろうか。

「代書屋は、すぐに読み解けない文章を見たら小説の類と思えと、師にそう習ったのか？　よく全体の文章を読み返し、韻の位置、文字の数を数え、形式に想いを巡らせてみよと教わらなかったのか？」

泰山府君の問いは皮肉めいていたが、呆《あき》れていると言うよりは導くような落ち着いた声だった。夏月はこの感覚をよく知っている。

（師兄から、よく怒られながら書を読まされたな……）

まずは最後まで視線で文字の形を追い、文章の意味から一文の文字数を確認する。ただ、それだけのことがこんなにも夏月の心を躍らせる。

——ああ、わたしはずっと忘れていた……。

子どものころ、初めて文字を教わったばかりの夏月は、蒼頡《そうけつ》の伝説のごとく、文字を識《し》るたびに自分の心の裡《うち》に稲妻が光り、雷鳴が轟《とどろ》くような驚きと感動にあふれ、もっともっと——ただ、識らない文字を覚えることが楽しくて楽しくて仕方なかった。

孟婆湯《もうばとう》を飲んだと思い、運京に来たときに忘れたはずの記憶がまたよみがえり、心が揺れる。子どものころの夏月が憑依《ひょうい》したかのように、ぶるりと体が震えた。

「お嬢、大丈夫ですか？　寒いのでしたら外套《がいとう》をお持ちしましょうか？」

「え？　あ……ううん、違うの。あまりにもこの詩を詠んだ人の心に……ううん、魂にね……心を揺さぶられたものだから、読み解くのが楽しくてつい……」

身震いせずにいられなかった。不意に泰山府君の手が肩に触れた。他人の手の感触、そのぬくもりのおかげで乱れた心が次第に整っていく。

「魄《はく》は魂に問いて曰《いわ》く……」

ぱっと目についた文章を読みあげると、問答歌という、交互に話す形式に則《のっと》ってなにかを訊《たず》ねたと思われたのだろうか。答える声があった。

「魂魄《こんぱく》が離れては生きていけぬ。人の魂には形がないが、魄――肉体もまた魂を失っては朽ちるか、殭屍《キョンシー》と成り果てるしかない……魂魄こそは離れてこの世に存在できるだろうか」

泰山府君の言葉はいつも唐突だったが、夏月の頭の片隅で、神の言葉は無視しないほうがいいと訴える声があった。

（殭屍だなんて……魂――つまり精神と魄――肉体と……どちらも持っていないと生者とは言えない）

この神の言葉はいつも言葉どおりでは終わらない。目の前の暗号と関係があるようでいて、まったく違う謎を問いかけているようでもあった。

（わたしに死相が出るのは魂――幽鬼の相手ばかりするせいで、魂と魄の均衡が崩れ、生があやうくなりかけているという警告でしょうか）

魂魄は離れては生きていけない。だから死したのち、魄を離れた魂は泰山に集まり、やがて冥界《めいかい》へと向かい死後裁判を受ける。殭屍が魄しかないあやかしなら、幽鬼は魂しか持たない存在だ。冥界の理《ことわり》を超えて灰塵庵にやってくる幽鬼は生者ではないがゆえに誰からも怖れられ、恨み辛《つら》みを聞いてくれる者はいない。

この手紙からは、しかし、そんな恨み辛みを超えた、普遍の魂とも言うべき気高さを感じる。それがまた夏月の心を揺さぶり、逆に暗号だけを解こうという理性を乱している原因でもあった。

（いったい廃妃という人は……洪《こう》長官の母君とは、どのような人だったのだろう？　もし廃妃が、魂魄のように失っては生きていけないものがあるとしたら……それはなに？）

氷泉宮《ひせんぐう》で沈黙していた洪緑水《りょくすい》の姿を思うと、ふぅっと黙して語らない幽鬼の姿が重なるようにして目蓋《まぶた》の裏によみがえる。

（あの白い袍《ほう》の幽鬼は……この手紙になにを託したのか）

いくつもの推測が浮かんでは消え、また浮かんでは消える。夏月の頭のなかは様々な文字と憶測でいっぱいになった。

（――これはすぐ終わる仕事じゃない）

こめかみを押さえた夏月は、

「可不可、わたしは朝までにこの手紙を解読するから、おまえは先に休んでなさい」

主《あるじ》らしい口調で夏月の手元をのぞきこんでいる青年に命じた。その命令は受け入れられないとばかりに、ばん、と机を強く叩《たた》かれる。

「お嬢……また徹夜するおつもりですか。倒れて帰宅したばかりなのに、そこまでして女官勤めをする必要があるんですか？　それに、その手紙の解読は危険なものに見えます。そこまでして、なぜひとりで生きる道を選ぶんですか！」

可不可にしてはいつになく激しい口調で夏月に怒っていた。商売っ気がなく、知識はあっても世俗に疎い夏月がどうにか代書屋をつづけてこられたのは、可不可が管家としてこの別宅と灰塵庵を仕切ってくれているからだ。

お金が稼げなければ、夏月は本家に帰るしかない。だから代書屋が赤字だと言っては注意をしてくれ、寝食を忘れては無理やり食べさせられて寝房に追いたてられ、女官勤めに関しても、できるかぎりの協力をしてくれていた。

（可不可の助言はいつも正しい……それでも）

夏月は竹簡をもうひとつ、文机《ふづくえ》の上に置き、筆の先を整えた。

「確かにおまえの言うとおりなのでしょう……この暗号を解読し、飛扇王に渡せば、王妃殿下に不都合な真実があきらかになるのかもしれない——それでも、いや、だからこそ、わたしはこの暗号を解読しなければならないの……それがうちの上司を救う手立てになるだろうし、権力者の顔色をうかがって、一度引き受けた仕事をほうりだすなんてしたくないから」

夏月の直感でしかなかったが、王妃と比べれば、飛扇王は取引相手としては、十分、信頼できる。洪緑水が第五王子なのかどうかは、この際、関係ない。北辰門《ほくしんもん》の扁額《へんがく》を守るためにも写本府での女官勤めを守るためにも、この暗号を解く必要があった。

「おやすみなさい、可不可。心配してくれているのはわかってる。でもいま、この暗号を解くことは……現在の権力者に背くことになっても、大局を見れば、正しいことの予感がするのです。それに、わたしの……代書屋『灰塵庵』の矜恃《きょうじ》としても譲れない。おまえにはまた迷惑をかけるかもしれないけど……」

洪長官を助けるのは、泰山府君の手伝いのためだけじゃない。

「……わたしがやりたいから、この暗号を解く」

夏月は自分の心の――魂の声を無視できない。

ちりん、とまた簪《かんざし》の音が響くなか、胡服《こふく》姿の青年は一礼して身を翻し、灰塵庵を出ていった。泰山府君とふたりきりで店に残された態《てい》だが、神の存在は気にならない。

泰山府君は夏月が書きつけに使っては、違うとばかりに斜線を引く竹簡を端に避《よ》け、やはり興味深そうに暗号を眺めている。ときには部屋の隅に置かれた水筒から、茶杯に冷えたお茶を注ぎ、夏月にも差しだしてきたが、それ以外は、あまり言葉を発せず、それでいて、夏月が問いかけたときには答えてくれた。

冥府《めいふ》の神が店にいたせいだろうか。薄暗い夜にもかかわらず、この日、幽鬼は灰塵庵を訪れなかった。いつか見た冥府の法廷のように店の隅に竹簡を重ね、書きこみすぎて真っ黒になった写しの代わりに新たな写しを作るころには、空が白みはじめていた。

〈二〉

翌朝、黒曜禁城《こくようきんじょう》の南側、大門の炎帝門《えんていもん》はまだ封鎖されていた。ざわざわと人が集まっているなかでも、見知った顔というのはどうして見つけやすいのだろう。夏月は衛兵に追い払われる役人たちから少し離れた場所に、桑弘羊《そうこうよう》の姿を確認して近づいた。

「今日もまだ城の外廷は封鎖されているのですね」

写本府の同僚は夏月の顔をちらりと見て、さすがにもうあきらめたと言わんばかりに状況を説明してくれる。

「どうやら王妃殿下——というより陸尚書令《りくしょうしょれい》の後押しだな。刑部が折れて内侍省が遺体を引きとるって噂だ。今日中に窮桑門《きゅうそうもん》を開いて検分し、遺体もあらためるとか……特に新たな問題が起きなければ明日《あした》は封鎖を解かれるだろう」

「今日中に窮桑門を開く……」

ちりん、と簪が音を立てたのは、わかっているなという神の警告だろうか。夏月自身、勘が働いていた。先日の北辰門から出てきた怪異のことを思いだして、窮桑門を開けば、また黒曜禁城の結界が揺らぐのではないかという嫌な予感がした。そこに衛兵が現れ、剣を立てて揖礼《ゆうれい》する。

「夏女官ですね。お迎えにあがりました」

声をかけてきたのは、北辰門で何度か会っていた水運儀象台詰めの衛兵だ。おそらく、夏月の顔を知っているからと使いに出されたのだろう。意外なことに、桑弘羊から背を押され、「行ってこい」と励ましまじりの台詞《せりふ》をかけられた。目を瞠《みは》って振り向けば、夏月を追いだそうとしていた自覚があるからだろう。ふいっと目を逸《そ》らされる。

「格物致知――過去に書として残されたものは時間を超え、場所が変わっても、その内容が現在に使われることで魑魅魍魎《ちみもうりょう》をも黙らせるんだろう？　写本府の代表として、おまえが飛扇王殿下にそのことを示してみろ」

『格物致知』とは夏月が写本府に掲げさせた格言で、物事の道理を追究し、知識もまた極めるという意味がある。過去に書物として残された知識は、現代で実践されることで、また普遍の価値を放つ。閑職だからとやる気のない写本府を活気づかせ、書物を作るという仕事の尊さに気づいてほしい。そんな願いをこめて書いたものだったが、こんな場面で持ちだされるとは思わなかった。

夏月が好き勝手したことに怒り、杖刑《じょうけい》に処すべきだとまで主張した桑弘羊なのに、夏月の言葉をきちんと聞いてくれていたのだ。写本府の代表などと言われ、思いがけず、胸が熱くなった夏月は首肯する代わりに揖礼して応《こた》えた。

（もちろん、飛扇王殿下にも王妃殿下にも知らしめてみせる。十有余年ものときを超えてよみがえる廃妃――沈無齢様の声なき訴えを……）

可不可から荷物を受けとった夏月は、衛兵の案内について、城門前から去っていった。

その姿を遠くから、澱《よど》んだ目で眺める者がいたとしても、その視線に気がつくことはなかった。

† † †

「それで廃妃の手紙は解読できたのか？　解読文を早く見せろ！」

運京の北側——北辰門の前に建ち並ぶ軍営部の奥へと連れていかれた夏月は、飛扇王と対面したとたん、揖礼をするまもなく問いつめられた。朝議を行う大広間ではなく、雅《みやび》さが漂う私室のほうだ。衛兵はおらず、鏡心という廃妃の元女官が隅に控えているだけだった。幽鬼のようだった彼女の顔は、夏月のもたらす手紙の内容が廃妃の無実を明かせると期待しているらしい。泣きだす一歩手前の表情に歪《ゆが》んでいた。

これだから、生きている客から依頼された仕事は困る。相手の感情に引きずられて夏月の心も強く揺さぶられ、いますぐ結論を言いたくなってしまう。しかし、夏月には先に確認することがあった。ぐっとのどの奥に気持ちを留《とど》める。

荷物を胸に抱えたまま、夏月はあえて形式ばった礼をし、つとめて冷静に、ゆっくりと言葉を発した。代書屋に手紙を頼みにきた客が、言いたいことが先走りすぎるあまり、本当に頼みたい手紙の内容をうまく整理できないとき、客の代わりに言葉を整理するのが代書屋の務めだ。

（相手の感情に呑《の》まれてはいけない……）

そう教わってきた。

「黒曜禁城に出仕するときに、あの大きな黒い匣《はこ》を持って人混みを歩いては目立つと思い、中身ごとわたしの家に置いてきました。あの原本を返す前に……そして、手紙の中身を説明する前に、飛扇王殿下にお願いしたい儀がございます」

「なん……だと？」

「先日、飛扇王殿下は廃妃の証《あかし》である透かしが入った紙を使い、わざと王妃殿下に誤解させるよう、水車のなかに沈無齢様の冤罪《えんざい》の証拠が残っているかのような手紙を出したとおっしゃいましたね？　おそらく、王妃殿下は――陸王妃殿下は……まるで時を超えて、沈無齢様から手紙が届いたように感じられたことでしょう。しかし、その手紙が原因で洪長官が幽閉されたのだとすれば、うちの上司はそもそも冤罪をこうむっているのではないでしょうか」

夏月が言葉を重ねるうちに飛扇王の形相が変わった。壁にいくつも飾ってあった武具のなかから直刀の剣をとり、柄《つか》を握りしめる。

「たかが女官ふぜいが私を脅そうというのか!?　その口をいますぐ塞《ふさ》いでもいいのだぞ」

よく研いだ刃《やいば》が、飛扇王の殺気を受けて、ぎらりと光る。しかし、剣をつきつけられてもなお夏月は後ずさりせずに、飛扇王へとまっすぐにまなざしを向けた。

「わたしを殺したら、廃妃が残した暗号を解ける者はいなくなりますが、よろしいのですか？　大変失礼ながら、飛扇王殿下はこの手紙を読めなかった……つまり、廃妃が残した手紙を読む資格がないということです」

「私に……手紙を読む資格がないだと？」

「そのとおりです。廃妃はあえて天原国の古い書体で文字を書いた。それはつまり、天原国の古文書を読み解ける者に遺志を託したということです。飛扇王殿下は、うちの上司と同じく天原国の知識を求めておられる。あの見事な水運儀象台と漏刻の機巧《からくり》を直したいとお考えなのでしょう？　そのためには第五王子と写本府の知識が必要なのではありませんか？」

　そこまで口にすると、のど元近くにつきつけられていた刃がぴくりと動いた。まるで猛獣が獲物を威嚇するような、うなり声まじりの答えが返る。

「私と取引しようというのか……」

「取引だなんてとんでもございません。一介の女官の首など塵芥《ちりあくた》に等しく、吹けば飛ぶと存じております。ですが、廃妃の手紙――この遺言が、宛先を指定しているというのなら、廃妃の子である第五王子には、この手紙の中身を知る権利があるのではないでしょうか。先日、飛扇王殿下は『君子見過忘罰、故能諫。見賢忘賤、故能譲』――この言葉を受け入れてくださった。どうか、いま一度、矮小《わいしょう》な身からの諫言《かんげん》であっても耳を傾けていただけないでしょうか」

「よく舌が回る女官だな……だが、おまえの言うことには一理ある」

飛扇王は苛立《いらだ》ちを収めたのだろう。長衣の裾《すそ》を撥《は》ねあげながら身を翻し、剣を壁の剣かけに戻した。夏月は声を一段低くして、まるでここから先に言う台詞こそ本音なのだと言わんばかりに飛扇王に訴えた。

「それに、飛扇王殿下の無実が証明されたときに、北辰門と後宮へ入る門の出入記録と死んだ丁尚宮《ていしょうぐう》の検屍《けんし》結果が確認されたのでしょう？　もし、飛扇王殿下のおっしゃるとおり、陸王妃殿下が北辰門の機巧を知らずに丁尚宮を水車の掃除に向かわせたのだとすれば、丁尚宮は水路の掃除のために柵《さく》が開く時間までは生きており、自ら水車のなかに入った——それが検屍結果に表れていれば、その時刻より前に北辰門と後宮に入る門を通過した洪長官の無実もまた証明できるはずです。わたしが思いますに、王妃殿下側の主張はちょっとした言葉の詐術なのです」

「詐術とはどういうことだ？」

飛扇王は聞き捨てならないとばかりに、険を強めた声音を返してくる。

「地震があった夜、洪長官は北辰門が閉じる前に城門のなかに入っておりました。その出入記録には『写本府長官・洪緑水』と残っています。第五王子が北辰門を訪れたという記録はないのです。もしかすると、後宮の門を通るときも写本府長官の令牌《れいはい》を使った可能性があります。『写本府長官・洪緑水』と第五王子——このふたりが同一人物だと知っている人間なら記録をつきあわせればわかるはずです。北辰門で三更の終わりの鐘が鳴らなかったことは何人もの衛兵、何人もの宦官《かんがん》が知っています。その時刻に丁尚宮が死んだのなら、彼女が生きている間に黒曜禁城という匣のなかの匣――その内側に入りこんだ洪長官は、その外にいる丁尚宮を殺害することができません。その場にいなかった現場不在証明――犯罪をしていない証明が成立するはず……！」

夏月の言葉がその場を圧倒したことを褒めたたえるかのように、簪《かんざし》が、ちりーん、と涼しげな音を響かせた。目を瞠る飛扇王の表情こそが、一介の女官ごときに説きふせられたと雄弁に語っていた。

「おまえの名は夏女官だったか」

「……左様でございます」

ほんのわずか、躊躇《ちゅうちょ》したことを気づかれただろうか。夏月には飛扇王の心が読めなかったが、彼の目の色が変わったのはわかった。

「覚えておこう……取引は成立だ」

飛扇王が鏡心に命じて人を呼ぼうとしたのに気づいて、夏月は「待って！」と彼女を呼びとめた。

「もう一言だけ諫言をお許しください。国王陛下への上奏には陸尚書令が目を光らせております。この話を通すためには、国王陛下に直接、謁見できる身分の方に――それも中立的な立場の人を介して行う必要があります。陸王妃がそれほどまでに廃妃を怖れているのであれば、その子である洪長官も同じだけ怖れているのかもしれません」

――あるいは飛扇王殿下よりも、という台詞《せりふ》を夏月はあえて口にしなかった。

「……では、私が行くしかあるまい」

飛扇王はため息を吐くと、鏡心にいくつか命令して、上着に手をかけた。国王に謁見するために着替えるのだと気づき、夏月は慌てて衝立《ついたて》で貴人の姿を隠した。しばらくして侍従らしき青年が衣服や冠を持ってきて、衝立の向こうで衣擦《きぬず》れの音が響く。軍部を率いているから火急の事態に慣れているのだろう。着替えを終えた飛扇王は「馬の用意はできているか」と侍従に確認しながら、すばやく部屋を出ていった。

人の気配も衣擦れの音もなくなったとたん、張りつめていた緊張の糸がふつりと切れた。夏月は適当な椅子に腰かけて、ふう、と深いため息を吐く。

「窮桑門が開くまでに……辿《たど》りつけるでしょうか……」

気持ちを落ち着かせるように簪に指先で触れ、祈るように呟《つぶや》いた。ことあるごとに勝手に音を響かせるくせに、夏月が問いかけたときにかぎって簪からの返事はない。まるでそこまで甘やかす義理はないと、ぴしゃりと扇で夏月の頭をはたく泰山府君の姿が見えるかのようだった。

（わたしは……あの神がそばにいてくれることに慣れすぎたのかもしれない……）

ひとりで待つ時間はこんなにも長いのだと、苦い味を嚙《か》みしめる。夏月はこの味を知っていた。誰かを待って待って待って……わずかな音がすれば外をのぞき、そして、自分の期待を裏切られては絶望する。そのくりかえししかない虚《むな》しさを――。

しばらくして、鏡心がお茶を運んできたが、口をつける気になれなかった。蓋付《ふたつ》きのお茶など、女官相手に破格の待遇だと思ったが、茶飲み友だちのいないお茶はほろ苦い。荷物を手に抱えたまま、ぼんやり部屋を眺めていると、夏月が茶を飲まないのは飛扇王を信じていないからだと思ったのだろう。

「私が先に口をつけましょうか……？」

鏡心がか細い声で尋ねてくる。

「あ、いいえ。ごめんなさい……毒を疑っていたわけじゃなくて……」

夏月は荷物を傍らに置き、茶托《ちゃたく》ごと手にとると蓋から零《こぼ》れる雫《しずく》に気をつけながら、作法どおりに蓋をとって、茶に口をつけた。

「あなたは……廃妃は舌を切られ、弁明することが許されなかったと……あの黒い匣のなかの小さな匣に入っているのは廃妃の舌だと言っていたけど……本当なの？」

「もちろん本当です！　私が見つけだしたときはまだやわらかく、血が滴っておりました!!　あんな……あんな惨《むご》いことを……あの女は高笑いしながら、さも楽しそうに話して……！」

夏月の腕を摑《つか》む女はまた正気を失いそうな気配を見せる。しかし、夏月は腕の痛みを面に表さないで、またお茶を一口飲んだ。

「そうね……舌を切られるなんて筆舌に尽くしがたい激痛だったでしょう。そしてそれ以上に、愛する息子と別れたまま、言葉を奪われたこともまた、沈無齢様にとって、なににも代えられぬほどの無念だったことでしょう」

物言わぬまま、空が白むまで灰塵庵に立ち尽くしていた幽鬼の姿が脳裡《のうり》をよぎる。美しい容貌《ようぼう》はいまだに色褪《いろあ》せず、気高さを漂わせながらも、白い麻の袍《ほう》を纏《まと》う姿には死してもなお忘れることができない悲しみが纏わりついていた。

——過去を語ることもできない。思い出話をする相手もいない。

ただただ、屋敷の奥で、寂れた草庵《そうあん》にひきこもり、自分のなかに残っていた言葉——思い出以外の知識を書としてなすくらいしか、夏月にできることはなかった。うかつに他人と話して、自分の出自を知られることは怖かった。どんなふうに生きてきたのかと聞かれれば、幼い夏月はうまく嘘が吐けなかっただろう。だから、人との関わりを避けるしかなかった。

姉が根気よく人との接し方を教えてくれなかったら、夏月はいまでも人間相手の代書屋をすることはできなかったはずだ。代書屋のやりとり自体は身に染みついていたが、藍《らん》家の娘だと知りながら近づいてくる相手はただの客とは違う。おまえは藍思影《しえい》の婚外子なのだろうと問われたら、なんと答えればいいのか。

——『夏月、そういうときはね、質問に答える代わりに「お仕事の依頼でなければ、お帰りください」と言うのよ？』

——『商売のときには相手を立ててあげなさい。仕事をもらうということは、上から目線で受けていては立ちゆかないときがあるから。でも、貴方《あなた》自身に近づいてくる人間は客ではないの。そういう輩《やから》は、藍家の名前に集《たか》ってくる虫と同じです。虫が自分に向かってきたら追い払うでしょう？　だから、いつも毅然《きぜん》としていなさい』

いまは紫賢妃《しけんひ》として後宮に住まう姉は、運京での暮らし方を教えてくれた、夏月にとって大切な人だ。けれども、運京に馴染《なじ》んだあとも、心の奥底では孟婆湯《もうばとう》を飲んで忘れたはずの思い出が胸に迫り、その想いを吐きだしたくて吐きだしたくて仕方がないときがあった。

（だからこそわかる。言葉を奪われた沈無齢様の気持ちが……どれほど自分の言いたいことを届けてほしくて灰塵庵に現れていたのかが……）

その無念を夏月は捨て置くことができない。だからこそ知りたい。

「廃妃とは……沈無齢様はいったいどのようなお方だったのでしょう？」

夏月が水を向ければ、鏡心は表情を明るく一変させて話しだした。

手の動き、視線の向け方ひとつとってもいかに美しく優雅な貴人だったか、詩を詠むように言葉を話す博識家であったか。王太子時代からの妃《きさき》が何人もいたあとに王妃として後宮に入ったにもかかわらず、国王の心を摑み、よき相談相手となっていたこと。だからこそ、妃のなかでも悋気《りんき》が強かった陸妃から疎まれていたが、王妃として後宮を仕切る上では陸妃を公正に扱い、その人品には誰もが一目置いていたこと——王妃を褒めたたえる言葉を、まるでいまも廃妃がこの世にいるかのように鏡心は語ってくれた。

「王妃殿下は……女性には稀《まれ》なことですが、沈一族の誰かに言われて動くというのではなく、いつも自分なりのお考えで物事を判断なさってました。あれは好き、これは嫌い。

でも王妃だから、嫌いであっても人前では一線を保つ――その基準をご自分のなかにお持ちでした」

「自分のなかの……清浄恬愉《せいじょうてんゆ》は人の性なり。儀表規矩《ぎひょうきく》は事の制なり――沈無齢様のなかにはご自分なりの儀表規矩――物差しが存在しておられたのですね……」

なるほど、といままで見えなかったなにかが急に腑《ふ》に落ちた。洪緑水と話していてもわからなかったこと。ただの閑職の長にしてはおかしいと、ずっと違和を感じさせていたもの。飛扇王が、自分の産みの親ではないはずの沈無齢を気にかけ、天原国の遺産を壊す陸王妃と相反する理由。

(それは沈無齢様が黒曜禁城に……琥珀国に残した遺産なのですね……)

幽鬼が訪れたことにはじまり、十有余年もの時を超えて沈無齢の残した手紙に触れ、いままたその生きてきた痕跡《こんせき》を聞いて初めて、その実像が夏月の心のなかで結びついた。

(もし、泰山府君が言うように、この城の主《あるじ》となった者は黒曜禁城の封印を守るという責務を負うとするなら……彼女はおそらく……)

時空を超えて、舌を切られた瞬間の廃妃の痛みが襲ってきた錯覚に陥り、夏月は爪が食いこむほど固く拳《こぶし》を握りしめた。

「夏女官⁉ 大丈夫ですか……具合が悪いのでしたら、長椅子でお休みになってはいかがでしょうか。それともなにかお召しあがりになりますか？」

夏月はよほど顔を歪《ゆが》めていたのだろう。鏡心が背をさすりながら心配そうに顔をのぞきこんでいた。

「大丈夫……大丈夫よ……ただ幻を見ただけなの……そうね。飛扇王殿下はいつ帰ってくるかわからないし、食事をいただけると助かるわ。食べられるときに食べておかないと。必要なときに動けなくなると困るから」

城に蔓延《はびこ》る悪鬼は生きた人間なのか、冥府《めいふ》から逃げた鬼なのか、あるいはこの城が封じているという古《いにしえ》の怪異なのか。

（わたしには見極めがつかない。それは神の領域の話だ……わたしにできることは現世での問題をできるだけ正し、正しきれない不可思議を泰山府君に報告することだけ……）

† † †

「写本府の長官を解放するのは無理だった……」

偉そうな飛扇王がうなだれる姿を見て、夏月は仕方ないと肩を落とした。王族の権力争いに対して、無謀なお願いをしたのはわかっている。だから、ここで意気消沈した姿を飛扇王の前で晒《さら》してはだめだと、毅然と顔を上げる。真っ先に考えたのは、

（泰山府君になんて言い訳をしましょう……）

という心配だった。冥府の王からまた冥籍をやろうかというひどく迂遠《うえん》な嫌みを言われたらどうかわそうか、こめかみを押さえる。洪長官の伝《つて》が使えないなら、謎解きをし

ても、そのあと手詰まりになる。夏月は洪長官の部下である前に泰山府君の部下でもある。泰山府君の手伝いを最優先にしなければ、そもそも現世を謳歌《おうか》することができないのに、一介の女官にできることにはかぎりがある。

(王妃殿下の権力と災禍がもたらす被害を比べてみろと言われても、どちらも怖いに決まってるでしょうに！　あの神は本当に陽界の世間を知らないんだから、もう……どうにか後宮に入る手立てを考えて……ううん、先にしなくてはいけないのは後宮ではなくて……)

頭を抱えた夏月が心のなかで算段の仕切り直しをしているところに、

「お茶をお持ちしました」

という鏡心の弾んだ声がした。あまりにもうれしそうな様子を見て、あれ？　と首をかしげる。しかも、卓子の上に置かれた蓋《ふた》付き茶は三つ。女官の夏月を客扱いしてくれるとしても、もうひとつは飛扇王の分で、ひとつあまる。使用人の鏡心が自分用のお茶として薫り高い上質のお茶を蓋付きの茶杯に入れてくるわけがないし、奇妙だと考えを巡らせていると、まるで悪戯《いたずら》が成功したときの子どものような顔をして、飛扇王がにやりと笑った。

「入っていいぞ」

すっと部屋の両扉を開けて入ってきたのは洪緑水だった。結った髪には金の冠を挿し、青碧《せいへき》と水色を襲《かさ》ねた涼しげな交領襦裙《じゅくん》を纏っている。腰帯には鮮やかな翡翠《ひすい》の佩玉《はいぎょく》を下げ、誰がどう見ても閑職の長官という出で立《い》ちではない。

「代わりに、後宮に幽閉されていた弟王子を連れてきた」

どうやら夏月が第五王子の部下ではなく、写本府長官の部下だと言った意趣返しのつもりらしい。あきらかにしてやったりという顔をされて、怒りより先に呆《あき》れてしまった。

そしてなにより、ふたりの貴公子が華やかな花鳥を描いた衝立《ついたて》の前に立つ光景に目を奪われていた。近くに並んでいると面差しに似通ったところがあるのがよくわかる。すっと伸びた鼻梁《びりょう》や目元が、ふとした瞬間に同じ血を引いていると思わせる。

（思えば、媚州王《びしゅうおう》も……こんな目元をしていた……）

つまり、三人の共通点は母親からではなく父親――国王陛下の顔立ちから来ているのだろう。

「夏女官……苦労をかけたな。飛扇王と私の無実をおまえが父上に上奏してくれたと聞いた。王妃殿下に見つかれば、どんな罰を受けるかわからないというのに……ありがとう。感謝している」

貴公子姿の洪緑水が手に手を重ねた礼をして頭を下げる。慌てたのは夏月のほうだった。

「ちょっ……やめてください」

「そうです、殿下！　王子殿下が臣下に頭を下げるなんてしてはなりません。ましてや、女官に頭を下げるなどあってはならぬことです！」

夏月以上に強い口調を発したのは鏡心だった。第五王子が子どものころから知っていると言っていた彼女にしてみれば、身分が上であっても、子どもを躾《しつ》けるような感覚が残っていたのだろう。頭を下げつつも強く訴えている。しかし、洪緑水は鏡心の肩に触れ、微笑む顔を小さく振った。

「夏女官がしてくれたことは、身分の上下や男女の別に関係なく、人として尊敬するに値する。だからこそ、上に立つ者として感謝の意を示さなければ気がすまないのだよ、鏡心……おまえにも苦労をかけたな」

いたわりの言葉をかけられた鏡心はほろほろと涙を流した。初めて会ったときの、幽鬼のように存在感のなかった彼女がまるで別人のようだ。泣いて笑って、「ありがとうございます、殿下」とはっきりとした答えを返し、また泣いている。

その姿は生者しか持たない熱にあふれていた。生きているからこそ感じる熱に、ひとき目を細めたあとで、夏月は冥府の常闇に浮かびあがる王の姿を心に思い描いた。

（あの神もたまには生者のこの熱を感じたくて、それで地上へと遊びにいでくるのだろうか……）

冥界《めいかい》は亡者が叫ぶ呻《うめ》き声や嘆き、恨み辛《つら》みがあちこちで聞こえていた。巨大な門に守られた泰山府の御殿は、その恨み辛みこそ聞こえなかったが、代わりに、鳥の声もしなければ生き物の蠢《うごめ》きもない。ただ、死が持つ厳かな静謐《せいひつ》さだけが漂っていた。

酒楼で飲み食いする泰山府君は、法廷で死者を相手に判決を下す冥府の王とは別人のようだ。人間くさく、ときにはおいしい料理に舌鼓を打ち、微笑んでいる。

（だからわたしは……勘違いしてしまうのだろうか……あの神がまるで親しい友だちみたいだと……）

自分はただ生きるための取引として泰山府君の手伝いをしているのだと、しょっちゅう自分自身に言い聞かせていないと、蟻の身に過ぎないことを忘れてしまう。

「……殿下。感動の再会はともかく、火急の用がありますゆえ、説明をさせていただいてよろしいでしょうか」

夏月は場の空気を読まずに、きっぱりと告げた。

「なにを急《せ》いている？　まだ日が高いぞ。帰りの時間を心配しているなら、弟王子に馬車で家まで送らせるから問題ない」

飛扇王は洪緑水の肩を無理やり抱いて、あきらかに本人の承諾を得ていないことを言う。

（もしかして、年が近い飛扇王殿下と洪長官は思っていたより仲がいいのだろうか？）

王子ふたりが肩を組んだところは夏月にとっても目の保養だった。しかし、洪緑水は眉根《まゆね》を寄せて、兄王子の手を無理やり払っている。もともとは洪長官が王太子だったのだから、目の前で繰り広げられているこの兄弟の関係性をどう受けとめるべきだろうかと夏月は首をかしげた。夏月のとまどいを打ち消すように、洪緑水は飛扇王に乱された襟を正し、軽く咳払《せきばら》いをする。

「夏女官、飛扇王の言うことはひとまず無視してよい。私が許す。火急の用とは穏やかではないが……君がそういう物言いをするときには、口にできなくても必ずなにか理由がある……そうだな？」

王子らしい服装をしているからだろうか。同じ人物のはずなのに、写本府にいたときより言葉が重く耳に響く。夏月はその重さを受けとめ、「はい」と力強く首肯した。おそらく祖霊廟《それいびょう》のときの一件を考慮してくれたらしい。理由は言えないが、急ぎだと察してくれたのは助かる。

「すべてを説明している時間があるかわかりませんから手短に言います。窮桑門が開かれ、黛貌《たいげい》様とおぼしき宦官《かんがん》の遺体を下ろされる前に、この手紙の説明を……暗号の解読をさせていただき、沈無齢様が残した遺産を手に入れたいのでございます」

「暗号だと？」

「母上が残した遺産とはどういうことだ？」

声が重なるようにして疑問を呈した兄弟は一瞬互いに顔を合わせたあとで、また一歩足を踏みだして夏月に迫った。背の高い王子ふたりに近づかれ、思わず後ずさりしてしまったのは、整った顔面の破壊力のせいなのか、迫力に圧倒されたのか、夏月自身、判別がつかない。助けを求めるように鏡心に視線を向ければ、久しぶりに第五王子の元気な姿を見て、ただただ感動しているようだ。きらきらと目を輝かせていた。

「その、まずは……写しを広い机の上に広げて話をさせてください。それと、書きつけに使える竹簡か紙をお願いします。墨と筆は……使わせてもらっていいですよね？」

先日、この官衙《かんが》を訪れたときには勝手に使用したが、今日は飛扇王の顔を見て断りだけは入れる。夏月が部屋の隅にあった書記用の長几《ちょうぎ》を引きずって動かしはじめると、

「私がやろう」と洪緑水が軽々と持っていってしまった。

「殿下、そんな雑用は私がいたします！」

また鏡心が悲鳴じみた声をあげると、「それならおまえは墨を摩《す》って用意してくれ」と夏月のやろうとしていることを察して指示まで出してくれた。

――『格物致知』

書物の形で託された知識は、その本を読んだ後世の人に伝わり、心を動かし、その人が知識を実践してこそ初めてひとつ上の境地に至る。

いま、夏月が伝えたかったことを洪緑水が自ら進んで動いてくれたように。

（まさか桑弘羊だけでなく、洪長官まで……声に出さなくても、わたしの言葉が届いていることが……）

――こんなにも胸が熱い。

これがこの世に生きている人間の熱だというなら、やはり、一度、冥界に落ちる前の夏月は死人《しびと》も同然だった。生者だけが持つこの熱を、泰山府君に見せてやりたい。

（そうしたら、あの神も少しはわたしが生者らしくなったと認めてくれるだろうか……）

ひとり、なにもせずに立っているのも退屈らしく、ぶつぶつと文句を言いながらも、

飛扇王も手伝ってくれた。

軍議を開く官衙だからだろう。地図を載せるための長几は大きく、ふたつ並べると、巾《きん》を開いて折りたたんであった紙を広げてもまだ余裕があった。持ってきたのは、夏月の書きこみがびっしりと書かれた写しではなく、綺麗《きれい》に清書しなおしたものだ。

魄問於魂曰　『二人欠一鷹飛誰為天日合一』　**魂曰以無有為體**
道何以為體　**視之無形聴之無聲謂之幽冥**
『君背月無袖振手忘誰知古鎮』『曉京昇刻祝言兄眠朝序遊予』『烙亦骼也灯亦汀変跡失足音』
魂曰凡得道者　**夫無意原万物之天命**
名不可語何道　『我躰本隠弓蒼穹高玉杢非工三叉鷹失』　**子宝玉也**

「飛扇王殿下、わたしに預ける前に書いたという写しも隣に並べていただけませんか？」

準備が整ったのを見て、夏月は棚の上にあった筆かけから中ぐらいの筆を選んだ。指先で滑らかな感触としなりを確認すると、先がよく尖《とが》り、書き手の腕次第で細い字から中ぐらいの太さまで自在にかけそうな上質な筆だった。氷泉宮にあった枝を模した筆かけと違い、竹細工の直線的な筆かけは、水墨画に似た、寂れた美が漂う。ある意味、軍を率いる王子の道具にふさわしい。

「では、この手紙の謎解きをはじめましょう」

夏月は鏡心が摩ってくれた墨を使い、書きつけ用の目の粗い紙に、

――『魄問於魂曰』

とすらすらと墨書した。

「書き出しはこうですね」

夏月の書を手にとり、洪緑水が低い声で呟《つぶや》く。

「魂魄賦《こんぱくふ》か……」

「はい、そのとおりです。これは魂魄賦――つまり、『魂《こころ》』と『魄《からだ》』を擬人化して、自分と相手に見立てた問答歌の一種です。『魄問於魂曰』のつづきは下の『二人欠一』ではなく、『道何以為體』で、『魄は魂に訊《たず》ねて言った。「どのような形だと言えば、道というものが定義できるだろうか」』という一文になっています。これは書の形になっていますが、本来は節をつけてふたりが交互に謡うものです。そして、返答に当たるのは、『魂曰』『以無有為體』『視之無形』『聽之無聲』『謂之幽冥』という部分に飛びます。『魂は答えて言った。「形はありません。（道を）定義しようとしても形はありませんし、それを聞こうとしても声もありません。これを幽冥と言います」』とこちらもまた二行にまたがっています」

もし、問答の内容が恋文であれば、魂魄が別れることに哀切を感じていると言わんばかりの、書き手の気品を感じる雅《みやび》な意趣の手紙と言えるだろう。

（でも、これは恋文ではない……）

「魂魄賦というのは話者と聞き手の問答より、その内容のほうが主題です」

夏月は机の周りを移動し、隣に並べた、もうひとつの写しの近くに立った。

「こちらは飛扇王殿下が部下に書きとらせたという、原本に近い写しです。水運儀象台の記録係の文字ですね……先の大禍で宮刑を受けた上に舌を切られたということですから、彼は沈一族の派閥にいて、沈無齢様の手蹟《しゅせき》や手紙の書き癖を知っていたのでしょう」

誰が書いたのかを夏月が見抜くと、飛扇王は驚いたらしい。ぱっと顔を上げ、夏月の顔を見た。

「よくわかったな……北辰門の記録を一度写しただけで、書き手の文字の癖を覚えているのか」

「……夏女官は書のことになると、ことさら目端が利くのだ。むしろ、利きすぎるのが厄介なほどに」

天原国の祭詞を解読し、媚州王に目をつけられた件を言っているのだろう。夏月は聞かなかった素振りをして説明をつづけた。

「ともかく、ふたつの写しをよく見比べてください。いくつかの文字は天原国の古めかしい書体で書いてあります。逆に、魂魄という文字は古くからあるはずですが、今様の文字です。文字をやや天原国の書体に見せかけてますが、王妃の手蹟をよく知る者なら読み解けるのではないでしょうか」

墨をつけていない筆でいくつかの文字を指しながら、夏月は洪緑水に目を向ける。

「母上の手蹟だけなら、母上の書いた公式文書や手紙を読めば、解読できるかもしれない……しかし、それだけではすべての文字を解読できない……」

「第五王子殿下には、ご明察くださり、恐悦至極にございます」

王族用の礼として深く頭を下げると、洪緑水は気まずそうに「そういうのは止めろ」と拗《す》ねた声で呟いて、先をつづけろという身振りをした。

「つまり、この手紙を読み解くには廃妃の手蹟に通じてるだけでは駄目。天原国の書に通じてるだけでも駄目――ここに魂魄賦で書かれた意味があるのでしょう。魄だけでは人間として生きられない。魂だけでも生者とは言えない。魂魄が揃って初めて、現世の人間として人生を謳歌《おうか》できる……」

幽鬼と関わる夏月にはわかる。幽鬼たちは魄を持たない魂だ。夏月を襲ってくるときには、この首に手をかけられるくせに、生きた人間ではない。

――『魂魄が離れては生きていけぬ』

唐突に泰山府君がこの手紙を初めて見たときに発した台詞《せりふ》を思いだした。冥府《めいふ》の王が口にするにしては思わせぶりな言葉だった。

（あるいは、魂の還《かえ》る場所に棲《す》まうあの神にも、離れたら生きていけないほど大切な存在がいるのだろうか……）

謎解きをするさなかだというのに、魂という文字を前にすると、妙に泰山府君のことを考えてしまう。その感傷的な思考を振りきるように、夏月は洪緑水に向きなおった。

「おそらく沈無齢様は遺産を受けとる相手を限定するためにこの手法をとられたのです。この暗号の形式には、自分の手蹟を知っていて、天原国の知識を得ているほど天原国を敵視していない者にこの遺産を届けてほしいという願いがこめられているのでしょう」

「天原国を敵視していない者……」

茫然《ぼうぜん》と呟いたのは鏡心だった。誰もがここにいない後宮の権力者の姿を心に思い描いていた。

「陸一族に渡してはいけない遺産だと、わたしは解釈しました」

夏月は自分の写しの近くに戻り、すっと筆に墨をつける。

「魂魄賦のところに線を引きましょう。残りの部分に注目して、読んでみてください」

「残りのところ……まずは『二人欠一　鷹飛誰為　天日合一』……」

「次が『君背月無　袖振手忘　誰知古鎮』か？」

洪緑水の言葉を受けて、飛扇王がつづきを読む。

「これは……離合詩《りごうし》か？」

半信半疑の声をあげる上司に夏月が首肯する。

「そのとおりです。この手紙は、魂魄賦の形式と離合詩の形式が入りまじった形で書かれています」

初めて目にしたときに、夏月の頭のなかが困惑したのも当然だ。古文と今様の字体がまじっているだけでなく、二種類の文章形式をまぜて書かれてある。まずそのふたつを分けて考えないと、どの文法で読み解けばいいのかすらわからない。

（まさしく読み手を困惑させるなぞなぞだ……）

廃妃は、ご自分のなかに儀表規矩《ぎひょうきく》がある方だったという鏡心の言葉がなかったら、このまぜこぜが、あえてなされたものだと見抜けなかったかもしれない。

「離合詩とは、離れたり合ったりという言葉のとおりに人との別れを詠んだ詩のことです。ですから、魂魄賦に見立てて、魂魄は——手紙の差出人と宛先の相手とは離れて生きていけないという意味がこめられているのでしょう。そして、離合詩にはもうひとつ別の意味があります。それは文字を切り離したり合わせたりして、別の字を作るという意味の『離合』……いわゆる戯書の一種です」

「文字を切り離したり合わせたり……？」

思わず、といった態《てい》で疑問を呟いたのは鏡心だった。もともと王妃付きの女官だったというからには、文字の読み書きくらいはできるのだろうが、詩はまた別の教養が必要になる。夏月は、洪緑水が読みあげた部分を書きつけの紙に書きなおした。

「六書《りくしょ》では文字の種類が語られており、そのひとつに会意文字というのがございます。これはふたつ以上の字を合わせてできた文字のことです。『木』と『木』を合わせて『林』、『木』を三つ合わせて『森』のように複数の字の組み合わせで成りたっています。『森』から『木』をひとつ引いたら『林』になるでしょう？　そうやってひとつの字から別の今度はそれをひとつずつ——『森』なら『木』と『木』と『木』に切り離します。『森』

字を探し、その字を足したり引いたりしてできる文字を探すのです」

夏月の言葉を聞いたみなは眉間《みけん》にしわを寄せ、意味がわからないという顔をしている。おそらくこの世界で初めて文字を見た者は、みな同じように説明を聞いて頭を痛めたことだろう。想像してみると、まるで自分が伝説の蒼頡にでもなった気がして爽快《そうかい》でもあった。

「魂魄賦をのぞいた部分から現れるのは、四言古詩の形態をとった離合詩です。首聯《しゅれん》の『二人欠一』とは、『二』と『人』を合わせれば『夫』となり、『夫』から『一』を『欠』けさせる――つまり離せば、『大』となります」

すらすらと紙に文字を書き、次の言葉を紙の下に書く。答えがわかっている夏月はあらかじめ余白を残しておいた。

「次の『鷹飛誰為』はわかりにくいのですが、『鷹』という字は離合詩で扱うときにはまだれの上の部分の点――『、』を意味し、『大』に『、』を足して『太』になります。この足したり引いたりの組み合わせは、四言で一文字だったり、すべての文字を組み合わせてひとつの言葉となったりと、なぞなぞには無数の約束事があり、その約束事を理解できないと、この暗号のなかに離合詩がまじっているとわかっても簡単には読み解けません」

夏月は徹夜してこの難問とりくんだあとだから、難しいのだということを強調した。

「もっとも簡単に解けたら暗号にならないでしょうし、手紙に暗号を仕込むときなら解いてほしい相手に先に符牒《ふちょう》を教えておくはずです。でも、離合詩はその約束事探しも含めて謎解きをする遊びと言えましょう」

戯書は読み解く相手への挑戦状だ。簡単に解けないからこそ楽しい。いま解説しているだけでも、夏月の頰はいきいきと紅潮していた。

「次の『天日合一』の謎ですが……第五王子殿下、いかがでしょう？」

このなぞなぞの楽しさを誰かとわかちあいたくて洪緑水に水を向ければ、打って響くように答えが返ってくる。

「これは『天』と『日』を合一、つまり合わせる……できる文字は『昊《こう》』か？」

「ご明察のとおりです」

夏月は『太』の下に『昊』と書き、『太昊《たいこう》』という文字を完成させる。そこですでに次の意味を察したのだろう。洪緑水ははっと顔色を変えた。まだ黙っていてくださいと言わんばかりに、夏月は上司に向かって唇の前でそっと人差し指を立てる。

「次の文字に行きましょうか。『君背月無』とは『背』から『月』を『無』くすという意味です」

「つまり……『北』だな」

「二行目にあたる『袖振手忘』ですが、『辰《たつ》』という文字は、古い書体で『振』と書くこともあるため、十二支の『振』ではなく、会意文字としての『振』だと強調するために『袖』と言う字で補完したと思われます。『振』から『手』を忘れる――離して、

『辰』となります。『誰知古鎮』の部分は古詩の形式を整えるための詩句でしょう。あるいは、北辰門にある扁額《へんがく》が譚暁刻《たんぎょうこく》の書であることを示しているのかもしれません」

「なるほど……確かに。母上はあの扁額をいたく気に入っておられたから……」

新しい紙に説明を加えながら、『北辰』という文字を書く。夏月と洪緑水のやりとりに加えて、自分が守護している門の名前を見て、飛扇王もさすがにこの暗号の意味を理解したようだ。まなざしがすっと鋭くなる。

(王妃殿下に警戒されるだけあって頭の回転は早いようですね……ご自身が普段いる場所なのだから、当然と言えば当然か……)

夏月は満足げな笑みを浮かべて新しい紙を広げ、筆の先を整えた。

「おふたりが気づかれたようなので、先に下の詩句から説明させていただきますね。紙の天地左右で言うところの地の部分、『烙亦骼也　灯亦汀変　蹄失足音』です。こちらは骨という言葉が死者を思わせ、忘れるや失うに近い働きになります。『烙』から『各』を離して『火』、もうひとつ、『灯』を消す水――さんずいの文字を重ねることで『丁』を離し、『火』となり……」

『火』と『火』を合わせて、『炎』だな」

洪緑水と飛扇王は夏月の説明より先に、自分たちで暗号を解きはじめていた。夏月の写しは読みやすい書体で書いてあるから、仕組みさえわかれば、頭のなかで文字を組み合わせることができる。亡き母親から時を超えて届いた手紙だからと言うだけでなく、目の前の青年たちがこの手紙の暗号に夢中になっているのがわかった。

（おそらく、沈無齢様はこの手紙のように……言葉を交わしてしまえば誰しもが夢中にさせられてしまうような、魅力的な方だったのでしょう……）

灰塵庵に現れた物言わぬ幽鬼の顔を思い浮かべ、夏月はまた心が揺さぶられるのを感じた。

「もうおわかりかと思いますが、次の『蹄失足音』は『蹄』から『足』を『失』い、『帝』となります」

筆を手早くしならせ、『炎帝』という文字を書く。

「最後の『我躰本隠』『弓蒼穹高』『玉杢非工』『三叉鷹失』はやや難しいですから、一文字ずつ説明しますね」

夏月は『躰』と言う文字を書いたあとで別の紙で『本』という字を隠した。

「これで『身』、そして次の『弓蒼穹高』には忘れるや失うなどの言葉を引く文字がないため、『弓』を残し、穹《そら》を強調する蒼《そう》は考えず、『穹』の高い部分を使って前の四言と合わせて『窮』という答えを導きだします。『玉杢非工』は、『玉杢』――つまり木の木目ですから、玉は杢の装飾で、『木工』という二字に切り離し、『工』に非《あら》ず……つまり離して『木』。さらに『三叉鷹失』も分かりにくいのですが、『叉《さ》』から『鷹《よう》』つまり『丶』を離した字が三つあるということで、『玉杢非工』『三叉鷹失』を合わせて『桑』という字が導きだされ……ふたつを合わせてできる言葉は『窮桑』でございます」

できあがった文字に門の字を足し、夏月は書いた文字を大きな写しの上に次々と置いていく。

「いかがでしょう？　東の太昊門、北の北辰門、南が炎帝門、西は窮桑門……つまりこの手紙には黒曜禁城の城壁の四方を守る大門の名前が隠されておりました」

夏月はなぞの種明かしをするように両の手のひらを広げ、王子たちにできあがった図を見るように示した。

魄問於魂曰
道何以為體
『北辰門』
魂曰凡得道者
名不可語何道

『太昊門』
暁京昇刻祝言兄眠朝序遊予
『窮桑門』

魂曰以無有為體
視之無形聴之無聲謂之幽冥
『炎帝門』
夫無意原万物之天命
子宝玉也

暗号を解いたことで、廃妃の遺産という言葉が真実みを帯びて見えてきたのだろう。

洪緑水も飛扇王も、真剣な顔つきで夏月が書いた写しと暗号を解いた書きつけを凝視している。

「この天地左右に配された離合詩が、四方を守る大門を示していると言うことは、これは黒曜禁城の図を表しているわけだろう？　夏女官……このまんなかの離合詩はなんだ？　ここに母上の遺産が残されているということか？」

青年の整った面に、以前見たことがある、哀惜の感情がよぎる。

――『親しい人が亡くなれば、もう一度会いたいと思うのは自然な気持ちではないだろうか』

祖霊廟《それいびょう》のなかで呟《つぶや》いた言葉が、夏月の耳に切なくよみがえった。

「おそらくは……」

手と手を重ね、揖礼《ゆうれい》して彼の問いに答えた。

「それでは、このまんなかに残された離合詩の説明をいたしましょう……」

――『暁京昇刻　祝言兄眠　朝序遊予』

夏月はその部分を一枚の紙に書き写してから、洪緑水と飛扇王に向きなおった。視界の隅では、鏡心がはらはらした顔をして夏月と洪緑水――第五王子の顔を見比べて、手元が止まったことに気づいたのだろう。慌てて水を足し、墨を摩《す》ってくれている。

「最初の四言『暁京昇刻』から『京』の上に『日』が昇る……つまり『景』。つづく『祝言兄眠』の『言』と『眠』は韻を踏んで合わせたのでしょうが、推測される言葉からすると『祝』から『兄』を離してしめすへんを残し、『眠』の目と似た『且』を合わせて『祖』を作るのが正解でしょう。そして最後の『朝序遊予』の四言は、『序』から『予』が遊びでる――つまり離して、残った部首の『まだれ』に朝を合わせて『廟』という文字になります。そこから導きだされる答えは『景祖廟《けいそびょう》』でございます」

ごくり、と夏月にまで唾《つば》を呑《の》んだ音が聞こえるほど驚いていたのは、その意味するところをいち早く理解した洪緑水だった。

「祖霊廟か！」

「左様でございます……景祖とは焚書《ふんしょ》によって失われた天原国の始祖の諡《おくりな》。運京を守る城壁の内側、四つの大門を擁する堅固な黒曜禁城に守られた後宮のさらに奥――この古鎮の中核をなす琥珀国の祖霊廟の下に隠された……天原国の祖霊廟。そこに沈無齢様の遺産があるはずです」

いぶかしげな顔をして言いがかりをつけてきたのは飛扇王だった。

「祖霊廟の奥に天原国の祖霊廟があることをなぜ一介の女官が知っている？　北辰門の対聯《ついれん》を任されるほど書に長《た》け、天原国の古文書に詳しい……――そうか、桑弘羊が言っていたな……清明節のときに六儀府でさえ匙《さじ》を投げたという祭詞を読み解いたという第五王子の部下はおまえだと……！」

高位の王子だから、天原国の祖霊廟のことは聞かされていたのだろう。景祖という言葉に反応がなかったから、てっきり知らないのかと思って油断していた。

（琥珀国の王族に……これ以上、天原国の古文書に詳しいと知られたらまずい……）

暗号の解読に夢中になり、可不可の助言を忘れていた。

――『言っておきますが、城勤めの間はくれぐれも藍家の人間だと悟られないようにしてくださいね。書に目が眩《くら》んで足下を見られたり……したんですね？　まさか金をとらずに額を書いたりしていないでしょうね？』

　管家の青年のこやかましい忠言を思いだして、思わず、うっと胸を押さえた。

「夏女官!?　どうした……おい、鏡心。お茶を持ってこい！」

　慌てた洪緑水の命令に「はい、ただいま」という言葉を言いおわるより早く、足音が遠ざかっていく。代わりにというのもおかしいが、よろめいたところを洪緑水に支えられた夏月に、飛扇王が長衣の裾《すそ》を撥《は》ねあげる勢いで近づいてきた。

「おまえを迎えに来た男が代書屋だと言って仕事を請けおっていったな……運京の代書屋なら誰でも天原国の古文書を読めるのか？」

「それは……いいえ」

　可不可の助言が頭のなかでぐるぐると渦巻いていたが、夏月は飛扇王に首を振って答えた。

「古文書を読み解ける代書屋はかぎられております。それを知っていたからこそ、沈無齢様は天原国の古文書を装った暗号を残したのでしょう。どんなに身分が高くても、天原国の書物を焼く者は天原国の書物を読めないでしょうから」

「なるほどな……だから、大金の報酬を提示して、あの匣《はこ》をおまえにあずけろと言ったわけか」

「大金……とはどれくらいふっかけ……ではなくて、泰山……いえ、うちの者は報酬をいくら要求したのでしょう？」

可不可ではあるまいし、まさか世間知らずの冥府《めいふ》の王が代書屋の相場を知っているはずがない。そう思ったのに、

「まるでこの手紙が暗号だと知っていたかのような口ぶりだったぞ。古めかしい古文書の解読であれば、銀百錠とっても安いくらいだとふっかけてきた」

「そ、そうでございますか……」

泰山府君なら言いそうなことだと思いながらも、夏月は背中に冷や汗が滲《にじ》むのを感じた。さすがにここで飛扇王に「いくらで手打ちしたのですか」とは聞けなかった。帰ったらあの神を問いつめて可不可に代金を回収させようと心に誓う。

「さすがにふっかけすぎかと思って、ただの手紙なら五十錠。もし万が一、複雑な謎を秘めた手紙――廃妃からの秘書だったとしたら、要求どおり銀百錠払ってやると言ったら、これこのとおり」

扇が描かれた大きな袖《そで》から書きつけをとりだし、四つ折りの中身を開いてみせる。

――『之若、沈無齢秘書、即、銀百錠也。灰塵庵』

もしこれが沈無齢様の遺《のこ》した秘書ならば、銀百錠を請求すると、ご丁寧に灰塵庵の名前まで書いてある。

「あ……」

あまりに高額な請求に夏月は眩暈《めまい》がした。運京は大都市だから日常的には物々交換ではなくお金での支払いが多いが、庶民があつかうのは一文銭である。実家は手広く商売

をしているから、銀一両くらいなら夏月も見ることはある。しかし、銀百錠というのは金勘定を可不可に任せきりの夏月には瞬時に価値がわからないくらいの大金だった。

（銀一錠で銀五十両くらいだったかしら……ううん、いまの相場によってはもっと高価かも）

しっかりと考えようとすると頭が真っ白になる。廃妃となったとは言え、一国の王妃が残した遺産の暗号だ。遺産の中身によっては銀百錠でも安いのかもしれない。夏月が金額の大きさに驚いているのを見抜かれたらしい。飛扇王は人の悪い笑みを浮かべて、夏月に顔を寄せた。

「代書屋をやりながら女官勤めをしているということは、おまえは金に困っているのだろう。女官の俸禄《ほうろく》などたかが知れている。もしおまえが私の下につくと言うなら、書記として雇い、二倍、いや三倍の俸禄を払ってやろう」

どうだと言わんばかりに見下ろされ、夏月の心はぐらりと揺らいだ。当然のことながら、飛扇王の整った顔に絆《ほだ》されたわけではない。

「俸禄を三倍……」

（もし、毎月それだけの稼ぎをわたしが灰塵庵に入れれば、可不可も赤字をうるさく言わなくなるだろうし、本家に戻る必要はない……それだけじゃなく、この間、お金がなくてあきらめた碑文の拓本を買いに行けるかもしれない！）

嫡母の顔を見なくてすむという安堵《あんど》のほかに、欲しい本や新しい墨、高価な筆に心を奪われ、夏月が思わずぐらつきそうになったときだ。夏月を支えていた洪緑水が、飛扇王との間に割って入り、壁のように立ちはだかった。肩越しに振り向き、夏月の耳に唇を寄せて名前を呼ぶ。

「夏月嬢……金に目が眩《くら》んだ状態で物事を決めると判断を誤るぞ？　よく考えたほうがいい。飛扇王の下で働くということは、軍営部のこの無骨な官衙《かんが》に詰めるということだ。君はまだ秘書庫の書物を読み足りないのではないか？　それに黒曜禁城のあちこちに残された譚暁刻の書も見たいだろう？」

まだ短いつきあいでしかないが、洪緑水は夏月の弱点を完璧《かんぺき》に見抜いていたらしい。その言葉は効果覿面《てきめん》だった。

「譚暁刻の書がある場所を洪長官はほかにもご存じなんですか？」

思わず、洪緑水の衣服を掴《つか》み、目を輝かせて問い返していた。誰が見ても勝敗はあきらかだった。

まるで堅い蕾《つぼみ》が花びらを開いた瞬間をまのあたりにしたようだ。整った顔の貴公子から匂い立つがごとき微笑みを向けられ、夏月の鼓動がどきりと跳ねた。洪緑水の肩の向こうで飛扇王が苦い顔をしている。

「金より書が好きとは……変わった娘だな。ますます欲しくなった」

ぐいっと力ずくで弟王子を脇に避《よ》けて、夏月の腕を掴む。その手を洪緑水は無言で撥《は》ねのけていた。

「夏女官は私の部下です。兄上にはあげませんよ。そもそも金や力にあかせて他人のものを欲しがるなんて、徳がある者がすることではありません」

——確かにそのとおり。と言わんばかりに夏月はこくこくと首肯した。

（なぜ、こんなことになった……泰山府君が代書屋の料金をふっかけたから？　あの神が灰塵庵が潰《つぶ》れないように、運命に働きかけたとか？）

王子ふたりにとりあわれる日が来るなんて、夏月は夢にも思わなかった。

とまどう夏月に助け船を出してくれたのは、お茶を淹《い》れて帰ってきた鏡心だ。ありがたいことに干した果実を入れた菓子器も差しだしてくれる。この気まずい空気を変えてくれるものならなんでもいい。夏月は鏡心が卓子に並べた茶杯に近寄り、

「説明をして疲れたので休憩させてください」

などとわざとらしい台詞《せりふ》を吐いて、お茶を口に含んだ。遠慮なく甘味もとり、謎解きで疲れた頭に染みわたらせる。

「まぁ、いい。この娘がわざわざ第五王子を呼びだした理由もわかった。この暗号が示す遺産の隠し場所——王妃であっても簡単に手を出せない黒曜禁城の最奥……碧《へき》一族の祖霊廟《それいびょう》に行きたいというのだろう」

「ご明察くださり、ありがとうございます。飛扇王殿下……そして、洪長官、先日の清明節の折り、文献調査という名目でわたしを祖霊廟に連れていきましたよね？　写本府付きの者が祭詞の調査のために入ることができるという国王陛下の令牌《れいはい》があるのではあ

りませんか？」

〈三〉

黒曜禁城が深く深く、匣のなかの匣のなかに仕舞いこんでいる秘密――巨石を積みあげた祖霊廟のさらに奥――無数の階段を下りた地底に広がる洞穴は、以前来たときと変わりない。声を出せば広い空間だとわかるのに、まるで闇の胎内に包まれているかのように不思議な感覚がした。

漆黒の闇が世界の果てまでつづく冥府と似ているのに、なにかが違う。巨大な空間には、幽鬼の哭《な》き声のごとく、風の音が高く低く鳴り響いていた。

洪長官が手燭《てしょく》から火を移し、燈籠《とうろう》が灯《とも》ると、琥珀国の祖霊廟となった祭壇が浮かびあがる。複雑な模様が陰影をかたちづくる祭壇の正面には、泰山府君の像が座し、左右には琥珀国王の像が並ぶ。その両側のごつごつとした壁面には、泰山府君と琥珀国王族を示す旗が掲げられていた。

神像はともかく、掲げられた旗はどちらもまだ新しい。祖霊信仰に篤《あつ》いというだけでなく、清明節の祭祀《さいし》が成功したせいだろうか。国王は祖霊廟をきちんと管理させているようだった。

（この場所にまた来ることになるなんて……）

泰山府君像を見上げて、夏月は初めて来たときのことを思いだしていた。

「洪長官、覚えていますか……あのとき、『廟に参ったところで、死者には会えまい』とおっしゃいましたね。そして、『親しい人が亡くなれば、もう一度会いたいと思うのは自然な気持ちではないだろうか』と……」

囁《ささや》くように声を発すると、広い空間特有の、言葉を発したそばから霧散する、奇妙な音の響き方をする。洪緑水は祭壇の前で夏月のほうを振り向き、意外そうな声をあげた。

「夏月嬢……あのときはなんでもない質問だと気に留めていなかったが……もしかして君もそうなのか？　幽鬼と話すという噂は、君が少しばかり風変わりなせいではなく？」

「風変わりとはつまり、女だてらに代書屋を開き、幽鬼と話すせいで婚約破棄されてばかりいるという噂のことでしょうか？」

笑いながら夏月が訊《たず》ねると、青年は「すまない」と気まずそうに咳払《せきばら》いをした。

「まぁ、そうですね……知っていますか？　鬼灯《ほおずき》に鬼の名が入っているのは、あの朱《あか》い実が幽鬼を呼びよせると言われているからなんですよ……わたしが開いている代書屋『灰塵庵』の看板には、いつも鬼灯をふたつばかり一緒に掲げて……夜遅くまであの朱い実が風に揺れています」

「幽鬼を呼びよせるために？」

灰明《ほのあ》かりのなかでも、洪緑水が驚きに目を瞠《みは》るのがわかった。

「……待っているんです。深夜、鬼市が開くなどと言われている陰の気が満ちた山陰には幽鬼が訪れますから……亡くなったわたしの知人がわたしを訪ねてきてくれるのではないかと……ずっとずっとずっと……ずっと――ただ待っていたんです」

(生きていながら、ただ無為に自分ひとりの書の世界に閉じこもっていた……一度死んで、冥府《めいふ》の王に指摘されるまでは)

見慣れた美丈夫とは似ても似つかない髭《ひげ》を生やした中年の泰山府君像を見上げて、夏月は言葉を途切れさせた。沈黙の代わりに、びょうびょうという風の渡る音だけが闇のなかに響く。

「親しい人を失うというのは、耐えがたい苦痛だ……いっそ私も一緒に死んでいたらよかったのにと思ったこともあった。しかし、長い時間が経つうちに、その痛みに耐える方法を会得し、母が亡くなっても私が生き残ったことを受け入れた。廃太子となった身にもなにか生きる意味を残したいと思うようにもなった。もちろん、母の汚名を雪《そそ》ぐことをあきらめたわけではない。それでも、目的を持ち、写本府の長官として働くうちに、王太子ではない私でも私なりにできることがあると悟ったのだ」

その言葉は、かたくなに書の世界に閉じこもろうとする夏月の心にも染みわたり、ゆっくりと開いていく。

「そう……ですね」

――遠く遠くから歩いてきた。いくつもの丘を越え、川を越えて、過去の自分をすべて忘れたつもりだった。

（でも違う。洪長官の言うとおりだ……わたしなりにできることをする。生き残ったことを受け入れる……）

まるで自分の鏡像を見ているようだと思ったのに、やはり王太子であった彼は品格が違う。あるいは年の功というものだろうか。

（この人は……深い悔恨の念を抱きながらも、とっくの昔に前を向いて、新しい一歩を踏みだしていたんだ……）

夏月の心がまだ過去に囚《とら》われているのを察したのだろう。洪緑水は夏月の肩を抱きよせ、言葉の一音一音に魂をこめるようにして囁いた。

「藍夏月嬢、ただ、生きているだけでも人は尊い。そして、君は自分で思っているよりずっと価値がある人だ。写本府にとって必要な人なのだ。幽鬼と関わるより、また写本府でやる気のない役人たちに活を入れてやってくれ」

ああ、と夏月は思った。自分は生きているのだと――この熱こそ、泰山府君がときに、わざと夏月を焚《た》きつけ、怒りを煽《あお》るようにしてまで冥界から遠ざけようとしていた理由なのだと。しかし、次の瞬間、滑らかな衣服の手触りに我に返る。上司であり王子でもある貴人との距離があまりにも近すぎる事実に、かぁっと頭に血が上った。

（この人の顔を見たら駄目だ……）

相手を意識するしないにかかわらず、整った相貌《そうぼう》というのは目の毒だ。顔を背けるようにして、もう大丈夫だと彼の腕から逃れた。

「……格言を新たに注文なさると言うなら高くつきますよ？　なにせ、ただ働き同然で対聯《ついれん》を書いたとうちの管家にばれて、こっぴどく怒られたばかりなんですから」

可不可の突っこみを真似て、冗談めかして言う。夏月が場の空気を変えようとした意図を汲《く》んでくれたのだろう。洪緑水は声を立てて高らかに笑った。

「それはそれは……飛扇王に銀百錠を出されてしまったからな……私の全財産をかきあつめておこうか」

張った声で答えてくれて、内心、ほっとしていた。元王太子の全財産というのがどれほどのものか夏月には想像もつかないが、ともかく代書の対価をもらえるなら、可不可も納得してくれるはずだ。上司と部下という雰囲気をとりもどしたところで、本題に戻ろうというのだろう。洪長官が考えを巡らすように祭壇を見回した。

「ところで、清明節の祭詞を探しに文献調査に来たとき、祖霊廟をかなり念入りに調べたはずだ。祭詞と数多《あまた》の頭蓋骨《ずがいこつ》以外、もうなにも残っていなかっただろう。夏女官は『景祖廟』という言葉に心当たりがあるのか？　天原国の祖霊廟への階段は……あれ？　どこだったか……暗くて岩肌の見分けがつかないな」

手燭を掲げた洪緑水が壁際を伝いながら歩いていく。久しぶりに訪れたからだろうか。洞穴の奥に積み重なった頭蓋骨を運びだすときはあんなに必死に通ったのに、埋葬を終えたとたん、緊張の糸が切れて行き方を忘れてしまったらしい。夏月にも見分けがつかない。時間がないのにと焦っていると、こういうときこそ存在を思いだせと言わんばかりに簪《かんざし》が鳴った。

（そうだ……この祖霊廟に来たときにはまた呼びだせと言われていたのだった……）

夏月は急いで簪に触れ、「泰山府君、おいでください」とひそやかに囁いた。

それでまたあの偉そうな声がして、「おまえは呼ぶのが遅い」などと苦情を言われるかと待ちかまえていたが、暗闇のなかにも目立つはずの、あの真っ白い服はどこにも見当たらない。あれ、と不安になった夏月は、もう一度、簪に触れて、

「泰山府君、聞こえていますか。黒曜禁城が最奥、祖霊廟のなかから、藍夏月がお願い申しあげます。どうぞこちらにおいでください」

神様にお願いするときは自分の居場所と名前を告げてからお願いごとを言うのが正式な作法だ。先日、髪に簪が挿さっていないと知った瞬間の感情をなんと名付ければいいのだろう。その場にいると思っていた人を突然失った――残された側の気持ちを、いなくなる側はどれくらいわかっているのだろうか。

（泰山府君の手伝いは黄泉《よみ》がえりの条件で……神様の都合なんだから、わたしごとき矮《わい》小《しょう》な存在をいつ切り捨てても不思議はないと思っていたはずなのに……）

簪さえあれば、神の名を呼ぶだけで来てくれるという関係に安心しきっていた。夏月自身が思っていた以上に、泰山府君の存在が自分のなかで大きくなっていたのだと、いまさらながら気づいてしまった。実際に捨てられたと思うと、その事実を受け入れられない自分がいる。

（いなくなるならいなくなると……せめて一言告げてから冥府に帰ってくれればいいのに！）

動揺したあとで急に怒りがわきおこってきた夏月は、思わず大きな声で叫んでいた。

「泰山府君！」

その叫びが広い洞穴の奥で奇妙に広がり、こだまになって反響する。離れた場所で暗闇を探っていた洪長官にも声が届いたのだろう。

「夏月嬢？」

そう呼びかけた声に応《こた》えることはできなかった。背中から口を塞《ふさ》がれ、狭い通路のなかに引きずりこまれる。

「そう何度も名前を呼ぶほど私の顔が見たかったのか、代書屋は」

嫌みめいた物言いに反射的に「あたりまえじゃないですか！」と神の手のなかで叫ぶ。次の瞬間、自分が涙を流していたことに気づいた。頰を伝った涙が、夏月の口を塞ぐ神の手にもつーっと伝っていく。いなくなったわけではなかったと知って、強く揺さぶられた感情が抑えきれなかった。

「生者の涙とはかくも熱いものか……不思議なものだな。泣いているのは魂《こころ》なのか、この熱さは魄《からだ》があるゆえなのか……しぃ、大きな声を立てるなよ」

最後のほうは子どもをあやすように言われ、手が離れたかと思うと、滑らかな袖《そで》が触れた。神が袖で涙を拭《ぬぐ》ってくれたと理解するまでに、五言の詩句が読めそうなほどの時間がかかった。

一拍おいて、夏月は自分がもともと言おうとしていたことを思いだした。

「泰山府君、ふざけている時間はありません。いますぐ天原国の祖霊廟《それいびょう》に案内してください！」

両手で神の腕を掴《つか》み、夏月は食ってかかった。強気の発言はむしろ、泰山府君がいなくなったかもしれないと泣いたのを知られた気恥ずかしさを隠すためでもあった。

「わかっている。窮桑門に人が集まっていた。こちらだ」

手を摑まれ、強引に歩きだされる。その背中に胸が熱くなるのはなぜなのだろう。

（洪長官の話を聞いたときとは違う……）

実は王子であったと、それも王太子であったと告白され、廃妃の話をされたときにわきあがってきた感情の名前を夏月は知っている。あの王子は夏月自身だ。身近な人を亡くし、境遇が一変した。鏡映しのように、自分と似ている相手の感情はわかる——共感していた。あの王子の感情は夏月自身のものだった。

（では、この感情は？　なぜこの神はわたしの考えがわかるのだろう……あるいは泰山府君が持つ禄命簿《ろくめいぼ》にはわたしの心の揺らぎまでもがつまびらかに記載されているのだろうか。それとも、心を読むのは神の力なのだろうか……）

手を引かれて狭隘《きょうあい》な通路を歩く時間がもっとつづけばいいのにと、この神との離別を惜しんでいる自分がいる。

「休遣鬼灯照我詩、我詩多是別君詞……」

——鬼灯を掲げて私の詩《こころ》を照らすのはやめてください。私の詩はあなたに贈ったものばかりです。

幽鬼に近づくなと言いながら、幽鬼を束ねる冥府《めいふ》の王こそがそばにいる。それこそが凶兆の最たるものではないかと疑う自分がいるのに、この手を振り払えない。独り言のように呟《つぶや》いた詩に、先を行く背中が答えた。

「明朝又向湖畔別、月落潮平是去時」

——明日《あす》の朝には湖のほとりで別れるでしょう。月が落ち、潮が引いて平らになったそのときこそ、私が去る刻限です。

先に古い詩になぞらえて呟いたのは夏月のほうだ。だから、首聯で引用した詩を理解して、応答する頸聯《けいれん》を呟いてくれたのは、話としては十分通じている。これが詩会の場だったなら、「おお」と喝采《かっさい》がわきおこっただろう。けれども、別れを匂わせるつづきを詠まれて、夏月は平静ではいられなくなった。

「泰山府君は……冥府から逃げだした鬼を捕まえたら、冥府に帰ってしまわれるのですか……黄泉がえりの対価としてのわたしの手伝いはこれでもう……」

——お仕舞いですか？

その最後の台詞《せりふ》を口にするのが怖い。言葉にして伝えてしまったら、それが現実になってしまうようで言いたくなかった。

「当然、冥府に帰る。逃げだした鬼どもを引き連れてしばらく牢《ろう》に入れ、罰を与えてやらないと。あやつらのことを考えるだけで心の底からふつふつと怒りが湧いてくるわ」

当然だと言われて、確かに当然だと思うとともに夏月は肩を落とした。突然、押しかけられて迷惑な客だと思っていたはずなのに、この神との邂逅《かいこう》が思いがけず楽しくて、いつのまにか、この日々がつづいてほしいという願いを漠然と抱いていた。

「代書屋、おまえは知っているだろう。人生には別れがつきものだ。そんなに悲しむことはない……そんなに淋《さび》しいなら、客房はしばらく私のために空けておけ。冥府に満ちた陰の気や亡者どもの穢《けが》れを落とすのに、私はときに陽界で休む。そのときに宿があると便利だからな……着いたぞ」

泰山府君の言葉に胸を痛めていたのもつかの間、足下の階段が終わった。

夏月にはわからなかった岩陰の隙間、ほんのわずかな隙間に身をひねりながら下りてきた先に、また広間があった。手燭《てしょく》を大広間で落としてきたのだろう。真っ暗闇のなかで、夏月はこの広間の祭壇はどこにあっただろうかと首を巡らせた。すると、泰山府君の大きな袖から白い蝶《ちょう》が放たれ、真っ白な霊符に変化《へんげ》して、舞うように宙に浮かぶ。真っ白に発光する札の明かりが燈籠《とうろう》の明かりよりも明るく、古めかしい祭壇とぼろぼろになって文字の読めない旗を——天原国の祖霊廟を照らしていた。

「天原国……景祖」

わずかな蠟燭《ろうそく》の明かりを頼りに石棺をなぞったときの感触を指先が覚えていた。

「代書屋、その場から動くな」

神の手がさっと空を切ると、白い袖が残像となって目に映る。また無数の蝶が放たれ、その一部が人形を模した霊符——式神に変化した。子どもの遊び道具のような白い形代が夏月の周りを囲み、踊るようにして舞っていた。目の前で繰り広げられる神の術に気をとられていたせいだろう。自分の足が宙に浮いていることに気づくのが遅れた。

「え？　わ、わたしを地に繋《つな》ぎとめる力が……泰山府君、なにをしたんですか⁉」

「慌てるな。おまえが行きたいと思った場所を指してみるがいい」

またも神に心を読まれていた。夏月はこくりとうなずき、指先をつーっと宙に向ける。

「祭壇の上へ……顔が潰《つぶ》された神像が置かれた場所……まずは左に向かって」

夏月の命令を受けて、式神たちが周りを踊りながら運んでくれる。風穴の穴を利用した場所だが、壁の穴はのみで穿《うが》った跡が残っている。三つある壁の穴のうち、まんなかは空洞だ。神像は等身大の人間を模して作られることが多いから、体の小さな夏月なら神像に抱きつくようにしてなかをのぞくくらいの隙間があった。

(ここは天原国の祖霊廟の祭壇なのだから、まんなかに泰山府君の像が置かれていたはず……その隣に祖霊像を置くのが定石……つまり、左右のどちらかが景祖の像……)

黒曜禁城の役割を聞かされていた廃妃は、琥珀国王族の祖霊廟の奥に天原国の祖霊廟があることもまた知らされていたのだろう。

「南に炎帝門、左に太昊門、右に窮桑門——そして後方の北を北辰門に守られた結界の中心――景祖廟……祭壇のなかにないのだからほかに探す場所は一ヵ所しかない」

祖霊像の奥にごつごつした岩肌とは違うなにかが触れた。木肌だ。先日も木製の匣《はこ》を扱ったばかりだから、似たような手触りだと直感した。

「と、とれない……お願い。この匣をこの隙間から引っ張りだすのを手伝って！」

苦しまぎれに式神に告げると、夏月の言葉を命令だと受けとめたようだ。宙を舞っていた式神のうち、いくつかが像の向こうへ回り、匣の下へと入りこんだ。夏月が勢いよく匣を引っ張るのと、式神が持ちあげてくれたのは同時だったのだろう。今度は引っかかりがないまま、するりと腕のなかに転がりこんできた。

「あ……」

勢いあまった夏月の体は祖霊像がある壁の穴から宙に飛びでていた。祭壇から見上げた場所にある穴は、夏月の背丈よりずっと高い。下にあるのは石棺だ。そこに落ちる痛みを覚悟したところで、

「おまえは賢いようでいて肝心なところが考えなしだな」

宙に浮かんだ神が夏月を抱きとめ、安全なところまで飛んで下ろしてくれた。そこまではよかった。

「欲しい物が見つかったなら、とっととここを出るぞ」

泰山府君はそう言うと、たくさんの霊符の明かりを引き連れて、岩陰の隙間へ、琥珀国の祖霊廟に至る階段へと、とっとと向かってしまった。夏月の手のなかにあるのは先

日手にしたのと同じような、黒い木製の匣だ。長方形のそれは夏月の腕ではやっと抱きかかえられるかどうかというほど大きい。

しかし、問題は重さだった。先日、見つけだした匣とは比べものにならないほど重い。抱きかかえている状態では歩くのがやっとだ。

「助けてくれるなら、この匣を持つのを手伝ってくださいよ！」

虚空に向かって夏月が叫ぶと、それが命令だと思ったのだろう。夏月の回りを照らしていた数体の形代が匣の下に回ってくれる。

「あ、ありがとう……これならなんとか……階段を……この狭い通路を……」

夏月がよたよたと階段を上るのを、先導する霊符がときおり急げとばかりに額を叩《たた》いた。その仕種《しぐさ》が本人そっくりで、いらっとさせられる。

「早くしろと言うくらいなら、この荷物を持ってくれればいいのに！」

目の前にいない相手への文句をわざわざ口にしたのは、そのほうが力が湧くからだ。

（わかっている……これは生者が持つべき重さ……生者がするべき労苦だから……）

──神はこの運命を助けることはできない。

はぁはぁと肩で息をしながらどうにか大広間まで戻ってきたところで、夏月は膝《ひざ》をつき、その場に倒れこんだ。

「もう……限界……」

「夏女官⁉　どこだ……おい、どうした……具合が悪いのか？」

広間に辿《たど》りついた時点で、泰山府君の光る霊符はいなくなっていた。目に見えないというのに、蝶に変化してあの神の白い袖《そで》に戻っていく様がありありと想像できる。光に向けて手のひらを振ったら、洪緑水が駆けよってきた。

「だい……じょうぶ、です……ちょっと、息が切れた、だけで……そこに、黒い匣がありますか？　もし開けるようなら、手燭で中身を確認してください」

「黒い匣？……君がこれをひとりで見つけてきたのか⁉」

きちんと説明をして、ではどうやってあの壁面の高いところにある神像の隣まで上ったのかと聞かれたら面倒なことになりそうな予感がした。

（ここはごまかしの一手ですまそう……）

差しだされた竹の水筒を受けとり、体を起こした夏月がごくごくと飲む隣で、洪緑水は手燭を床に置き、ぴったりと閉じた匣を抱きながら、蓋《ふた》を力任せに開いていた。

「ずいぶんと重たい匣だが……なにが入って……」

蓋を置き、匣の中身に手燭を向けたところで、洪緑水は言葉を失った。

「どうしました？　いったいなにが入っていたのでしょうか……」

ひょいと夏月も匣のなかをのぞきこんだところで固まった。しかし、好奇心には勝てない。とまどいも疑問も無数にあったが、夏月はすばやく手を伸ばし、匣の中身——大量に仕舞われた書物のなかから一冊を手にとった。ぱらぱらと頁をめくっていくと、手元が見やすいようにだろう。洪緑水が夏月の前に手燭をかざしてくれる。

「これは……天原国の文字……いや、図面？」

はっとその意味を悟り、夏月は書物が傷まないようにひっくり返した匣の蓋の上に置き、ほかの書物の中身も確認した。

「これは工造司の……あっ、水運儀象台の図面があります！」

「なんだと⁉　ちょっと見せてみろ！」

夏月の手から大きな帳面を奪い、洪緑水は頁をめくる。王子らしい身なりをしているせいだろうか。写本府長官のときとは違い、他人に命令しなれた口調だった。あらためて、この人はもともと王太子だったのだと思いながら夏月がのぞきこむと、彼の手は薄闇のなかでもはっきりわかるほど震えていた。

母親が残した遺産をどのようなものだと想像していたかは夏月には知りえないが、洪長官がずっと求めていた天原国の遺産が、実際に手のなかにあるのが簡単に信じられないのだろう。その感動が夏月にもひしひしと伝わってきた。

「これで……北辰門の水運儀象台の修理ができますね。飛扇王殿下が扁額《へんがく》の修理も請けあってくださいましたし……」

ほっと胸を撫《な》でおろし、渡された図面を束ねた書物を匣に収めたときだ。がん、と突きあげるような揺れが襲ってきた。

「地震か⁉　夏月嬢……」

夏月は手早く匣に蓋をして、その上に覆いかぶさった。祖霊廟《それいびょう》は洞穴でもある。ものが少ないし建物のなかより安全だと思ったが、とっさに体が動いていた。その夏月を守るようにして洪緑水が背から覆いかぶさる。

揺れはすぐに収まった。手燭《てしょく》がひっくり返ったり、祭壇の上の供物用の皿が落ちたりしたが、大きな被害はないようだ。洪緑水が離れて手燭を拾いに行くと、夏月も立ちあがった。急げとばかりに、ちりん、と簪《かんざし》が鳴る。

「申し訳ありません、洪長官。一足先に地上に出てもかまいませんでしょうか。いまの地震は……急いで西の窮桑門に行かなくてはならないんです！」

そう叫ぶなり、夏月は燈籠の薄明かりを頼りに暗闇のなかを走りだした。真っ暗な階段を上りはじめると、足下に光る霊符が飛んでくる。追いかけるようにして、玲瓏《れいろう》な声が耳に届いた。

「おまえの足では走っても間に合うまい……天狼《てんろう》、顕現せよ」

ちりん、とまた簪がよく通る音を響かせて、夏月の簪についていた飾りから無数の霊符の固まり——白い繭となって宙を舞ったかと思うと、白い狼が並走しながら現れた。

「夏月、天狼に乗れ。隠形《おんぎょう》の術をかける。おまえが窮桑門に行きたいと心から願った。おまえが主で、その助けを天狼がするという態《てい》なら、黒曜禁城の結界を揺るがすことなく西の大門まで届けられるだろう。そこからは自分でどうにかしろ。城外に出て、この泰山府君を呼ぶのだ！」

泰山府君に名前を呼ばれ、また言葉にしがたい感情が震えた。けれどもいま、自分の心と向き合う時間はない。階段の途中で体をふせた白い狼の首に強くしがみついた。

「お願い、天狼……わたしを乗せて窮桑門まで駆け抜けて！」

先導して道を確保してくれるのだろうか。泰山府君の発光した式神がいくつか宙を舞いながら地上へと向かっていく。階段を上りきったところで式神が強く光ると、祖霊廟の両扉が大きく開いた。日の光の下に飛びでた天狼は、そのまま勢いよく窪地《くぼち》になっている祖霊廟の坂を駆けあがり、園林の木々の間を走る。ときには体をふせ、ときには草むらを跳びこえる。あまりの速さに夏月はただしがみつくことしかできなかったが、前方に築地塀《ついじべい》があるのに気づいて思わず叫んだ。

「待って、天狼。塀！　塀にぶつかるっ！　洞門を抜けないと……――っ！」

迫りくる壁にぶつかる恐怖のあまり、夏月はぎゅっと目を閉じた。なのに、しなやかな体軀《たいく》は大きく躍動した。衝撃が訪れる代わりに築地塀の上を跳びこえていた。ここにきて夏月はようやく泰山府君の言ったことを理解した。ときおり見かける女官も宦官《かんがん》も、大きな白い狼がすぐそばを駆け抜けているのに、驚きもしない。せいぜいが、

「いま、変な風が吹き抜けていかなかった？」

そんな声が背後から耳に届いたくらいだった。

（隠形の術とかいうので、わたしの姿が見えていないってこと!?）

神の術を見せられるたびに、神通力とは人間の想像を超えた力なのだと思いしらされる。それでいて、あの神自身は、この城と――あるいは古代の王と交わした盟約に縛ら

れている。それが天の理《ことわり》なのだろうが、夏月には不思議に思えてならない。

何度も苦労した後宮の封鎖も壁を越えて、あっというまに駆け抜けてしまった。後宮の封鎖は現世の権力によるもので、泰山府君の力の前では意味がない。夏月はただの人間で黒曜禁城の封印には引っかからない。ちょっとした言葉遊びのようだが、この城はそういうところなのだと、理に落ちない一方で感覚では摑《つか》みつつあった。

「見えてきた……あの二重楼閣が西の窮桑門のはず……天狼、あそこに向かって！」

夏月が指を差すと、天狼は中廷の官衙《かんが》が立ち並ぶ通路を一気に駆け抜け、歩く役人たちを追いこして、二重楼閣を持つ大門の前に辿りついた。すでに窮桑門の前には宦官をはじめ、役人や力仕事をする雑役夫が集まっており、大門を見上げてはひそひそと声を潜めて話していた。すぐに動けない理由は夏月にもわかった。

大門の門扉に吊《つる》されたままの宦官の死体には虫が集《たか》り、血の痕跡《こんせき》は黒ずんでいる。見るも無惨な死に様を間近で見て、誰もが近づくのに躊躇《ちゅうちょ》しているのだろう。

「門が開くぞ！　黛貌様のご遺体を下ろすのだ！」

甲高い声が偉そうに命じた。紫の袍《ほう》を着た宦官が人を引き連れて現れ、集まっていた人々に道を空けさせる。おそらく、陸一族ゆかりの宦官なのだろう。内侍省《ないじしょう》には陸一族の息がかかった宦官が多いと聞く。刑部が負けたと言うからには、遺体を検屍《けんし》に回し、まともな取り調べをしてくれるかは怪しいところだ。

（こんなに人が多いところで、姿を現すわけにはいかないし……）

どうしようか夏月が考えているうちに、封じられていた門扉がゆっくりと開き、黛貌宦官を吊していた紐《ひも》が外れた。ぐしゃりと遺体が地面に落ちる。あまりにも惨《むご》たらしい光景に、あちこちから「ひぃっ」という短い悲鳴があがる。

「天狼、いまよ……遺体を跳びこえて、あの隙間から外に出て！」

夏月の命令に天狼が身を屈《かが》め、跳躍への力を溜《た》めたその瞬間、偉そうに人を使っていた宦官の澱《よど》んだ瞳《ひとみ》が夏月を見た。目が合い、まさかと思った。

（あの宦官……もしかして、わたしが見えている⁉）

それはにやりと獲物を見つけた猛獣のように笑った。自然と体がおののき、あれが借屍還魂《いしゅみ》した鬼だと夏月に告げる。

「弩を持て！　門のまんなかを射よ！」

背後に引き連れた衛兵に叫び、宦官が指さしたのは、天狼と夏月だ。衛兵たちは見えていないようで、とまどった顔をしていたが、身分が高い宦官なのだろう。指示には逆らえないとばかりに弩を構えた。

「式神たち、お願い……一瞬でいいから、あの者たちに目眩《めくら》ましをかけて！」

夏月の命令をどう受けとったのだろう。先導してきた形代は衛兵の前にひらひらと飛んでいき、強い光を放った。「うわぁっ」「なんだこの光は」という声が聞こえたと同時に、弩から放たれた矢は明後日《あさって》の方向へと逸《そ》れた。その一呼吸の間に夏月と天狼は門の外へ——黒曜禁城の外へ出た。

ぱんと泰山府君の真似をするように拍手を打って、夏月は叫ぶ。

「運京は黒曜禁城が西の守り、窮桑門が前にて藍夏月がお願い申しあげます。冥府《めいふ》の王にして五岳一の泰山が主《あるじ》——泰山府君、こちらにおいでください！」

ちりーん、と簪の音色が門前に広がった。その音にさえ、気づいたのは例の鬼だけだった。封鎖されていた門前に人はおらず、大門の前に置かれていた柵《さく》を天狼の足が踏みたおしても、衛兵は「風が倒したのか？」と首をかしげただけだった。

偉そうな宦官が門のまんなかまで来て、澱んだ瞳を瞠《みは》っている。

「まさか……た、泰山府君だと……？」

夏月の隣に白い袖《そで》と長い黒髪をなびかせた長身の美丈夫が、すっと並びたつ。

「よくやった、代書屋。私の部下と天狼に矢を射かけるとは……死よりも恐ろしい罰を覚悟してのことだろうな。地獄の獄卒どもに命じて、ありとあらゆる苦痛を与えてやる」

袖から無数の白い蝶《ちょう》が出《い》でて、逃げだそうとした宦官の足に貼りついて霊符に変わる。

「くそぅっ……誰か私を門のなかに、手を摑んで引けぇぇぇっ！」

宦官の伸ばした手を摑んだ人間より、神の力がまさったのだろう。絶叫しながら門の外へと引きずりだされた宦官は、しかし、それで負けを認めたわけではなかった。閾《しきい》となる門鑑に額をぶつけ、罰を受けた者が許しを請うように自死しようとした。

「あと少しだ。あと少し……さらなる血を流せば、この大門の封印が揺らぎ、この下に眠る無数の怪異が目覚め……る……」

その言葉を最後に意識が途切れたのだろうか。夏月が目を背けると、神はその視界を塞《ふさ》ぐように夏月の前に立った。

「間違えるな、夏月。あれはとっくに天命が尽きた体を鬼が借りていたにすぎない。死を悼む必要などない」

「……はい」

宦官の姿は多くの人に見えているはずなのに、門の外はまた異界と化したのだろうか。門衛たちは宦官の暴挙にも門前に立つ夏月たちにも反応していない。その事実にまた背筋が震えたときだ。開いた門から鰐魚《かつぎょ》が飛びだしてきた。泰山府君の周囲に盾のように舞っていた数多《あまた》の霊符が自在に形を変え、布陣となって怪異を迎え撃つ。

夏月に背を向けたまま、泰山府君は袖から特大の筆をとりだした。受けとれという意味だと察して、筆を両手に抱える。

「いまから門を閉じる。宦官の死体は二体——冥界《めいかい》の戸籍を書き換え、逃げだした鬼も二体で一対の鬼だ……一体の気配はこの体のなかに封じているが、もう一体は身を隠しているようだ……おそらくこの場にいるはずだが……」

宦官だった者の遺体には無数の霊符が貼りつき、鬼を捕まえているのだろう。遺体に午後の日差しがあたり、落ちる影がぶるぶるともがくように蠢《うごめ》いていた。

「この体に封じられたのは黒無常だな。先に冥府へ戻っておれ」

式神がふわりと袖から飛びたち、もう一枚、遺体に貼りつくと、黒く禍々《まがまが》しい煙が立ちのぼり、その煙の回りをひらひらと式神が舞って連れていった。方角からすると、どうやら分祀《ぶんし》された運京の泰廟《たいびょう》に向かったらしい。

扇をすっと空にかざした神は、式神に命じて強引に大門を閉じた。扁額《へんがく》を壊された北辰門ほど結界が綻《ほころ》びなかったのがさいわいしたのだろう。ぴたりと閉じた門はどっしりとした威厳を放ち、格式の高さを感じても、禍々しさはない。それでも夏月は、閉じた門に駆けより、北辰門と同じく、『堅堅古城門　幾年重結界　老猶栄不衰　無名不出門』という詩を門に書き入れた。『門』の最後の一画を筆が撥《は》ねあげるなり、泰山府君が絶妙の間で、

「人でないもの。人が使役できる現世の生き物以外は、この門を出ること能《あた》わず。この書をもって西門の封印とする！」

呪言《じゅごん》を唱えた。その言葉に跳ねとばされたように、目の端でなにかが蠢いた。

「泰山府君！　いまなにか……」

夏月のそばにいた天狼がばしっと右足で門前の石畳を叩《たた》いた。次に左足、また右足、うなり声をあげながら左の後ろ足でも叩いている。

「この西門の前は西日がよくあたる。黒を纏《まと》う黒無常に対して、白無常は白く、人の体に憑依《ひょうい》していなくても、昼に強い鬼だからな」

「そんな面倒な鬼はもっときちんと管理してくださいよ！」

思わず叫んだ夏月の目は、石畳を叩く天狗の手の動きに釘付《くぎづ》けだった。

「冥界でどれだけの鬼が働いていると思っているんだ。戸籍をごまかして逃げる鬼など珍しくもない。今回逃げたのは地上の幽鬼を冥界に連れてくる役割の、黒と白で一対の鬼。白黒ふたつの性を持つために、怪異の影響を受けやすかったのがよくなかった。悪鬼の卦《け》が強くなると面倒なやつだからな。黒曜禁城の結界が揺らいだことで人界を乱す可能性があったからこそ、わざわざこの泰山府君が連れもどしに来たのだ」

「黒と白で一対……黒い鬼が捕まり、白い鬼は日差しのあたる場所に潜んでいる……」

それでも、この場から離れられないのは、いまこの場所が一種の異界で、泰山府君を倒さなければ、通常の人界に逃げられないからだろう。思考を巡らせたはてに、ふっと頭のなかになにかが閃《ひらめ》いた。夏月は特大筆の先を持ちあげ、門の境目にまず『立』を書き、その下に『日』の最後の一画をすっと筆を水平に動かして留める。たちまち、西日があたって明るいはずの門前が闇に包まれた。

「代書屋はだんだんと私の手伝いが上手になったたな……『門』に『音』を書いて――『闇』となす……そこだ！」

神の褒め言葉を聞いて夏月が面映ゆく感じた次の瞬間、神の扇が石畳を轟く白いなにかに刺さった。真っ暗闇の異界に浮かびあがるのは神の眩《まぶ》しいまでの霜衣と天狗、そして、白い鬼だけ。白無常と呼ばれた鬼の持つ本性の白は界の力に影響されない。だから、日の光を失って逃げ場を失った。扇が刺さった白が背の高い鬼の姿に変わる。白い袍に一枚、また一枚と霊符が貼りつき、鬼の体一面を埋めていくと、扇が宙に浮いて、弧を描きながら神の手に戻っていった。

「おまえたちには地獄の罰が待っているからな……先に冥府の牢《ろう》に入っておれ！」

泰山府君がびしりと扇の先で指して言うと、鬼の姿は消えた。同時に窮桑門の門前を包んでいた異界も消えるのだろう。お別れだとばかりに天狼に鼻先を寄せられ、夏月は狼のその滑らかな毛に触れ、のどを撫《な》でてやった。

「ありがとう、天狼。わたしを助けてくれて……おまえのおかげで間に合いました」

泰山府君を守るようにして宙で布陣を描いていた数多の霊符も、白い大袖のなかに戻っていった。夏月が特大筆を神に差しだすと、それもまた袖のなかに消える。

（あの袖のなかは壺中《こちゅう》の天のように……なかのほうが広いのかもしれない……）

神の術を興味深そうに眺めていると、ぐいっと手を掴《つか》まれ、腰を抱くようにして無理やり歩きだされた。

「た、泰山府君、なんですか？」

距離が近い。まるで親しい相手同士のそれだ。気恥ずかしさに腰に回された手を解こうとすると、

「なんですかではない。そろそろみな正気に返る。門前に残っていたら怪しまれるぞ」

そう言われた背後から、

「おい、門を開くって話じゃなかったのか？」

「一度開いた気がしたが……閉じている？……って誰が門前の柵を倒したんだ⁉」

いち早く正気になったらしい門衛たちの困惑した声が追いかけてきた。確かにこの場を離れたほうがよさそうだ。夏月も足を速めて人混みに紛れた。反対に、窮桑門でなにか事件があったという噂をいち早く聞きつけたのだろう。物見高い運京の町人が何人か大門のほうに走っていく。

「太昊門と炎帝門は疵《きず》を負わなかった。結界が揺らいだ北辰門、門に血が流れた窮桑門は重ねて術をかけ、城に潜んでいた鬼たちも捕まえた。人間たちのなかに争いがあったとしても、少しずつ落ち着くはずだ。また多くの血を流す者が出なければ……だがな」

この神はどうしてこう、不吉を予感させる物言いをするのだろう。

「泰山府君……その言い方！　もっとこう『黒曜禁城はこれで安泰だ』くらいの言葉を、祝詞《のりと》代わりに呟《つぶや》いてくださいませんか？」

神の言葉というのはそれだけで神通力を秘めている。不吉な言葉は不吉を呼びよせるのだから、やめてほしい。それに、と夏月は祖霊廟の闇の胎内に置いてきた上司のことをふと思いだした。

（洪長官は無事にあの重たい匣《はこ》を地上まで持って帰っただろうか？）

廃妃の残した遺産をいち早く確保する必要があったから、余計なことを話す時間がなかった。騒動が一段落ついてようやく、無事に遺産を見つけられてよかったと実感が湧いてきたのだろう。いまになってふと、廃妃の遺《のこ》した手紙の、暗号とは関係がない部分が気になった。

「魄《はく》は魂に問いて曰《いわ》く……道無くして何を以《も》って体と為《な》すや……」

背の高い青年姿の神の腕に歩かされながら、夏月の意識はまたあの謎めいた廃妃の手紙に奪われていった。目蓋《まぶた》の奥に手紙の文章が浮かびあがり、次に廃妃の幽鬼の姿にとってかわる。幽鬼となってもなお気高さを漂わせる姿とあの手紙とが、夏月になにかを訴えかけてくるのだった。

（魂魄《こんぱく》賦の部分は、あの暗号を隠すための隠喩《いんゆ》……手紙らしく見せた目眩《めくら》ましだと、そう思うのに）

「それだけじゃない……代書屋はそう思うのか？」

夏月の心を読んだのだろうか。泰山府君から問われて、どきりと心が跳ねた。疑問に疑問を返されるやりとりはどこか問答歌に似て、まるでいままさに考えていた魂魄賦のようだと思った。

（魄は魂に問いて言った——魂はそれに答えて言った……）

この場合、生きている夏月が『魄』で、泰山府君は『魂』だろうかと考えて、

——『魂魄が離れては生きていけぬ』

手紙を解読していたときの、泰山府君の台詞《せりふ》が鮮やかによみがえり、思わず神の衣服をぎゅっと握りしめていた。

（まだ……泰山府君と別れたくない……）

そんな考えが頭をよぎり、食い道楽の神の気を引こうと話題を変えた。

「そういえば、泰山府君はお腹が空《す》いてませんか……均扇楼《きんせんろう》の回鍋肉《ホイコーロー》が食べたいとは思いませんか？」

西側の街区に面した窮桑門からだと、灰塵庵まではかなり遠い。城のなかをあちこち行きかったせいで夏月自身、ひどくお腹が空いていた。このまま歩きつづけていたら家に帰るまでに倒れてしまいそうだ。ちらりと泰山府君の顔色をうかがうと、悪い提案ではないと思ったのだろう。打って響くように答えが返ってくる。

「それはいい考えだ」

扇を手にした神は、ぱちんと音を立てて開いて閉じる。それが部下を呼びだす合図だったのだろう。路地をひとつ曲がった先に、紅《あか》い長衣を纏《まと》った青年が立っていた。紅騎だ。神の前に来て拱手拝礼《きょうしゅ》する。

「馬車を待たせてあります。お乗りください……そちらの人間もどうぞ。泰山府君のご命令ですので」

紅騎は眉間《みけん》にしわを寄せ、嫌々ながらという気持ちを隠さずに言う。嫌々ながらだろうがなんだろうが、正直、夏月は助かった。期待をこめて神に訊《たず》ねると、

「行き先はもちろん……」

「均扇楼だ。おまえの着替えも用意させてある」

その言葉で紅騎が嫌々ながら可不可とやりとりする様が目に浮かんだ。

（店主に頼んで、均扇楼に着替えを一式置かせてもらおうか……）

苦笑いを浮かべながら夏月は考えてしまった。

† † †

「いらっしゃいませ。お席を用意してありますよ」

均扇楼に着くなり、夏月は一室を借りていつもの服に着替え、楽しみにしていた鍋《なべ》にありついた。期間限定の紅餃子《べにぎょうざ》は終わっていたが、国王の誕辰《たんしん》と聞いて遠くの商人でも訪れたのだろうか。珍しい干貨《かんか》——干した貝柱や鮑《あわび》を使った鍋がおすすめだと言われ、断る理由はなかった。加えて餃子と回鍋肉を頼む。

餃子を鍋に入れ、浮かんでくるのを待ちかまえて食べるのは熱くて舌が火傷《やけど》しそうだが、そのあつあつがたまらない。ふーふーと息を吹きかけて頬張っていた夏月は変だと思った。いつもは浮かんでくる餃子をとりあう神が妙におとなしい。はっとして、以前、紅騎にされた警告を思いだした。

（もしかして泰山府君は……お加減が悪いの!?）

夏月は巾《きん》で口元を拭《ぬぐ》うと、立ちあがって机の向かい側へ回り、無理やり泰山府君の左側に座る。すばやく夏月が泰山府君の左手を掴むと、神は苦痛に顔を歪《ゆが》めた。その顔を見て、すべてを察した。巻いた巾を解《ほど》いた左手は肘《ひじ》に近いところまで黒紫色の痣《あざ》が広がり、まるで放置された死者の肌のようになっていた。

「この手は……さっき神の術を使いすぎたせいですか。天狼を呼び、わたしを窮桑門に送ってくれた術というのは黒曜禁城との盟約に背く術だったのではありませんか？」

その手に触れた夏月が非難すると、神は雅《みやび》な顔立ちに似合わぬ、ちっという舌打ちをした。夏月の手を振り払い、変色した左手を袖《そで》のなかに隠してしまう。

「勘違いするな、代書屋。私は私の役割を果たすためにおまえを使役した。おまえを助けたのではない。私の仕事をおまえが手伝っているから助けたのだ」

「窮桑門に行きたいと言ったのはわたしの意思ですし、王妃殿下が扁額《へんがく》を壊すのをやめさせたいのもわたしです！　わたしの意思表明が先にあったから天狼を遣わしてくれたとおっしゃっていたではありませんか」

「まったく……口さがない娘だ……おまえを育てた師の顔が見たいくらいだ」

むっと夏月は口答えしたい気持ちを抑えて、泰山府君の椀《わん》に餃子や山野菜を盛った。蓮華《れんげ》にすくいとり、ふーふーと冷ましたあとで、

「さぁ、師兄、どうぞお召しあがりください」

蓮華を神の口元へと差しだす。満面の笑みの下に怒りを隠した夏月は、なにがなんでも神に滋養のあるものを食べさせてやるという決意に満ちていた。

「代書屋、私は子どもではないから、そのような世話は不要だ」

「子どもじゃないかもしれませんが、病人同然じゃないですか。はい、口を開いてくだ

さい……あーん？」

無理やり口にねじこんだが、食べたとたん、神の誇りは空腹に負けたのだろう。おいしそうに吞《の》みこみ、次を催促されたので、夏月自身の椀も近くに寄せ、袖が触れ合うくらいに近くに並んだまま、自分も食べつつ神の口に食べ物を運ぶことにした。

（こんなふうに他人と隣り合って食事をするなんて、ずいぶんと久しぶりかもしれない。人じゃなくて神様だけど……わたしは矮小《わいしょう》な蟻の身にすぎないかもしれないけど……）

——楽しい。とてもおいしい……。

腹が満たされた夏月は、いつのまにか泰山府君の隣でうつらうつらと舟を漕《こ》いでいた。寝ずに暗号を解きあかしたあとで歩き回り、鬼と対峙《たいじ》した疲れがどっと襲ってきたのだろう。

「私の前で寝落ちする娘はおまえくらいのものだ。おい……冥府《めいふ》に連れて帰るぞ」

冥籍をちらつかされても目を覚まさず、泰山府君によりかかるようにして深い眠りに落ちていた。

「この娘は本当に……仕方ないな……」

はぁっとため息を吐いた神は、秀麗な眉根《まゆね》を寄せながらも夏月を背負い、店をあとにしたのだった。

料理に夢中になっているうちに宵の口を過ぎていたのだろう。まだ山際に光を残しなながらも空の色は夜へと向かう美しい青紫色に変わっていた。繁華街の大路はどこの店も紅提灯《あかちょうちん》を吊《つる》し、広場前には無数の提灯を吊した竿燈《かんとう》が立っている。

その賑《にぎ》やかな宵の街中を、泰山府君はあえて馬車を呼ばずに、夏月を背負ったまま歩いていた。

「……――師兄……ごめんなさい……ごめんなさい……夏月を置いていかないで」

背中で呟《つぶや》かれた寝言に苦い顔をして、けれどもなにも答えずに真っ暗い小山のほうへと路地を曲がったときだ。

「藍夏月嬢⁉ 待て……その娘をどこへ連れていくつもりだ！」

振り向けば、馬車から慌てて下りてくる青年の姿があった。いきおい駆けより、泰山府君の襟を摑《つか》んでかかる。金色の冠で髪を結いあげた貴人の姿をしていた。夏月がもし起きていたら、上司の姿に目を瞠《みは》っていたことだろう。王子の姿のまま城門の外に出てきた洪緑水だった。

「その娘は私の部下だ。さきほど別れてから所在が知れず、家に帰っているかを確認しに来たところだ……怪我でもしているのか？ もしなにか不埒《ふらち》な考えで連れていくというなら……」

馬の尾のように束ねた髪が声を荒らげるたびに跳ね、大路を行く町人たちが喧嘩《けんか》でもしているのかと視線を向けては、関わりあいになりたくないとばかりに足早に去っていく。

「どこへ……とは異なことを。食事中にこの娘が勝手に寝落ちしたので家に送り届けるところだ。突然、現れたおまえにとやかく言われる筋合いはない」

ぴしゃりと言い返す声音には、ただ言いがかりをつけられたというだけに留《とど》まらない不機嫌さが表れていた。

「それは……運京のどこでその娘と会ったのかは知らないが、感謝する。馬車で来ているから、私がその娘を引きとって家人のところへ連れていく。謝礼はまた後日するから名前と所在をうかがおう」

夏月の腕を摑もうと洪緑水が伸ばした手を、泰山府君は一歩下がって避《よ》けた。

「おまえの助けなどいらぬ。私はこの娘の婚約者だ。私にはこの娘を送り届ける義務と権利がある」

そう言いはなつなり、泰山府君は夏月を背負ったまま、紅提灯が灯《とも》る大路を離れ、真っ暗な影となって浮かびあがる小山の裏へ――灰塵庵へと歩きだした。雲が出てきた空に、ぼんやりと昇る月だけが泰山府君と夏月の帰り道を照らしていた。


〈四〉

人の背におぶわれて、ゆらゆらと揺れるのがここちいい。背負われているとき特有の律動になおさら眠りに誘われる。そのたゆたう感覚に満たされて、夏月は思わず、

「師兄……」

夢のなかで呟いた。遠く遠くの——孟婆湯《もうばとう》を飲む前の話。幼いころの思い出が甘やかによみがえり、『お父様、お母様！』と叫ぶと、夏月に向かって手を振る両親のもとへと少年が運んでくれる。

幼子とは言え、おぶって歩くのは大変だったろうに、

『どうしておまえは私の言うことを聞かずに勝手に遠くに遊びに行くのだ⁉　肩が痛い。腰が痛い。明日《あす》からはおまえに毎日もんでもらおうか』

少年はいらだたしげに文句を言い、恩に着せる言葉を吐いても、結局はいつも夏月の面倒を見てくれた。そんなことが何度あったのだろう。

どういうわけか、師兄に背負われた記憶は、どれもこれも黄昏刻《たそがれどき》の感傷とともによみがえる。早く家に帰りたい気持ちと、もっとあたたかな背に背負われていたい気持ちとが入りまじり、ほろ苦い甘さとなって夏月の胸を焦がした。

深い眠りのなかに落ちていた夏月は、現実の灰塵庵に戻ってきたことを知らないまま、ただ幸せな夢のなかにいた。

——目を覚ましたのは夜半近くになってからだった。

（いったいどうしてこんなことになっているのだろう……）

灰塵庵の狭い店のなかで、夏月は泰山府君と上司である洪緑水と向き合っていた。

不機嫌そうに互いを牽制《けんせい》する姿を前にして頭を抱える。可不可が言うには、泰山府君が夏月を背負って帰ってきて寝かしたと言うのだが、夏月たちが帰宅してすぐに、洪緑水――正確には第五王子が灰塵庵を訪ねてきたのだとか。お茶を淹《い》れさせ、可不可を下がらせたが、ほかのふたりはそう簡単にはいかない。この状況をどうしたものか、いい案が浮かばないでいるなか、先に話を切りだしたのは洪緑水だった。

「藍夏月嬢、この黒い匣《はこ》の中身は……君があずかっていてくれないか？」

差しだされたのは、先日、廃妃が水車の下に隠した暗号入りの黒い匣ではない。天原国の景祖像から引っぱりだしてきた、書物入りの匣だった。

「黒曜禁城内にあると、陸王妃に見つかって焚書《ふんしょ》にされるかもしれない。藍家の君があずかってくれるほうが安全だろうし……水運儀象台を直すために解読を手伝ってもらいたい。これは正式な代書の依頼だ。もちろん対価は払う」

蓋《ふた》を開いて机に広げられた図面を夏月は燈籠《とうろう》の明かりに照らした。

「それは……承知いたしました。確かにこれはずいぶんと古い図面のようですし……」

（あの機巧は直したほうが黒曜禁城の封印にとってはいい気がする）

ちらりと泰山府君の顰《しか》め面を眺めて、夏月は書物を匣のなかに戻した。

「ところで……洪長官。いくら急ぎだと言っても、この大量の書物をすぐ解読させるために灰塵庵に来たわけじゃないですよね？」

夏月が訊《たず》ねたのに、洪緑水は泰山府君をじっと睨《にら》んだだけだった。気まずいにもほどがある。

(洪長官は王族なだけでなく、元王太子殿下――いつもは穏やかな物言いをするけど、高い矜持《きょうじ》を持つ人だ。現世の権力を気にしない泰山府君がもしや失礼な物言いをしたのでしょうか……)

この場合、どちらを立てるのが正解なのか、夏月はわからなかった。現実の権力か、生殺与奪の権限を持つ神か。沈黙が流れる灰塵庵の外で、がたがたと看板が揺れる音がする。風が出てきたようだと考えるまもなく、

「――代書屋、おまえの待っていた客が来たようだぞ」

いつものように泰山府君が予言めいた台詞《せりふ》を吐いたそのとき、こんこんと控えめに扉を叩《たた》く音がした。はっと我に返った夏月は、泰山府君の言う客が誰なのか、その音で察した。すばやく文机《ふづくえ》の抽斗《ひきだし》に仕舞っておいた小匣をとりだす。代書を請けおったときに灰塵庵に持ちこまれたほうの黒い匣――つまり水車の下に隠されていた匣に入っていた小匣だ。

音を立てずに扉を開き、入ってきたのは白い袍《ほう》を纏《まと》った幽鬼だった。夏月は膝《ひざ》を立てて立ちあがり、幽鬼に向かってすっと小匣の蓋を開いて差しだした。

「廃妃……沈無齢様でいらっしゃいますね?」

背後では、「え?」と、とまどう洪緑水の声がした。幽鬼は白魚のような美しい手で匣の中身――干涸《ひか》らびた木片にしか見えない廃妃の舌に触れる。すると、ほろほろと涙

を流し、初めて声を発した。

「ありがとう……ありがとう。この代書屋でお願いすれば、手紙が相手に届くという噂は本当だったのですね……小翠《しょうすい》……私の愛《いと》しい王子。おまえにはいつかきっとあの手紙が届くと信じていました」

幽鬼となった沈無齢は、洪緑水の本当の名前——碧珞翠《らくすい》を『小翠』という渾名《あだな》で親しげに呼びかける。

「は……母上？　まさか……」

「触れるな！」

洪緑水が小上がりから立ちあがったのを見て、泰山府君が厳しい声で留めた。

「生者と死者はすでにわかたれている。おまえは分を弁《わきま》えた幽鬼のはず……わかっているだろう、人生には別れがつきものだ。いくら親子といえども……いや、親子だからこそ……忘川河《ぼうせんが》を渡っても忘れきれない妄執は互いのためにならぬ」

その言葉は、留められた洪緑水ではなく夏月にこそ突き刺さった。

「人生には別れがつきもの……」

泰山府君と邂逅《かいこう》するのはこれが最後なのかもしれない。何回、夏月はそう思っただろう。突然の別れがあるということは、夏月自身よく知っていて、しかし、受け入れられずにいた。

だから鬼灯《ほおずき》を掲げて幽鬼を待ってしまう。死相が出るから幽鬼と関わるのはやめろと何度、警告されてもやめられない。生者と死者の離別をよく知る泰山府君の言葉だけに、ただの人間が言うより説得力があった。その衝撃で頭が真っ白になった夏月をよそに、洪緑水は助言を静かに受け入れていた。

「母上……もう一度お会いして、ただ一言、謝罪を申しあげたかったのです……私が至らないばかりに、母上を死に追いやってしまった……申し訳ありません……」

洪緑水が揖礼《ゆうれい》すると、幽鬼は困ったように首をかしげた。それは幽鬼が言いたいことを忘れてしまったときによくする仕種《しぐさ》で、夏月にはその理由がすぐにわかった。

「違います、洪長官。沈無齢様は……あなたの命を盾にとられて陸一族に殺されたのではなく、ご自身の儀表規矩《ぎひょうきく》――いわば、美学を貫きとおしただけなのです」

夏月の言葉に幽鬼は花が咲きこぼれるかのように、にっこりと微笑んだ。その笑みは、夏月の言葉が正しいとはっきりと示していた。

「暗号が示していた魂魄賦《こんぱくふ》の最後の部分の意味がわたしにもようやくわかりました」

――『魂曰、凡得道者、名不可語何道。夫無意原万物之天命、子宝玉也』

夏月は手近の竹簡に文字をすらすらと書きつらねて、洪緑水に示す。

「魂が答えて言った。『どうして道を理解した者が、その意味を知り、どんな道か語ることができるだろうか。それは万物の天命にもとづくがごとく、子に受け継がれる宝のことです』比喩《ひゆ》表現でもありますのでわたしの意訳になりますが……これは離合詩を隠すために書かれた別の文体というだけでなく、沈無齢様から息子に宛てた手紙なのです。

沈無齢様にとっての道とは、つまり儀表規矩のこと。ご自身の儀表規矩――美学を知る者はそれをあえて他者に驕《おご》り、語ることはない。しかし、美学は子に受け継がれている。それこそが第五王子殿下……あなたに受け継がれた宝だという意味なのです」

夏月の言葉を受けて幽鬼ははらはらと涙を零《こぼ》した。

「小翠……天原国の書が読み解ける者と一緒に、おまえがいつか、あの暗号を解き、私の遺産を受けとってくれると信じていました……私の魂はおまえに届き、おまえがいてくれれば私の魂は消えない。だから……小翠、ありがとう。今生ではお別れのときです。おまえなら……母がいなくても立派に生きてくれると……愛しています……いつまでも愛しい子……――」

「母上、私は……私はいつまでも母上の息子です。たとえ人生には別れがつきもので、今生ではもう会うことができないとしても、その事実は変わりません。母上から受け継いだものは私が守ってみせます。だから……母上のご冥福《めいふく》をお祈りしています……」

洪緑水の整ったまなざしから止めどなく涙が零れる。その涙を止める術《すべ》を夏月は知らなかった。幽鬼は洪長官に手を伸ばし、しかし、触れるより先に、ふぅっと目の前で消えてしまった。その美しい面は、消える寸前、涙を流しながらも微笑んでいた。

「夏月嬢……まさか、まさか本当に、君のところに幽鬼が来るとは……夢にも思わなかった。私はずっと……誤解していたのだな。母上が私の存在に縛られていたのではないかと……私が母上を殺したのではないか、私を恨んでおいでではないかと……そうではなかった。そうではなかったのだ……それがわかっただけで私は……」

——十分、報われた。嗚咽《おえつ》で言葉にならないのだろう。小上がりの上でくずおれた洪緑水の肩を、夏月は小さな手で抱きしめる。

「沈無齢様の美学は……洪長官のなかにも確かに受け継がれております。だから、あの廃妃の幽鬼は……満足して冥府へ帰ったのでございます」

黒曜禁城の秘密——天原国の遺産を壊してはいけないという黒曜禁城の主《あるじ》だけが知る封印があると公にすれば、あるいは廃妃の命は助かったのかもしれない。廃妃のとった行動は王妃としては正しく、しかし、天原国と敵対するという琥珀国の在り方とは相反していた。

（その事実は、いまは一王子に過ぎない洪長官に告げることはできないけれど……いつの日かきっと……）

夏月は洪緑水の前に膝をつき、跪座拝礼《きざ》して言う。

「第五王子殿下、第三王子を王太子のままにしては、また天原国の遺産は失われるかもしれません。黒曜禁城も運京も天原国の遺産が土台にあってこそ繁栄し、国を豊かにします。どうか、沈無齢様の美学を……忘れないでください」

——あなたがいま一度、王太子に返り咲いてください。

はっきりと夏月は告げなかったが、運京に生まれ育った洪緑水には、それだけで通じたのだろう。涙を拭《ぬぐ》い、意志をしっかりと持った瞳《ひとみ》を夏月に向ける。

「ああ、そうだな……まだ生きているからには……この世で足掻《あが》いて足掻いて――私の爪跡を残さなければならない。母上の貫いた美学を、私も貫くために」

その魂のこもった言葉に、ちりん、と簪《かんざし》が答える。夏月にはそれが運命の行く末を示す音のように聞こえた。

†　†　†

幽鬼が帰ったあと、灰塵庵に洪緑水を残したまま、泰山府君が店の外に出るのを見て、夏月も慌ててあとを追いかけた。

「泰山府君……ありがとうございました……」

深く頭を下げて礼を尽くす。泰山府君の予言が本当に未来のことを知っていてのことなのか、冥府の王として幽鬼を呼んでくれたのか、夏月にはわからない。ただ、この神がいてくれたことに、夏月は感謝していた。

「おまえは私の部下として手伝っていたのだから、おまえに手を貸すのは上司としての義務だ。そこまで礼を尽くされる謂《い》われはない」

「でも……その、冥府から呼んでも来てくださるところを、わざわざこの藍家別宅に逗《とう》留《りゅう》してくださったのは……私の茶飲み友だちになってくださったようでうれしかったのです。ですから、手伝いに対してではなく、そのお礼です」

「それは……おまえが言ったからだ！　死ぬのは困るが、生きていて手伝いできるなら、また私の代書係を務めると」

「は……？」

神が左手を袖《そで》に隠したまま、ふいっと顔を背けてしまったので、王族にさえ配慮しない傲岸不遜《ごうがんふそん》な神がどんな顔をしてその言葉を告げたのか、夏月には見えなかった。

――『死ぬのは困りますが、生きていてもお手伝いできることなら、また冥府でも現実でも代書係を務めさせていただきますよ……泰山府君』

以前、確かに夏月はそう言った。

（だって、泰山府君の代書はともかく、冥府に行くたびに死んで黄泉《よみ》がえりの娘などという悪評が立つのは困るわけですし！）

「わたしのために、わざわざ泰山府君が地上においでくださったのですか？」

まさか夏月など人間にとっての蟻と同じだと言いはなつ偉い神様が、その蟻ごときの事情を汲《く》んでくれるとは夢にも思わなかった。幼い子どもがするように、衣服の端を掴《つか》んで、つんつんと興味を引くように引っ張ってみせる。

「私はもう行く……こたびのおまえの働きには目を瞠《みは》るものがあった。あの鬼を捕まえ、結界がゆるんだふたつの門の封印をもって、過日の黄泉がえりに対する代償分の働きをしたものとする」

「……え？　泰山府君、それは……」

白い長衣を纏《まと》う神はすたすたと店の裏手のほうへ――泰廟がある小山のほうへと歩いていってしまう。その背中に向かって夏月は叫んだ。

「またいつでも遊びにお越しください。あの客房は師兄のためにしばらく空けておきますから！」

長身の白い姿は一度も振り返ることなく、やがて闇に紛れて見えなくなった。

終章

黒曜禁城《こくようきんじょう》は災厄に見舞われることなく、平穏な日常をとりもどしていた。

北辰門《ほくしんもん》の扁額《へんがく》は専門の修理屋が呼ばれ、斧《おの》の刃がつけた疵《きず》を綺麗《きれい》に直した姿が、いつものように門を通る人を選別している。水運儀象台はすぐには直せなかったので、築地《ついじ》塀《べい》を壊し、門を開くための水車と機巧《からくり》だけが先に直されたようだ。夏月《かげつ》が訪れたときには、いちいち定刻通りに水車に水を引きこむのは面倒だと水運儀象台付きの衛兵から愚痴を零されてしまった。

廃妃の暗号を解き、その遺産を手に入れたことはひそやかに国王陛下にだけ伝えられ、公になることはなかった。王妃が騒いでいた廃妃の手紙は、大昔の手紙が偶然届いたものだろうと見なされ、王妃の侍女が水車で死んだ件は検屍《けんし》の結果から鑑《かん》みて、事故として処理されることになった。

黛貌宦官《たいげいかんがん》の死に関しては、もうひとりの宦官——白無常がとりついていた宦官が殺害し、それを苦にして自害したのだろうとされた。しかし、互いに陸《りく》一族ゆかりの老宦官で、体調不良を理由に何度か退官を申しでていたという経緯もあり、大きな罪には問われずにすべてが終わった。

廃太子・碧珞翠《へきらくすい》と夏月の手に廃妃・沈無齢《ちんむれい》の遺産が残されたことは一部の人以外には秘密にされたまま――。

†　†　†

朝、写本府に出勤すれば、洪《こう》長官の名札はすでに黒字にひっくり返されている。夏月は自分の名札を朱色から黒字へとひっくり返して、「おはようございます。夏女官が参りました」と官衙《かんが》の奥に向かって大きな声で挨拶《あいさつ》した。

「また来たのか……おまえもいい加減、飽きないな」

桑弘羊《そうこうよう》がいつものように嫌そうに顔をしかめ、しかし、どこか気まずげに無精髭《ぶしょうひげ》をかいている。

「あーその、なんだ……洪長官を助けてくれたことに関しては……感謝している」

ぼそぼそとそれだけ言うと、さっさと自分の机に立ち去る。

（まさかあの桑弘羊が……感謝の言葉を言うなんて！）

夏月としては青天の霹靂《へきれき》だったが、桑弘羊だけでなく、官衙に漂う空気はどこか和やかだ。夏月に向かって朝の挨拶を返してくれる役人、それに笑い声が戻っていた。その声を辿《たど》っていくと、

「おはよう、夏女官」

長官だけに許された佩玉《はいぎょく》を帯に挿し、交領の襦裙《じゅくん》を纏《まと》った洪緑水《りょくすい》が天窓から射しこむ光のなかで振り返る。

「おはようございます、洪長官。なにをされているんですか？」

弾んだ足どりで机のそばに近づくと、すでに作業の支度を終えていた役人が説明してくれた。

「新しく届いた筆の試し書きだよ。ほら、先が尖《とが》ってなかなかいい筆だろう。夏女官が書いた北辰門の対聯《ついれん》がよかったとのことで陛下が褒美をくださったんだ」

「陛下のご褒美ですか？　いったいなんの筆です⁉」

夏月は食いつくようにして、箱に並んだ筆を手にする。すると、その不作法を桑弘羊が窘《たしな》めた。

「おい、夏女官！　まだ長官だって試していないのに、女官が先に字を書く気か⁉」

どっと笑い声が起こった明るい官衙の壁には、夏月が書いた『格物致知』という格言が、射しこむ朝の光の向こうで、まるで微笑むかのように佇《たたず》んでいた。

参考文献

※既刊参考文献は『琥珀国墨夜伝　後宮の宵に月華は輝く』巻末参照のこと。
『新書漢文大系34　淮南子』著：楠山春樹（明治書院）
『図解　諸子百家の思想』著：浅野裕一（KADOKAWA）
『中国妖怪《ようかい》・鬼神《きしん》図譜　清末の絵入雑誌『点石斎画報』で読む庶民の〝信仰と俗習〟』著：相田洋（集広舎）
『精構　漢文』著：前野直彬（筑摩書房）
『図説　中国古代の機械と技術』編：中国科学技術館、訳：岡田陽一（科学出版社東京）
NHKテキスト　カルチャーラジオ
「漢詩を読む　詩人が愛した花の世界　春夏編」講師：赤井益久（NHK出版）
「漢詩を読む　人生をたたえる詩　白居易の生き方」講師：赤井益久（NHK出版）
「漢詩を読む　人生をたたえる詩　詩人たちはいかに生きたか」講師：赤井益久（NHK出版）
「漢詩を読む　美　こころへの響　暮らしの中で」講師：佐藤正光（NHK出版）
「漢詩を読む　信　ゆるぎない絆　ともに生きる人」講師：佐藤正光（NHK出版）

本書は書き下ろしです。
この物語はフィクションであり、実在の地名・
人物・団体等とは一切関係ありません。

後宮《こうきゅう》の闇《やみ》に月華《げつか》は謡《うた》う
琥珀国墨夜伝《こはくこくぼくやでん》　二

紙屋《かみや》ねこ

令和６年 10月25日　初版発行

発行者●山下直久

発行●株式会社KADOKAWA
〒102-8177　東京都千代田区富士見2-13-3
電話　0570-002-301（ナビダイヤル）

角川文庫 24369

印刷所●株式会社暁印刷
製本所●本間製本株式会社

表紙画●和田三造

ISBN 978-4-04-114833-4　C0193

◇◇◇

角川文庫発刊に際して

角川源義

第二次世界大戦の敗北は、軍事力の敗北であった以上に、私たちの若い文化力の敗退であった。私たちの文化が戦争に対して如何に無力であり、単なるあだ花に過ぎなかったかを、私たちは身を以て体験し痛感した。西洋近代文化の摂取にとって、明治以後八十年の歳月は決して短かすぎたとは言えない。にもかかわらず、近代文化の伝統を確立し、自由な批判と柔軟な良識に富む文化層として自らを形成することに私たちは失敗して来た。そしてこれは、各層への文化の普及滲透を任務とする出版人の責任でもあった。

一九四五年以来、私たちは再び振出しに戻り、第一歩から踏み出すことを余儀なくされた。これは大きな不幸ではあるが、反面、これまでの混沌・未熟・歪曲の中にあった我が国の文化に秩序と確たる基礎を齎らすためには絶好の機会でもある。角川書店は、このような祖国の文化的危機にあたり、微力をも顧みず再建の礎石たるべき抱負と決意とをもって出発したが、ここに創立以来の念願を果すべく角川文庫を発刊する。これまで刊行されたあらゆる全集叢書文庫類の長所と短所とを検討し、古今東西の不朽の典籍を、良心的編集のもとに、廉価に、そして書架にふさわしい美本として、多くのひとびとに提供しようとする。しかし私たちは徒らに百科全書的な知識のジレッタントを作ることを目的とせず、あくまで祖国の文化に秩序と再建への道を示し、この文庫を角川書店の栄ある事業として、今後永久に継続発展せしめ、学芸と教養との殿堂として大成せんことを期したい。多くの読書子の愛情ある忠言と支持とによって、この希望と抱負とを完遂せしめられんことを願う。

一九四九年五月三日